論創海外ミステリ20

RONSO KAIGAI MYSTERY

HIDE MY EYES

Margery Allingham

殺人者の街角

マージェリー・アリンガム

佐々木愛 訳

論創社

読書の栞（しおり）

『殺人者の街角』（一九五八）は、かつて、『リーダーズ ダイジェスト名著選集』（リーダーズ ダイジェスト日本支社、五九）に「おとなしかった殺人鬼」のタイトルで収められ、その十五年後に、同社刊行のアンソロジー『バビロン行き一番列車』に「裏切り」のタイトルで再録された。ただし両書は共に抄訳で、今回が初めての完訳版となる。原著は、その年の英国推理作家協会賞の候補に選ばれており、惜しくも次点にとどまったものの、現在でいえばシルヴァー・ダガー賞受賞に相当する秀作ということになる。

マージェリー・アリンガムは、アガサ・クリスティ、ドロシー・L・セイヤーズ、ナイオ・マーシュらと並ぶミステリ黄金時代の巨匠と呼ばれることが多く、アルバート・キャンピオンという名探偵キャラクターを擁していることもあって、謎ときミステリのように受け取られがちだ。しかしながらその作風は、いわゆる本格ミステリの典型からは少なからず逸脱している。特に戦後に発表された作品は、その傾向が顕著であって、キャンピオンは名探偵というよりも警察の相談役程度のような存在になってしまっている。代わって活躍するのが、『霧の中の虎』（五二）でも奮戦していたチャールズ・ルーク警視である。ルークが真犯人を追いつめるまでを描いた『殺人者の街角』は、同じくマンハントの興味で読ませる『霧の中の虎』と比較されることが多い。だが、『霧の中の虎』が、プロットや悪人像に、ロバート・ルイス・スティーヴンスン風のロマンティシズムが、いまだうかがえたのに対して、『殺人者の街角』は、現代作家——たとえばルース・レンデルなどが書いてもおかしくないような、リアリズムの色あいが強い作品に仕上がっている。

旧訳では「万策つきて」、本書では「どん詰まり」と訳されているアメリカ版の原題 *Tether's End* だが、博物館の名前としてなら「最果ての場所」（あるいは「この世の涯」）という意味合いも読み取れるし、最終章近くになると、「（精神の）限界ぎりぎりの地点」というようなニュアンスも含まれていくように思われる。臨界点を超えて殺人に手を染めた道徳的破綻者の行く末を描くアリンガムの冷徹な眼が印象に残る一編だ。

ちなみに、アメリカ版のタイトルが殺人者の心のありようを指すのに対し、イギリス版のタイトル Hide My Eyes は、犯罪者を見逃す側の視点に立っていると理解される。罪を犯したことに眼をつむることもまた犯罪なのであり、そういう意味で本書は、〈責任〉をめぐる物語ともいえるのである。

装幀／画　栗原裕孝

目次

「読書の栞」 横井 司(よこい・つかさ/ミステリ評論家)

主要登場人物

マーガレット（ポリー）・タッシー……「テザーズ・エンド」管理人
フレデリック（フレディ）・タッシー……ポリーの亡夫
ジェニファー（ジェニー）・タッシー……アナベルの姉
ジェレミー（ジェリー）・ホーカー……ポリーの友人
アナベル・タッシー……ポリーの姪
リチャード・ウォーターフィールド……アナベルの幼馴染
マシュー（マット）・フィリプソン……弁護士
シビル・ドミニク……「グロット」経営者
エドナ・ケイター……「ミジェット・クラブ」経営者
ヴィック……理髪師
ダン・ティリー……「薔薇と王冠亭」支配人

＊

チャールズ（チャーリー）・ルーク……スコットランド・ヤードの警視
ピコット……バロー・ロード署の巡査部長
ブラード……バロー・ロード署の巡査
キンダー……カナル・ロード署の警部補
ヘンリー・ダン……テーラー・ストリート署の警部
アーチボルド・ヨウ……スコットランド・ヤードの主任警視

＊

アルバート・キャンピオン……素人探偵

殺人者の街角

モード・ヒューズへ愛を込めて

1　勤務時間後の商売

そのバスが到着したタイミングは完璧《かんぺき》に計算されていた。それなりの人物でそれに目を留めた者はなかった。車の往来は少なく、この界隈《かいわい》の劇場で上演中の芝居はまだどれも中盤に差しかかった頃だった。もう一時間十分して芝居がはね、外が混雑するまでは、その辺りを見回る警官は一人もいなかった。

その上さらに、有力な目撃者となるはずだった門衛のジョージ・ウォードルはちょうど、一パイントのビールとソーセージの夜食を取りに、「ポーチェスター」の従業員室へ引っ込んだところだった。そのため、グラフトン公劇場とゴフス・プレイスの暗い入り口の向かいにある、その有名な古いレストランの表には誰もいなかった。

折から降りだした雨も大いに役に立った。ロンドンではお馴染《なじ》みの、あの世界じゅうの水を掻《か》き集めたような土砂降りになり、ずぶ濡《ぬ》れになった通行人はその不快さにすっかり気を取られていた。

バスは大通りの東側からゴトゴトとやって来た。かなりの年代物に見えたが、ウエスト・エンドで旧式のガソリン自動車が流行していることもあって、さして人目を引くほどではなかった。田舎でまだ使われているような、一階だけの小さな箱型のバスだった。古びてはいたが、乗り心地はよさそうだった。房飾りのついたウールのカーテンが、フランスの古い旅客機のような小さめの窓を覆っていた。車内には薄暗い電球が一つぽつんと灯っており、前のほうに座っている乗客の姿だけが通りから見えた。乗っているのは、いかにもこのバスに似つかわしい、ぽっちゃりとして人のよさそうな、よそ行きの服装をした二人の老人だった。男のほうは山高帽をかぶり、短く刈り込んだ顎鬚《あごひげ》を生やしており、妻――その男がほかの女と一緒にいるところなど想像もつかなかった――はビーズのついた流行遅れのボンネットを頭に載せ、角張った肩をショールで覆っていた。二人は話をするでもなく、老人がよくそうするように、雨から守られた暖かそうな車内でうたた寝をしていた。

運転手は手際よくバスをゴフス・プレイスの入り口から、グラフトン公劇場の裏の石畳に乗り入れた。ゴフス・プレイスは狭苦しい袋小路で、グラフトン公劇場と三つの背の高い建物の裏口と非常階段とが面していた。三つの建物はソーホーのデバン・ストリート――先ほどの大通りとほぼ平行に走っていた――に正面が接する商店だった。

もともとここに住んでいたゴフ氏は、もうずっと昔にひっそりと亡くなり、いま彼の地所にあるのは電話ボックスと拡張された排水溝、それにグラフトン公劇場の楽屋口の上から突き出ている洒落《しゃれ》た電灯の腕木だけだった。これまで五百日にわたる週日の夜のこの時間は、その劇場の名高いミュージカル・シリーズの最新作を見ようと、田舎から繰り出してきた人々を乗せたバスで混み合っていた。だが今夜は、劇場の建物に明かりはなかった。ミュージカルは公演期間を終え、春の大掃除がはじまるのも丸一日先だった。

運転手は田舎のバスを細心の注意を払って停止させた。おんぼろバスを操るのに少し手間取ったが、思い通りの場所に止めることができた。それでもなお、その運転手の目的がなんであるかは定かではなかった。確かにバスの正面は袋小路の出口へ向き、ふたたび出ていく用意ができていたが、乗客が乗り降りする後部ドアは、デバン・ストリートに面する商店の裏口にある階段のほぼ真上に位置していた。そしてバスの左側面は、大通りの人目から電話ボックスを隠すような格好で、電話ボックスすれすれに寄せてあった。

その電話ボックスの明かりが遮られたため、辺りはいっそう暗さを増した。雨の降りしきる暗がりでは、座席から飛び出した運転手の姿もかろうじて見分けがつくだけだった。庇《ひさし》のついた白いビニール製の帽子に艶《つや》やかな黒いレインコートを身につけたその男は、小さな革の書類鞄《しょるいかばん》を提げて電話ボックスに入った。

バスの中の老夫婦は身じろぎもしなかった。もしその夜の公演——実際には行なわれていなかったが――に遅れて到着したのだとしても、なんら気にかけていないようだった。二人は身を寄せ合い、暖かな車内でまどろんでいた。その傍らでは、丸石を洗うせせらぎのように、雨が小さな窓に降り注いでいた。その袋小路は噴水の底のように水浸しで暗く、不自然なほど明るい大通りとはまるで別世界だった。大通りのネオンサインやショーウィンドーはひとけのない歩道と石炭のように黒光りする道路を煌々《こうこう》と照らしていた。

男は電話ボックスの壁に寄りかかり、電話機の下の小さな棚に鞄《かばん》を押し込むと、ポケットの中に手を入れた。そこに金がいくら入っているかわかっているらしく、すぐにしわくちゃになった十シリング紙幣一枚と一ペニー銅貨八枚をつかみ出し、鞄の上に置いた。男はさらに、ポケットの中を隅々まで探った。そしてようやく満足すると、くしゃくしゃの紙幣を反対側のポケットに押し込み、硬貨を手に取った。

庇のついた帽子の影が、男の顔の上半分をアイマスクのように覆っていたが、こけた頬《ほほ》とがっしりした顎《あご》、それに筋肉質の首には光が当たっていた。一見、若くハンサムそうな顔立ちだったが、いまは不気味な印象を漂わせている。光の加減かほかのなんらかの理由からか、引き締まった肌の下で血管という血管が脈打ち、震えているのが透けて見えた。

男は顔に笑みを浮かべて電話機へ骨張った手を伸ばした。ダイヤルと硬貨の投入口のついたごく普通の電話機だった。料金を払い戻すためのAとBのボタンがついていたが、運転手はその注意書きには目もくれなかった。硬貨を四枚入れてダイヤルを回すと、ボックスの中で体をずらし、雨に煙る闇《やみ》を透かして目の前の建物を窺《うかが》う。三十秒ほど呼び出し音に耳を傾けていると、建物の上方で長方形の窓に淡い光が灯った。公衆電話からかけていることを示すカチリという音がしないよう、男はすかさずAボタンを押した。

「もしもし、ルーかい？　まだそこにいたんだな。そっちへ行ってもいいかい？」

それは意外にも快活で役者のように張りのある声だった。興奮を抑えたような低い声には自信が滲《にじ》んでいた。

「こっちに来るって？　もちろん、かまわないとも。そうしたほうがいいだろう。わしはきみを待っていたんだからな」

この新しい声は、しゃがれて妙にこもったような声だったが、それはそれで気さくそうな声だった。

庇《ひさし》のついた帽子の男は笑い声を上げた。「安心してくれ。待ち人はすぐに現れるよ。ジョンがまだいたら、下へやってドアを開けさせておくれ。あと五分もすれば着くから」

「ジョンなら帰ったよ。ここにいるのはわし一人だ。前に言ったとおり、真夜中まではおまえさんを待つつもりだ。それを過ぎたら、どうなるかわかっとるだろうね。わしは本気だからな」

電話ボックスにいる男の顎《あご》の筋肉が強張った。が、相変わらず快活さを装った声で、なだめるように言った。

「まあ、落ち着けよ。いい知らせがあるんだ。気をしっかり持って聞いてくれ。でないと発作を起こしかねないからね。金が手に入ったんだ。あんたがぼくを信用できないと言うから、お望みどおり現金で、耳をそろえて用意したよ。この目の前の鞄《かばん》に入ってる」彼はしばし、口を閉ざした。「聞いてるかい？」

「ああ」

「だったら、嬉《うれ》しくないのかい？」

「お互いに面倒なことにならなくて嬉しいさ」ためらうように言葉を切る。が、好奇心に負けたのか、「あの老紳士がおまえさんのために金を出したのかね？」

「そうさ。喜んでというわけにはいかなかったし、お小言も言われたよ。それでも出してくれたのさ。彼が実在してると信じてなかったんだろう？」

「わしが何を信じようと関係のないことだ。おまえさんは金を持ってここへ来さえすればいいんだ。いまどこにいる？」

「セント・ジェームズの爺《じい》さんのクラブだ。それじゃ、あとで会おう」

男は電話を切り、ふたたび体をずらして明かりの灯った窓を見上げた。一瞬、人影がよぎったかと思うと、ブラインドが引き下ろされた。電話ボックスの中の男はため息をついた。次いで背筋を伸ばし、目の前の鞄の留め金を外した。まず蓋《ふた》を細く開けて片手を突っ込み、ずんぐりとした小さな銃を取り出すと、レインコートの脇《わき》のスリットから内側のジャケットへ滑り込ませた。次いで蓋を大きく開ける。入っていたのは上質そうな黒いフェルト帽と、真新しい豚皮の手袋だけだった。それらを庇《ひさし》のついた帽子、それに長手袋と取り替えると、彼はたちまち別人のようになった。長い黒のレインコートはもはや制服の一部ではなく、雨の日に誰もが着るようなごくありふれた雨具となった。帽子を取り替えたため、彼の目と額から影のマスクが取り払われた。年の頃は三十かそこら、まだ若さ特有の秘密めいた表情を浮かべている。目鼻立ちの整った、男らしい顔だった。ただ、顎のまわりについた筋肉と太すぎる首だけが、野暮ったく見えた。そして何より際立っているのが、全身から発せられている緊迫感だった。まるで、山頂を目前にした登山家のような決意と緊張を、彼はみなぎらせていた。

男は赤い電話ボックスから高い建物に囲まれた竪坑へ滑り出た。ジャケットのポケットへ入れた手袋をした手には、銃が握り締められている。控えめに言っても、彼は暗闇《くらやみ》を人知れず徘徊《はいかい》する猛獣さながら、ぞっとするほど恐ろしい存在だった。

男は身動きしない老夫婦のほかは乗客のいないバスの後ろを回り、ネオンの灯る大通りへ向かった。雨は降りつづいており、歩道は閑散としていた。門衛のウォードルはまだ食事の最中で、「ポーチェスター」のヴィクトリア朝ビザンチン様式の屋根つき玄関には誰もいなかった。男にとってこれ以上の好条件はなかった。閉館中のひとけのない劇場の正面を回れば、比較的薄暗いデバン・ストリートへ出る。そこではルーがいま頃、戸締まりの堅固なドアを開錠しているはずだった。

男は軽やかに明かりの中へ踏み出した。頭を低く下げて素早く通りを一瞥《いちべつ》する。と、彼ははたと足を止めた。だがすぐに気を取り直し、レインコートの襟を掻《か》き合わせて劇場の天蓋《てんがい》の下に入った。彼とデバン・ストリートの入り口の中間にバスの停留所があり、土砂降りの中、年配の婦人が辛抱強くバスを待っていた。

緑色の防水布のケープを纏《まと》った四角いシルエットのその女性は、身じろぎもせずに立っていた。彼女の両肩や腰に垂れたケープの半円形の裾は、水が沁《し》み込み黒ずんでいる。小さなベロアの帽子には水滴が光り、がっしりとした靴の中は水浸しにちがいなかった。

歩道にはほかに誰もいなかった。彼女のそばを通れば姿を見られてしまうだろう。そして男が気づいたように、向こうも彼が誰か気づくにちがいない。そんな危険は冒さないことに決めると、男は踵《きびす》を返して引き返しはじめた。ゴフス・プレイスの入り口を通り過ぎてマリヌー・ストリートに出る。思ったとおり、そこにはタクシー乗り場があり、タクシーが一台停まっていた。大通りの明かりから顔を背けて、男は運転手に声をかけた。

「そこの角を曲がったところにあるバス停に、年配の女性が立ってる」男は愛想よく言った。「彼女はバロー・ロードのすぐ先に住んでるんだ。自分のためにタクシーに乗るのは罪だと思い込んでいて、いまにも肺炎になりかけてる。ほら、十シリングあるから、彼女を家へ送り届けてやってくれないか？」

革の服を着た運転手は姿勢を正し、笑いながらくしゃくしゃの紙幣を受け取ると、エンジンをかけた。

「うんざりさせられるもんですな」と運転手は言った。世間一般の女性のことを言っているようだった。「自分で自分を痛めつけるようなまねをするんですからね。旦那《だんな》の名前をお伝えしましょうか？　そのご婦人も知りたがるでしょうし」

レインコートの男は、ごく慎み深い性格のように、ためらってみせた。

「いや、それはどうかな。かえって彼女に気まずい思いをさせてしまうだろう。昔の知り合いとだけ言っておいてくれ。さあ、その角から見ているからね」

「その必要はありませんよ」運転手はくったくなく言った。「わたしは正直者ですからね。ええ、そうですとも。では旦那、おやすみなさい。まったく嫌な雨ですな。じゃあ、ちゃんとご婦人をお送りしますすよ」

古びたタクシーが車体を震わせて走りだすと、男は近くの戸口の陰へ後ずさりした。そしてゆっくりと二百数えてから、ふたたび雨の中へ歩み出た。今度は大通りにもバス停にも人の姿はなかった。

男はポケットの中で銃を握り締め、頭を下げて雨を凌《しの》ぎながら、明るい通りを誰にも見られずに歩き過ぎ、デバン・ストリートへ曲がり込んだ。

2　大きな獲物

新聞がその事件を〈ゴフス・プレイスの謎〉と命名し、いっときの間、あらん限りの憶測を書き立てるのを、警察は持ち前の陰気な克己心で耐え忍んだ。それから八ヵ月が経っていた。アルバート・キャンピオンはヨウ主任警視の部屋のドアを閉めると、階段を二階上がり、警視の中ではいちばん新参のチャールズ・ルークの部屋のドアをノックした。

キャンピオンは五十代初めの背の高い痩《や》せた金髪の男で、青白い顔に大きな眼鏡をかけており、その薄ぼんやりとした容姿には、誰しも欺かれがちだった。彼には知人が大勢いたが、実際に彼が何をして暮らしを立てているのかを知る者はほとんどいなかった。若い頃には〈難問に立ち向かう若者〉としばしば称された彼だが、近頃は自分が〈難問を持ち込む老人〉になりつつあるのではないかと、よく口にしたものだった。そして昔もいまも、自分の身分を明らかにすることを注意深く避けていた。

彼が自営業者であることは確かだった。彼はまた、現在の副総監、スタニスラス・オーツが犯罪捜査課の警部だった頃、警察の捜査に協力してもいた。そのため、オーツの跡を継いだヨウを始め、警察上層部の多くの人間が、キャンピオンを友人であり熟練した立会人だと、そしてまた未知なる領域への貴重な案内役だとみなしていた。

差し当たり、キャンピオンの気分は塞《ふさ》いでいた。古くからの友人というのは、あからさまな敵にも似て、理不尽な要求を突きつけてくることがままある。緊急呼び出しを受けてヨウの元を訪れたキャンピオンは、捜査状況をこと細かに説明された。そしてお上から友人へ下された命は、チャーリー・ルークにヒントを与えることだった。

キャンピオンはヨウのことも、そして犯罪捜査課がここ十年で輩出した中でもっとも興味深い人物であるチャールズ・ルークのことも好きだったが、この頼み事にははなはだ懐疑的だった。そもそもヨウは、どんなに繊細な問題でも自分で解決できる男だったし、ルークにしてもヨウの秘蔵っ子であり、未来のホープだった――同僚の息子であるルークを、ヨウは二十年にわたって目をかけてきたのだ。そのヨウがルークにヒントを与えるよう、キャンピオンに求めてきたのだから、よほど手を焼いているにちがいなかった。その上、これまでの経験から、ルークに口出しするのは並大抵のことではないとわかっていた。彼の機嫌がよい時でさえそうなのに、すでに議論はあらかた尽くされたと思われるいまはなおのことだった。

キャンピオンは緑色のドアをノックした。ドアを開けた事務官は部屋の外へ出ていき、ルーク警視が片手を差し出して近づいてきた。

彼ほど体格のいい男をキャンピオンはほかに知らなかった。がっしりとした筋肉のせいで、百八十センチの実際の身長よりも小さく見えた。縮れた黒い巻き毛で、褐色の肌の精悍《せいかん》な顔立ちをしている。彼はいま神経質そうな雰囲気を振りまき、盛り上がった眉《まゆ》の下の鋭い目には喜びの色が浮かんでいた。

「これはこれは！　ちょうどきみに会いたいと思ってたんだ！」思いがけないほどの熱心さでルークが言った。「入れよ。おれのためにヨウの親父さんにヒントを授けてくれと、きみに頼もうかと考えてたところだ。あの親父さんは、おれの頭がおかしいと思ってるんだ」

キャンピオン自身もそう考えていた。だが改めて口に出すまでもなかったし、ルークがその暇を与えなかった。彼は握手もそこそこに、驚くべき素早さで、天来の訪問者を机の前の肘掛《ひじか》け椅子《いす》に座らせた。

「今度の相手はかなりの大物だと思う」ルークは前置きなしに話しはじめた。「確かにそう思うんだが、いまのところ、確証は得られてない」

「それはちょっと厄介だな」キャンピオンは心得顔でつぶやいた。「お偉いさん方は確証がないと見向きもしないからね」

「新しい階級のせいさ」とルークはそっけなく言った。「警部や警部補なら単なる閃《ひらめ》きだろうと認められる。だが警視となると、足を絨毯《じゅうたん》につけ、尻《しり》を椅子《いす》に乗っけて、頭を〈会員専用〉と書かれた箱に突っ込んでなきゃならない。おれだって、そのことはほかの誰よりもわかってるし、普段ならそれで文句もない。だが今度ばかりはそうはいかない。おれの第六感がうずくんだ。これまでにもそういうことはあった。キャンピオン、せっかく来たんだから、こいつを見てくれよ」

ルークは背後の壁に掛けられた地図に向き直った。ヨウからすでにその地図のことを聞かされていたキャンピオンは、それがロンドン西部——チャーリー・ルークがその地区の警部だった頃、その辺りで危険に満ちた数年を過ごした——の縮尺市街図だと見て取った。ヴィクトリア朝時代には、中流階級世帯の漆喰《しっくい》の屋敷が迷路のように建ち並んでいた地域だった。第二次大戦を経て物騒なスラムと化していたが、最近また、かつての威容を取り戻しつつあった。そう記憶していたキャンピオンには、その地図は目新しいものだった。その地区の北部が半径四百メートルほどの円に囲まれ、戦闘地図のように色つきの旗がいくつも立てられている。円の中心は緑色のいびつな形の空き地で、ハイド・パークへ南に走るエッジ・ロードと、西に延びる長いバロー・ロードが交差する辺りに位置していた。キャンピオンは空き地に書き込まれた文字を読もうと身を乗り出した。

「グリーン園」キャンピオンは声に出して言った。「聞いたことがないな。きみが気に病んでるのはゴフス・プレイスだと思っていたがね」

ルークは横目でキャンピオンを見た。

「じゃあ、ここへ来る前に親父さんと話してきたんだな。ジャック・ハボックかレディングデールの肉屋かが、連中を法廷に送り込まなかったからといって、あの世から舞い戻ってきたなんていう妄想に、おれが取りつかれてると言ってなかったか?」

「いいや」キャンピオンは善意から嘘《うそ》をついているのだと自分に言い聞かせた。「ぼくはただ、きみは過去三年間に起きた三、四件の未解決事件を関連づけ、同一人物の犯行と考えているようだと推測しただけさ」

「まあ、そんなところだ」ルークは机の端に腰かけた。これまでにキャンピオンが何度もそう思ったように、ルークはしなやかで抜け目ない大きな猫のようだった。「ゴフス・プレイスと、バスと共に消えた死体。この事件に関して耳にしたことはいったんすべて忘れて、おれの話を聞いてくれ」

話している間じゅう、大げさな身振り手振りを交えて話を誇張するのがチャーリー・ルークの愛嬌《あいきょう》のある癖だった。長い手で宙に図を描き、自分の顔で話の登場人物の百面相をしてみせるのだ。この時も彼が背を丸め、老人のように唇をすぼめて、拳《こぶし》を自分の鼻に食らわせて形を変えてみせても、キャンピオンはちっとも驚かなかった。

「可哀想なルー老人」とルークは言った。「実直でしっかり者、忍耐力も人並み以上で、金貸しの例に漏れず頑固だった。デバン・ストリートに彼の質屋があって、夜店を閉めると階上《うえ》の事務所へ上がり、金貸し業の帳簿を引っ張り出すのが日課だった。利息は高かったが、とんでもないほど高くはなく、別段文句も言われずに、そこで何年も商売を続けていた」ルークは言葉を切り、不気味な目つきで訪問者を見つめた。「誰かが彼を殺し、事務所を荒らした。床は血の海で、帳簿が少なくとも五、六冊持ち出されていた。階段からゴフス・プレイスに面した出口まで血の跡が続いており、その後ルーの姿を見た者はいない。最初は大騒ぎになったが、肝心の死体がないものだから、徐々に騒ぎも収まっていった」

キャンピオンはうなずいた。「それなら覚えてる。土砂降りの夜で、グラフトン公劇場の公演日でもないのにあそこに田舎のバスが停まっていたが、誰も変だと思わなかった。警察は、死体はバスで運び去られたという結論に達した」

「警察は結論を出さなくちゃならないんだ。そうしないと身動きが取れないからな。だが、実際にバスで運んだにちがいない。もしほかの車で運んだのなら、その行方を突き止めることができたはずだ。ロンドン周辺の州と警察署すべてに通達を出し、七百近いガレージを調べたんだからな。ルー老人はまず間違いなく、バスで運ばれたと思われる。だがそうなると、前から乗っていたあの老夫婦のことはどう説明する？　そこのところが、どうにも引っかかるんだ。彼らは誰なんだ？　いったいどうなったんだ？　どうしてあんなにおとなしく、ぐっすりと眠り込んでいたんだ？」

眼鏡の奥でキャンピオンの薄青い瞳《ひとみ》が物思わしげな表情を浮かべた。ルークの並外れた想像力には心を動かさずにいられなかった。キャンピオンの記憶の中で薄れかけていた情景がふたたび息を吹き返した。

「そうだったね」とキャンピオンは言った。「顎鬚《あごひげ》を生やした老人と、ビーズのついたボンネットをかぶった老婦人が、前の座席で居眠りをしていた。確か目撃者が何人かいたはずだ」

「全部で五人」とルーク。「五人の人間が、あの夜九時四十分から十時五分の間に、ゴフス・プレイスにバスが停まっているのを見たと証言している。彼ら全員が老夫婦のことを覚えていた。が、ほかのことは何も、ナンバーも車体の色も覚えていなかった。運転手がバスへ乗り込んだときに、ちょうどゴフス・プレイスの入り口を通りかかった給仕係は、運転手には目も留めなかったが、その老夫婦のことは絵に描けるほどはっきり覚えていた。そしてその給仕係は、前にも二人を見たことがあると言ってる」

「それはそれは！　さぞ有力な証言だったんだろうね！」ルークの顔が曇ると、痩《や》せた男は当惑したように付け加えた。「なんの足しにもならなかったのかね？」

「そうだ」新参の警視はぶっきらぼうに言った。「その男の話は曖昧《あいまい》でね。エッジ・ストリートのどこかだったと言ってる。窓ガラス越しに見たことだけは確かだそうだ。喫茶店にでも座ってるところを、通りすがりに見たんじゃないかということだ」柄にもなく束の間ためらってから、ルークは壁の地図に向き直り、顎を振った。「この三つの黄色い旗は、その男が通りそうな地域にある飲食店を示している」

キャンピオンは眉を上げた。ルークは藁《わら》にもすがる思いなのだと、あらかじめ言い含められていた。

「それじゃ決定的な証言にはならない」

ルークは鼻を鳴らした。「まったくだ」と悪びれずに言う。「最初に言っておくが、話が進めば進むほど、証拠は貧弱になっていくからな。それであのヨウの親父さんも腰が引けてるのさ。あの隅っこの青い旗は、安物の紳士用品を扱うカページの店だ。そこの特売で誰かがこれを買った」ルークは机の上に屈んで引き出しを開け、分厚い茶色の封筒を引っ張り出した。

キャンピオンが見ていると、ルークは封筒の中から手袋を取り出した。紳士物の左手用の手袋で、模造の豚皮でできており、新品同然だった。ルークの細い目がまともにキャンピオンを見た。

「これはチャーチ・ロウ射殺事件で、現場に残されていた手袋だ」

「おいおい、待ってくれよ！」キャンピオンの非難は、ごく当然の反応だった。キャンピオンと同じように、ルークは赤面するだけの品位を持ち合わせていた。

「わかったよ」ルークは証拠品を、机の上にある手紙秤《てがみばかり》の真鍮《しんちゅう》の皿に放った。反対側の皿には小さな円柱型の重りが載せてあり、なんの変哲もない手袋を載せた皿は宙に浮いたままだった。「別に何かを証明しようとしてるわけじゃない。ただ、女主人のほかにも人がいることに気づいて、チャーチ・ロウの屋敷を飛び出していった男が落としていったこの手袋は、そのカページの店で購入されたものだったと言ってるだけだ」

「いいかね、ぼくはきみと議論するつもりはさらさらない」キャンピオンはきっぱりと言った。「だが、チャーチ・ロウ射殺事件が起きたのは三年も前じゃなかったかね」

「そうだ」とルークは快活に言った。「ちょうど三年前のいま時分の九月に起きた。ゴフス・プレイスの事件は今年の二月だ」

「一年五ヵ月も空白があるじゃないか」キャンピオンは訝《いぶか》しげに言った。

ルークは地図を振り返り、「ああ、それなんだが」もったいぶって言う。「それほどの空白があるとは思えない。カページの店の裏手の、フェアリー・ストリートの先にあるピンク色の印を見てくれ。小さな宝石店で、トビアスという爺《じい》さんがやってる。その爺さんとは何年も前から知り合いでね。ついこの間のことだが、休日にドーセットから出てきた若い女の先生が、その店先を通りかかって仰天した。特売品のトレイにこれがあったんだ」ルークはふたたび引き出しへ身を乗り出すと、小さな箱から蔦《つた》の模様が刻まれた金の指輪を取り出し、訪問者に手渡した。「それは彼女のおばの指輪で、それを見つけて彼女はひどく驚いた。というのも、二年三ヵ月前から、おば夫婦が行方不明になっていたからだ――チャーチ・ロウ射殺事件の翌年の六月からね」

キャンピオンはきょとんとして警視を見つめた。

「まさかそのおば夫婦は、バスで旅行に出かけたと言い出すんじゃないだろうね、チャールズ？」

「いや」とルーク。「二人が何に乗って出かけたのか、そもそも旅行へ出かけたのかどうかも、誰一人知らないんだ。二人は隠居して、ヨークシャーの小さな家でのんびりと暮らしていた。なのに家財を売り払って金を作り、誰にも何も告げずにロンドン行きの列車に乗った。ただ、おばのほうが、誕生日祝いにもらった白いビニール製のハンドバッグのお礼をしためた、あの女の先生に宛《あ》てた手紙の中で、とても感じのいい若い男性に会ったと書いている。おじがその男からヨハネスバーグについてあれこれすばらしい話を聞かされ、もしそこへ行くことになれば、そのハンドバッグがちょうど役立つだろう、とね。書かれていたのはそれだけだ。おばはその後二度と手紙をよこさなかった。姪《めい》が調べたときにはもう、おば夫婦は荷物をまとめていなくなったあとだった」

ルークは言葉を切り、ぐいと顎《あご》を突き出した。

「むろん、この二人が銀行口座を閉めるほどの長い間、飛行機や船で旅行に出かけたとなれば、警察でその足取りがつかめそうなものだと思うだろう。だが、つかめなかった。二人に関する手がかりは何一つ得られなかった。あの指輪以外はね。おばが外したことがないというその指輪が、おれが興味を持ってる地域のど真ん中で見つかったんだ」

キャンピオンはしげしげと指輪を眺めた。高価なものではなさそうだが、珍しいデザインの美しい指輪だった。

「その姪ごさんにはどのくらい確信があるのかね?」

「百パーセントだ」ルークは細面の顔を巧みに丸顔に変容させ、生真面目そうな瞳《ひとみ》に張り詰めた表情を浮かべた。「おばが飼っていたテリアが、いつも指輪を噛《か》み取ろうとしていたそうだ。こいつでよく見てくれ」

ルークは机の上に転がっていた宝石商の拡大鏡をキャンピオンに手渡した。痩《や》せた男は仔《し》細《さい》に指輪を調べた。

「なるほど」とキャンピオンは言った。「なんとも野趣のあるいわれだな。トビアスはなんと言ってるんだね?」

「たいしたことは何も。本当のことを言ってるにはちがいないがね」ルークは大げさにため息をついた。「その指輪をいつ手に入れたかも覚えてないんだ。店のウィンドーに並べたのは、姪《めい》が通りかかるほんの二、三日前だった。客から買い取った品物を入れておく引き出しを整理していて、前回整理したときに内側に敷いた新聞紙の下からその指輪が出てきたんだ。中古品をいくつかまとめて買い取った中の一つだったはずだとやっこさんは言ってるが、定かではない。奇妙なのは、その新聞の日付が、おば夫婦が家を出た二週間後だったことだ。これが何かの証拠になるわけじゃないが、大いに興味を引かれるね」

ルークは指輪を受け取ると箱にしまい、手袋の上に置いた。話の行き着く先が見え、キャンピオンは協力的に振る舞おうと決めた。

「その残っている旗はなんだね？　真ん中の緑色のところのやつだ」

キャンピオンと目を合わせ、ルークが笑い声を上げた。

「面白いものだよ」と彼は言い、もう一度引き出しを漁って、質のよさそうなトカゲ革の財布を取り出した。すぐには手渡さず、内ポケットのちぎれたストラップをキャンピオンに示した。「今年の四月に、子どもがグリーン園の草むらでこいつを拾った」ルークは続けた。「しばらく蹴《け》っ飛ばして遊んだあと、警察に届け出た。そしてケント州の警察が捜していたものだと判明した。持ち主は車のセールスマンで、フォークストン‐ロンドン・ロード沿いにあるチョークを採取する竪坑《たてあな》の底で、自分のクーペの中で死体となって発見された。地面のタイヤの跡からみて、車は坑《あな》の中へ突き落とされたようだった。港町を発ったときに彼が七百ポンドを所持していたことがわかると、誰もが納得が入った。死体で発見されたときには、ポケットの中に小銭が少々入っていただけだったからね。書類なんかは手つかずで残っていたが、財布はどこにも見当たらなかった。家族から確認は取ってある。特徴のある財布だし、切れたストラップを奥さんが覚えていた」ルークは不気味な笑みを浮かべ、革の財布を手袋と指輪の上に載せた。その重みで秤《はかり》が傾き、光沢のある机に受け皿がぶつかって小さな音を立てた。「ほら」と彼は言った。「なんにも意味のない代物だが、なかなかの眺めじゃないか！」

キャンピオンは立ち上がり、もっとよく見ようと壁の地図に歩み寄った。

「手当たり次第にガラクタを集めてるわけじゃあるまいね」彼はうわの空で言った。「水晶玉があればもっとそれらしいのに。グリーン園というのは知らないな。いったいなんだね？」

「物哀しい場所さ」とルークは言い、うなだれてみせた。おそらく柳の真似をしているのだろう。「かつては墓地だった。教会がロンドン大空襲で壊れると、議会は土地をならして、墓石を境界線の塀に沿って並べ直した。バロー・ロードに面して板囲いが設けられ、その後ろには小さな普通の家——ポーチは立派だが配管はおそまつな——が建ち並んでる。大半はひと部屋ずつが貸室になっている家だが、個人が所有しているものもいくつかある。静かなところで、貧民街ではない。だがおれが思い描いてる男は、そういうところには住まないタイプだ」

その確信に満ちた、事情に通じているような口振りに、キャンピオンは呆気《あっけ》に取られた。警視が話しているのは、彼にとって、目の前の友人と同じように実在している人物のことなのだ。薄青い目に浮かんだ表情を見て取り、ルークは笑い声を上げた。

「たいした入れ込みようだろう？　おれはそいつのことが心配なのさ。チャーチ・ロウ射殺事件じゃ収穫はなかったから、あのおば夫婦に手を出さなきゃならなかったんだろう。二人から数百ポンド手に入れたはずだが、それでもしきりに催促する金貸しを黙らせるには足りなかった。そこで、その問題を片づけた。デバン・ストリートに金があったとしても、それには手をつけなかったから、二ヵ月ほどして、あの車のセールスマンに目をつけたのさ。その金がいつまで持つかはわからない。そいつの借金がどのくらいあるか知らないからな」

「まるきり小説じみた話じゃないか」キャンピオンは非難がましく言った。「興味深くはあるが、まるで地に足がついてない。その男が住んでいないなら、どうしてグリーン園に目を光らせてるんだね？」

「そいつの隠れ家《が》だからさ。そこなら安全だと考えてるんだ」ルークの低い声が柔和な調子を帯びた。まるで猫が満足げに喉《のど》を鳴らしているようだった。キャンピオンはふいに、かすかな興奮が密やかに背筋を走るのを感じ、驚きを覚えた。

「そこに何があるかはわからない」ルークは話を続けた。「だがそいつに、まやかしといえども安心感を与えるものであることは間違いない。顔見知りばかりがいるパブで、そこでは別人になりすましているのかもしれないし、あるいは口うるさく質問しないガールフレンドがいるのかもしれない――そういった場所が存在してるんだ。とにかく、そいつは自分を忘れたくなったらそこへ行く。たわごとのように聞こえるかもしれんが、おれにはそいつの気持ちが手に取るようにわかるのさ。そこにいるとき、そいつは透明人間にでもなったように感じている。そして、そこから持ち出したり、そこへ持ち込んだものは、決して足がつかないと考えている」ルークは言葉を切り、黒い瞳《ひとみ》でちらとキャンピオンの目を見た。「古臭い考えでは――聖域と呼ぶんじゃなかったかな」

なぜかはわからないが、キャンピオンは身震いした。慌てて現実の問題に話題を変える。

「その新しい電話は?」

ルークは忍び笑いを漏らし、電話機へ顎《あご》をしゃくった。それは隅にあるファイルの上に乗っており、ほかの電話機から離れたところにあった。

「そいつのせいで」とルークは言った。「階下《した》でひと騒動あったんだ。金さえかからなきゃいくらでも妄想は広げられるが、個人の妄想にわずかでもお上の金を使うとなると、連中のうるさいことといったらなかったよ！　そいつはバロー・ロード警察署への直通電話だ。グリーン園で何か出たら、直ちに連絡が来ることになってる。この二週間で三十シリングは費やしてるが、うんともすんとも言わない。だが、いつかきっと鳴るだろう、いつかね！」

眼鏡をかけた痩《や》せた男は、椅子《いす》に戻り、秤《はかり》に載せられた証拠品の小さな山を眺めた。

「きみの話は実に説得力があるね、チャールズ」とキャンピオンは言った。「それらの事件に共通性があるとぼくに認めさせようとする手法は、精神科医のそれと大きくかけ離れてはいるがね。もちろん、指輪の一件には死体は出てこないし、それはバスの件でも同じだ」

ルークはポケットに手を突っ込み、小さな音を立てて小銭をいじりはじめた。

「おれがハボックやレディングデールの殺人鬼を復活させようとしてるなんて、ヨウも馬《ば》鹿《か》なことを考えたもんだ」ルークは言った。「そいつはあんな連中とは違う。ハボックは刑務所の中の平和な世界から逃げ出したし、レディングデールの男は、青ひげやクリスティのように、血への渇望に忠実だった。だが、そいつは違う。爽快《そうかい》なやつだとさえ言えるだろう。頭がよくて、度胸もある。神経症ではない。まったくの正気で、蛇のような冷酷さ、それに用心深さを持ち合わせている——目撃者も死体も後に残さないんだからな」

キャンピオンは自分の指先を見つめた。アフリカで猟をする白人たちが、ルークと同じように恋焦がれるような熱心さで、自分たちの獲物について話をするのを聞いたことがあった。

「そいつの目的は金だけだと思うかい?」ややあって、キャンピオンは尋ねた。

「ああ、そうだろうね。必ずしも大金というわけじゃないが」警視は何気なくポケットからひと握りの銀貨を取り出すと、ちらりと見てまたポケットに入れた。「やつは悪党だ。他人から奪った金で生活してるんだ。とりわけ特徴的なのは、必要が生じた場合、なんのためらいもなく人を殺すところだ」

ルークは机から下り、後ろへ回って椅子に座ると、証拠品を引き出しにしまった。

「やつは強敵だ」とルークは言い、はにかんだような目でキャンピオンを見つめた。「おれの敵だよ。プロフェッショナルかつ天性の悪党だ。いいか、これだけは確信してるんだが、おれがやつを捕まえるか、やつがおれを殺すか、そのどちらかだろう」

捜査が空振りに終わらぬよう祈っているとキャンピオンが言おうとした矢先に、緑色のファイルに載せられた新しい電話が背後で鳴りはじめた。

3　グリーン園

キャンピオンがルークを訪ねた日の朝、グリーン園は普段にはない美しさを見せていた。霧に金色にきらめく朝陽が、濡《ぬ》れて黒々としたプラタナスの枝の間から差していた。淡黄色の葉が散り敷き、萎《しお》れた芝生をさらにみすぼらしく見せる芝の剝《は》げた部分や、煙草の空き箱、それにバスの切符を覆い隠していた。

狭いコンクリートの道が、帽子に巻かれたリボンのように、芝生をぐるりと囲んでいた。その輪のいちばん向こう端に木製のベンチが一つぽつんとあり、娘が一人座っていた。背はあまり高くなかったが、小猫のようにしなやかな体つきをしており、上品なツイードの外套《がいとう》と、それに合う茶色の靴と手袋を身につけていた。足元にはカンバス地の旅行鞄《かばん》が置いてあった。

大柄で年配のブラード巡査は、その娘を見るために、すでに二度その道を通っていた。一度目は職務で、二度目は目の保養のためだった。ブラシのかけられた艶《つや》のある髪は蜂蜜《はちみつ》色で、離れぎみの両目のまわりに金色のそばかすが散り、口はペンで書いたように細く、それでいて大胆な曲線を描いていた。

巡査はその娘に当惑を覚えた。これほど場違いな印象を抱いたのは初めてだった。待ち合わせの相手が大幅に遅刻しているのだとしても、彼女はいっこうに気にかけていないようだ。冷んやりとした空気の中で、満足げな様子でベンチに腰かけている。白い肌には赤みが差し、帽子をかぶっていない頭が陽光に照り映えていた。二十歳に見せかけようとしているらしいが、せいぜい十七歳ぐらいだろうと巡査は思った。彼の見立てはそう外れていなかったが、実際は二十四歳に見せようとしていたのだった。ひときわ目につくその美しさを別にすると、巡査を感心させたのは彼女の落ち着きぶりだった。二度目に通りかかったとき、巡査が自分を見ていることに気づくと、彼女はごく当然のように、礼儀正しく挨拶《あいさつ》の言葉を口にした。

きっと田舎から出てきたのだと巡査は考えた。確かにそのとおりだった。

さらに四十分が過ぎ、巡査はいよいよ娘のことが心配になりはじめた。けれども当の本人は相変わらず平然としていた。腕時計をしていたとしても、目をやる素振りさえ見せず、まったく問題はないというように、悠然とくつろいでいる。彼女はすらりとした脚を伸ばし、両手を膝《ひざ》の上で組んでいた。

このアナベル・タッシーのことは誰もが心配せずにいられないのだとも、巡査は考えたかもしれない。というのも、角を曲がり込んできた若い男が、まっすぐ娘の元へ向かっていくのを見たとき、まったくの他人である巡査でさえ、心の底からほっとしたのだった。

その新来者もまた、この辺りでは見かけないタイプの男だった。洒落《しゃれ》た身なりをした、黒っぽい赤毛の髪をした小柄な若者で、子どもっぽい潑剌《はつらつ》とした顔をしていた。彼はたいていの童顔の持ち主と同じくロマンチストで、自分の顔に不満を抱いていた。歳は二十二歳で、それより上には見えなかった。顔の下半分はいかにも喧嘩《けんか》っ早そうな感じだったが、真っ青な瞳《ひとみ》には知性がきらめいていた。

彼の黒いスーツは非の打ち所がなく、白い襟は光っていた。外套《がいとう》を着ていないのは、老舗の紅茶問屋であるウィズドム兄弟商会の新入社員として、去年と同じカーキ色のみすぼらしい外套を着るのが忍びなかったためだ。月末にならなければ、かねてから目をつけている品のいい外套を買うための金が手に入らなかった。

しかしながら、その若者は一時的な貧窮を気に病んでいる様子はなかった。世界は自分のものだと言わんばかりに芝生を大股《おおまた》で横切っていく姿は、生まれながらの愛嬌《あいきょう》のよさと躍動的な身のこなしにより、喜びに溢《あふ》れているように見えた。人生の変化をささいなこととして受け入れられることが、若さを埋め合わせる能力の一つだった。リチャード・ウォーターフィールドは、朝の九時にロンドンを半分横断し、名前を聞いたこともないような寂れた公園まで来てほしいというアナベルの手紙に書かれた要望を、ちっとも横柄だとは思わなかった。彼女から手紙が届いたのは十八ヵ月ぶりではあったが、彼は一も二もなくその頼みを聞き入れ、ウィズドム兄弟諸氏には、午前中に歯医者に行くと届けてあった。

アナベルはサフォークで隣家に住んでいた幼馴染《おさなな じ》みだった。

「グリーン園という公園で待っています」と彼女からの手紙には書かれていた。「地図で見ると感じのよさそうな公園で、駅のそばにあります。列車は九時に着きます。ご面倒をかけてすみませんが、ロンドンに住んでいる誰かにわたしの居所を知らせておくべきだと思ったのです。理由はお会いしたときに話します。雨が降っていたら教会の中ででも話しましょう。あなたにお茶や食事をご馳走《ちそう》させるわけにはいきませんから」

その率直さはリチャードを愉快がらせた。アナベルは子どもの頃から要点を的確につかむ才に長けており、リチャードは彼女のそんなところが気に入っていた。リチャードは彼女に会ったらアイスクリームをおごってやろうと決めていた。

そういったことを考えていると、ふいにアナベルの姿が目に入った。そして彼女の前で足を止めたときには、彼の考えはすっかり変わっていた。

「こんにちは、リチャード」アナベルが取り澄まして言った。

「こんにちは」リチャードは探るようにそう繰り返した。そしてだしぬけに、「いったいなんだって、そんなにめかし込んでるんだい？」

一瞬、満足げな微笑がアナベルの美しい口元に浮かんだ。彼女はベンチの隅に体をずらし、座る場所を空けた。

「きっと驚くだろうと思ってたわ。会うのは二年五ヵ月ぶりですもの。これはジェニーの外套《がいとう》よ。あたし――その――とてもきれいでしょ？」

リチャードは腰を下ろした。「見違えるほどだよ」とぎこちなく言う。

アナベルは満足そうな様子で、落ち着き払って説明した。「髪も念入りにセットしてもらったわ。できるだけ歳より上に見せなきゃならないの」

「そうらしいね」リチャードは暗い面持で言った。もうアナベルがかつての元気な女の子ではないことに失望を覚えていた。三年ほど前に彼女の姉ジェニファーへの幼い恋に身を焦がしていたとき、アナベルは彼の頭を冷やしてくれる、なくてはならぬ友人だったのだ。この新しいアナベルは、まるで一夜のうちに咲きそろった花壇いっぱいの花々のようだった。好奇に満ちたリチャードの目を覗《のぞ》き込む彼女は、誰の心をも掻《か》き乱さずにすまなさそうだった。

驚いたことに、彼女がリチャードの手に自分の手を重ねた。

「ばかね」と彼女は言った。「あたしはあたしよ」

リチャードはほっとしたように笑い、年上らしい威厳をほんの少し取り戻した。

「それを聞いて安心したよ。家の人はきみがここへ来るのを知ってるのかい？　まさか、とんでもないことを考えてるんじゃないだろうな、女優になりたいとか」

「いいえ」彼女は別段気を悪くもせずに言った。「もっと複雑な理由なの。だからあなたのような、信頼できる人に会いたかったのよ。もちろんジェニーは、あたしがここへ来てることを知ってるわ。となると、あの医学生のマイクも知ってるはずね。だけど、ママには内緒よ。病気に障るといけないから」

アナベルの姉を射止めた恋敵、マイケル・ロビンソンの名を聞いてリチャードはいくらか安心した。あの年上の気取り屋は、少なくともやり手ではあった。

「お母さんのことは聞いたよ」彼は気まずそうに言った。「お気の毒に。立ち入ったことだけど、まだお加減は悪いのかい？」

「あんまり思わしくないの。卒中の発作だったのよ」アナベルは感謝の目をリチャードに向けた。「病気の話をしたってしようがないけど、ジェニーはとてもよくやってるわ。マイクとの結婚はいまのところ考えてないみたい……つまり、落ち着くまではね。あの二人はまだ大学生で、あたしは高校を出たばかりよ。ジェニーの代わりなんて、とてもあたしには務まりそうにないわね。だって、家計をやり繰りするのって本当に大変なのよ。だからすぐに仕事をはじめようと思ってたの。そこへこの手紙が届いて、あたしにぴったりの役目だと思ったわ。だからここへ来たのよ」

「なるほど」アナベルの顔から目を離すことは難しかった。「その手紙というのは？」

「これよ」彼女は外套《がいとう》のポケットから分厚い封筒を取り出し、リチャードに手渡した。「あなたの意見も聞かせて。ママ宛《あて》だったけど、ジェニーにも関係のあることなの。おしまいまで全部読んでちょうだいね。でないと、事情が呑《の》み込めないだろうから」

リチャードは訝《いぶか》しげに手紙を受け取った。ぞんざいではあるが決然とした文字が並ぶ便箋《びんせん》が何枚も入っていた。

ロンドン西二区、グリーン園七番地

親愛なるアリス
わたしのことは知らないだろうと思いますが、もしかすると親類の誰かから聞いて知っているかもしれませんね。誰だって親類の話をするものでしょう？　さて、わたしはあなたの義兄フレデリックの妻です。というより、未亡人というべきでしょうね。あなたも結婚する前に彼に会ったことがあるかもしれません。
あなたがフレデリックについて何を聞かされたにせよ、決して悪い人ではなかったし、弟であるあなたのご主人を心から愛していました。ご主人は数年前に亡くなられたそうですね。お気の毒に。亡くした夫の話をするのは辛いものです。

フレデリックは幸福な人生を送りましたが、期待された結婚をせず、家を飛び出してわたしの所有するホテルへ来たときには、みなさんさぞ驚かれたことと思います。わたしたちが正式に結婚していたことをお知らせするべきでしょうね。一九三一年六月二十七日——お気づきのとおり、少し月日が経ってからです——にマンチェスターのゴールドクロス登記所へ届け出をし、その後幸せに暮らしました。一九四五年に主人が亡くなったとき、わたしはホテルを手放しました。そして父が遺してくれた小さな家が当時空き家になっていたものですから、そこへ移り住みました。その家の住所はこの手紙の最初に書いてあります。それほど洒落《しゃれ》た場所ではありませんが、家には手を入れて住み心地をよくしてあります。

実を言いますと、わたしとフレデリックには子どもがなく、生きている親類は一人もいないのです。賭《か》け競馬に当たったほどではありませんが、いちばんいい時期にホテルを売り払いましたし、わたしはそういう性分ですので、昔から何がしかの蓄えはしてきました。

もう遠回しに言うのはよしましょう。フレディには姪《めい》がいたはずです。新聞で見たのです。ジェニファーという名前でした。

フレディは出生欄と死亡欄には欠かさず目をとおしていました。プライドが邪魔をして手紙を出せないときには、その名前の主の健康を祝して乾杯したものです。アリス、わたしはその姪《めい》に会いたいのです。でも、前もって何かを約束することはできません。わたしにも彼女にもそれぞれの性格がありますし、うまが合わないかもしれませんからね。ですが、もしあなたが彼女をこちらによこしてくれて、その子がわたしの思ったとおりの娘だったら、決して悪いようにはしません。そしてその時には、彼女にここでしてもらいたいことがあるのです。

読み返してみると、どうしたいのか自分でもわかっていないような手紙ですが、どうか心配しないでください。ちゃんと彼女の面倒を見ます。決して馬鹿《ばか》げたことをさせたりはしません。遅くまで外出したり、ちょっとでもおかしなまねをすることも許しません。とにかく、わたしが思いついたのはこういうことです。頼んでみるだけなら差し支えないでしょう？

では最後になりますが、あなたの幸せを心から祈っています。女性には辛い時代でしたわね。でもわたしはそのおかげで、女性の心が前より広くなったと思っています。もしその子をこちらへよこしてくれるなら、彼女とあらかじめよく話し合ってくださいね。わたしが彼女の想像とまるで違っていて、悲嘆に暮れて帰ってしまったら困りますから。

その子に会えるのを楽しみにしています。ですが無理にとは申しません。

真心を込めて

マーガレット（ポリー）・タッシー

追伸

その子は二十四歳くらいでしょうね。きっと親切で立派なお嬢さんだろうと思います。思い切って申し上げますが、もし不器量な娘さんでしたら、どうかこの手紙のことはお忘れになってください。

リチャードは追伸を二回読んでから顔を上げた。その若々しい顔は無表情だった。

「このおばさんのことを知ってる人はいたのかい？」

「ええ、もちろんよ」アナベルはみるからに浮き立っていた。「パパとフレデリックおじさんの二人が屋敷を相続したの。お金はほんの少ししかなかったけど、責任は重大だったわ。だけどおじさんが大金持ちのソール卿《きょう》の娘と婚約したから、問題はないはずだったの。なのにおじいちゃんが死ぬと、おじさんは婚約者を捨てて、さっさと出ていっちゃったわ。おかげでパパが屋敷とスキャンダルを両方抱え込むはめになったのよ。それでも、たいした騒ぎにはならなかったみたいね。気まずい雰囲気はいつまでも残ってたけど。だからこのおばさんのことは、誰も気にかけてなかったらしいわ。でも、なかなか素敵そうな人じゃない？」

リチャードはすぐに返事をせず、アナベルは彼のほうへにじり寄った。

「ねえ、そう思わない？」

「よくわからないよ」とリチャードは正直に言った。「ロビンソンはこの手紙を読んで、きみをここへよこすのがいちばんだと考えたのかな？」

アナベルは返事をためらい、灰色がかった金色の瞳《ひとみ》をそらした。

「そうだと思うわ」彼女はようやく口をひらいた。「うちはいまちょっと息苦しい感じなの。たぶんマイクはあたしのことがうっとうしいんでしょうね。つまり、あたしたちに必要なのは裕福な親類だと考えてるんだわ」

リチャードはいつになく真剣な表情を浮かべた。手紙の最初のページをもう一度読み直しながら、傍らの息を呑《の》むほど美しい顔を盗み見た。アナベルはまくしたてた。

「ポリーおばさんに返事は出してないのよ。もともとママ宛《あて》の手紙だったし、事情もややこしすぎて、なんて書けばいいかわからなかったの。だからあたしが直接出かけていって、おばさんに会おうと思ったのよ。でも、なんだかおかしな話でしょ？　それで誰か信頼できる人に、あたしの居所を知っておいてもらいたかったの」

アナベルは言葉を切り、にっこりと笑ってみせた。その笑顔は、リチャードの記憶の中の彼女を鮮明に思い起こさせた。

「ロンドンにいる知人はあなただけよ」とアナベル。「だからあなたに手紙を出したの。賢明なことでしょ？」

「もちろんだ」男らしくもなくわき上がる疑念を押し殺して、リチャードは言った。「グリーン園七番地。たぶんあそこにある家のどれかだろう」リチャードはむっつりとして、公園の塀の向こうにある、霧にかすむ灰色の背の高い家並みへ顎《あご》をしゃくった。

「違うんじゃないかしら。あたし、あっちから来たの。あそこはクレセント園よ」アナベルは落ち着かなげに、あらゆる方角に続いているみすぼらしい漆喰壁《しっくいへき》の家々を眺めた。「たぶん、この後ろのほうだと思うわ。あなたが来てあたしを見つけそこなうといけないから、どの家か探しにいかなかったの」

リチャードは微笑んだ。彼女はこの上なく魅力的だった。自立的かと思えば、人に頼り切っているところもあり、それがかつてないほどにリチャードの心をとらえていた。彼は立ち上がった。「ぼくが聞いてくるから、きみはここで待ってるといい。あそこにいるお巡りさんが知ってるはずだ。すぐ戻るよ」

一緒に行くとアナベルに言わせる暇も与えずに、リチャードは駆けだした。そしてバロー・ロードへ向かっていたブラードに追いついた。

「グリーン園？」年配の巡査らしく、ブラードはもったいぶって答えた。「何番地です？七番地？　それなら、あの右の角を曲がって最初の建物ですよ。すぐわかります。博物館ですから」

「なんですって？」リチャードは驚きの声を上げ、青い瞳《ひとみ》を大きく見ひらいた。

ブラードは思わず笑みを漏らした。若者はセッターのような赤毛で、まるで驚いた子犬のようだった。

「その博物館を探してたんじゃないんですか？　住所は間違いなく七番地です。博物館といっても小さなもので、管理人の家が隣接しています。わたしの記憶では、管理人のタッシーという女性が博物館の持ち主でもあったと思います」

「確かに名前は合ってます」リチャードの声はまだ幾分動揺していた。「ありがとうございます。あっちですね？　わかりました」

老ブラードはすぐには彼を行かせたくなかった。この二人には並々ならぬ好奇心をそそられており、ことにアナベルには想像力を大いに刺激されていた。

「七番地にあるのは博物館に間違いありません。小さな博物館で、入場料は無料です。何かの役に立つかどうかわかりませんが、そこはどん詰まり《テザーズ・エンド》と呼ばれているんです」

若者は顔をしかめてみせた。「ずいぶん愉快な名前ですね」

「そうでしょう？　わたしは三十年あまりこの辺りを担当していますが、それを知ったのはごく最近のことです。建物に徘徊城《ダンローミング》と名付けることがありますが、それよりも皮肉がきいていますよね。失礼だとは思いますが、あの若いご婦人は田舎から来られたんですか？」

「ええ、そうです」顔が赤らむのを感じ、リチャードは当惑した。落ち葉の散り敷く芝生の向こうに座っているアナベルに目をやる。そして年配の男に向き直るや、心にくすぶっていた疑問を思わず口にした。「彼女は急に、あんなにきれいになったんです。本当に急に」

ブラードは笑顔になった。「確かにそのようですね」と彼は言い、満足げな様子でゆっくりと歩き去った。若者があんなふうにまごついているのを見るのは愉快だった。急に、だって？　そういうことは急に起こると昔から相場が決まっており、実にけっこうなことだった。

この一件を頭の片隅に追いやると、ブラードは自分のことを考えはじめた。たいした記憶力じゃないか、と彼は思った。この地区のことなら何を訊《き》かれようと、さっきのように即座に答えることができる。いわゆる視覚的記憶力というやつで、あらゆることを映像で記憶しているのだ。あの小さな博物館、それに持ち主の老婦人も。一度彼女に中を見せてもらったことがあった……。

この時、忽然《こつぜん》とレジスターに金額が明示されるように、ある映像が彼の脳裏によみがえった。彼は足を止めた。その顔が最初白く、次に興奮で真っ赤になった。歩道の真ん中に突っ立ったまま、ポケットから手帳をつかみ出す。後ろのほうに、四つに畳んだ擦り切れた警察回章が挟んであった。震える手で手帳を振ってそれを取り出すと、彼は老眼鏡をかけた。

〈至急、次の人物について情報求む。七十歳から八十歳の女性。肌は日に焼けており、灰色か緑色のチェックのショールを纏《まと》い、大きな金属のビーズがついたこげ茶色の帽子をかぶっている。同年代の男性。短く刈り込んだ白い顎鬚《あごひげ》を生やし、山高帽を……〉

ブラードはバロー・ロードを行き交う車を見つめた。彼の心に浮かんだ考えは十分あり得るけれども突拍子がなく、頭がくらくらしてきた。続いてもう一つ別の考えが浮かぶと、彼は慌ててグリーン園を振り返った。ベンチにはもはや誰も座っていなかった。霧がかった陽光に包まれた小さな空き地は、がらんとして寂しげだった。あの若い二人の姿はどこにもなかった。

4　七番地

それは愛らしい小さな家だった。角を曲がって少し行ったところにあり、右手は生垣に、左手は博物館らしいアトリエ風の建物がある高い塀の巡らされた庭に接している。家の外壁は淡いピンク色に塗り直されており、ドアは鮮やかな青緑色だった。そして窓という窓にフリルのついた薄地のカーテンが掛けられていた。

この家と比べると、近隣のいくつかの家々は痛ましいほどみすぼらしかったが、グリーン園とエッジ・ストリートを結ぶ通り沿いには、努力の跡が窺《うかが》える家もちらほらあった。この界隈《かいわい》はふたたび息を吹き返そうとしているようだった。

リチャードは角に立ってアナベルの姿を見ていた。彼女はリチャードが一緒に行くことを断ったが、みるからに彼と離れたくなさそうだった。そこでリチャードは、彼女が無事に家の中へ入るまで見守っていることにした。

通りと家の間には小さな石畳の庭があった。アナベルはその庭を通り、階段を上ってポーチの中へ姿を消した。だがしばらくすると彼女はふたたび現れ、中には誰もいないというしぐさをした。次いで、庭を囲んでいる塀のドアへと向かう。そこには黒い板に金色の文字が書かれた看板があった。

テザーズ・エンド
珍品博物館
故フレデリック・タッシー氏所蔵の珍しい動物家具など多数展示
開館は月曜から金曜、午前十時から午後十二時三十分まで
入場無料
ご自由にお入りください

アナベルはしばし立ち止まり、美しい書体の文字を読んだ。外套《がいとう》の襟の辺りで髪が二つに分かれ、質素な服に覆われた肩は小さくて丸みを帯び、手袋をはめた手で旅行鞄《りょこうかばん》を後ろ手に提げていた。その姿は、リチャードの目にこの上なく印象的に映った。それは驚嘆の一瞬であり、すぐに過ぎ去ってしまうけれども、あとあとまで記憶に残る瞬間だった。

やがてアナベルはもう一度振り返り、リチャードに小さく手を振った。そして彼を一人残

し、ドアから塀の中へ入っていった。

アナベルはガラス屋根のついた、色つきタイルが敷かれた通路を通り、開け放たれたドアへ続く三段の赤い階段を上った。戸口から、寄せ木張りの床の広くて薄暗い室内が見えた。揮発油のにおいと、剝製《はくせい》にした動物から漂うむっとする麝香《じゃこう》のにおいが、強く鼻をつく。さっと見ただけでも、部屋の中はかなりの物で溢《あふ》れ返っているようだった。

戸口でためらっていたアナベルは、室内はループ状の通路を除いて物でぎゅうぎゅう詰めになっているのに気づいた。そのどれもが見たこともないような品物ばかりで、唯一の共通点と言えば、それらを集めた人間の驚くべき愚かさだけだった。

ガラスケースに入っている物もあれば、そうでない物もあった。部屋の中央を占めているのは、いっぷう変わった大型の動物の展示品だった。絨毯《じゅうたん》の敷かれた台座の上に、奇怪な椅《い》子《す》が向かい合わせに置かれていた。一つは小さな象の死骸《しがい》に巧みに手を加えたものだった。膝《ひざ》を折り、鼻を持ち上げている象の腹部にキルトを張り、そこへ座れるようにしてあった。もう一つの椅子も奇妙な手法で作られたもので、哀れなキリンの頭が、座る者の頭上に陰鬱《いんうつ》に掲げられていた。その傍らには虫食いのある大きなハイイログマが歯を剝《む》いて立っていた。しかしその獰猛《どうもう》さは、突き出された前脚にくくりつけられた、自由の女神が手にしているのと同じような、電気の灯った松明で台無しにされていた。そのほかにもう一つ、毛の抜けたダチョウが、ピンク色の絹の笠《かさ》がついた石油ランプを支えていた。これらはどれもかなりの年代物であり、古今を通じて類のない野蛮さと陰気さの顕現だった。

その台座のそばを歩き過ぎながら、アナベルはこうした展示品にぴったりの説明を思いついた――きっと若者らしい奔放さを持った財産家が、昔から学生がよくやる〈誰がいちばんくだらない物を持ち帰れるか〉というゲームを、一生かかって続けたにちがいない。

ガラスケースに目をやると、一足の木靴があり、主の祈りを表す色つきの釘《くぎ》が、踵《かかと》に打ちつけてあった。ほかにもサルの毛皮に黒いスパンコールをあしらったプードルの上着や、高さが百八十センチはある、漆喰《しっくい》でできた十九世紀の王室のウェディング・ケーキ、そして王冠をかぶった頭や国旗が描かれた、口髭《くちひげ》の支えつきカップのコレクションがあった。

アナベルは部屋の奥までやって来た。少し開けられた窓の下にかなり大きなガラスケースが置かれていた。中に入っていた展示品は持ち出されたらしく、二メートル四方の四角いケースには、青い海や灯台、それにカモメが描かれた背景幕と、その手前に置かれた、埠頭《ふとう》から漂い出したように見える二人掛けの座席があるだけだった。

背景幕の脇《わき》にあるがっしりとした鉄の機械から、そのケースにはかつて、動く模型が収められていたことが窺《うかが》えた。その手の機械に目がないアナベルは、早速ケースの裏に回り、始動レバーがないか探しはじめた。そしてそれらしいレバーを見つけ、手をかけて動かそうとしたちょうどその時、頭上の窓から、低く心地よい男の声が聞こえてきた。

「これでいいかい、ポリーおばさん」と声の主は言った。「ずいぶんきれいになったね。だけど、なんだって自分で洗わなきゃならないんだい？」

「毛布はきれいにしておきたいのよ」二人目の声には品があったが、頑固そうでもあった。「お手数だったわね。でも男の人が洗濯を手伝ってくれるのはいつでも大歓迎よ。ねえ、本当に行かなければならないの？　昼食に人を呼んでさえいなければ、なんとしても引き止めるんだけど」

「ぼくだってゆっくりしていきたいんです。でも、一時にステインズへ行って、六時にはレディングへ行かなきゃならない。時間がないのはわかってたけど、おばさんの顔を見ずにロンドンを通り抜けられやしませんせん」男はここで言いよどみ、一瞬の間のあとに続けた。「何も変わったことはないでしょうね？」

「変わったこと？」その声は驚きを含んでいた。「もちろん、変わったことなどありはしないわ。どうしてそんなことを？」

「たいした意味はありませんよ」男はくったくのない笑い声を上げた。「ただ、おばさんがぼくに会えて喜んでいるかどうか、確かめたかっただけです」

「喜んでいるに決まってるじゃないの」老婦人はほんの少し戸惑っているようだった。「おまえはいい子だもの、ジェリー」

「誰がなんと言おうと？」

「ええ、おまえを信じてるわ。次はいつ来てくれるの？　まだ決まったわけじゃないけど、今度おまえに話したいことがあるのよ」

男の返事はアナベルには聞こえなかった。レバーをあれこれいじっているうちに、突然古めかしい歯車が回りだし、背景幕が動きはじめたのだ。それと同時に、ケースの上の見えない場所に取りつけてあったサイレンが、けたたましく鳴りはじめた。

その騒音を止める手立てはなさそうだった。たいしたものではなかったが、見世物は終わりへと近づいていった。背景幕に埠頭《ふとう》が現れ、揺れながらその情景を横切っていき、そのあとにイルカが続いた。その間じゅう、蒸気船の汽笛そっくりのサイレンが、埃《ほこり》っぽい室内に響き渡っていた。

アナベルが機械相手に奮闘していると、庭へ通じるドアががたがた音を立てて開き、男が通路を走ってきた。彼はアナベルの表情を見て笑い声を上げると、ケースの前に屈んで下に取りつけてあるレバーを引っ張った。背景幕はひと揺れして止まり、サイレンも鳴り止んだ。

「さあ、これで大丈夫だ」それは庭から聞こえてきた声だった。「タッシーさんは子どもの仕業だろうと言ってたけどね。よくここへ入り込んでいたずらするんだ」彼はポケットから取り出した水玉模様のスカーフで手を拭《ふ》くと、何気なくそれをアナベルに手渡した。「これで拭くといい。ここにあるものはどれも薄汚れてるからね」

男は昔からの知り合いであるかのようにアナベルに接した。アナベルは驚きを覚えると同時に、快くもあった。彼女は男をしげしげと見つめた。

歳は三十かそこらで、アナベルにしてみればかなり年上だったが、その容姿はなかなか魅力的だった。くせ毛の金髪を短く刈り、頬《ほお》はこけ、彫りが深かった。がっしりとした首の筋肉だけがややその魅力を削いでいた。茶色の丸い瞳《ひとみ》は表情豊かではないにしても輝きを放ち、長くしなやかな四肢にぴったりとしたカーキ色のトレンチコートを身につけていた。アナベルはスカーフを返しながら笑みを浮かべた。

「ありがとうございました。勝手に触ったりして、本当にごめんなさい。これはいったいなんだったんですか？」

男はすぐに返事をせず、アナベルはおずおずと付け加えた。「つまり、中に何が入ってたんですか？　その座席に何か座ってたんでしょう？」

男は無言でアナベルを見つめた。どうやら彼を怒らせてしまったか、触れてはいけないことを訊《き》いてしまったようだった。男の表情にこれといった変化はなかったものの、親密さが急に影を潜めたことに彼女は気づいた。と、男はふたたび笑顔になった。

「チンパンジー」彼は短く言った。「確か、水夫の格好をしたチンパンジーが二匹座ってたはずだ。虫食いがひどくて処分してしまったんだ。ここにあるものはちょっとしたコレクションだろう？　これを集めた老人は魅力的な人物だったよ。まあ、ちょっと風変わりなところもあったけどね。ほかのもみんな見たのかい？　ぼくのお気に入りは、そのストーブの向こうの辺りにある、馬用の帽子だ。どこかの野蛮な原住民が魚の骨を編んで作った代物さ。ああ、おばさんが来た」

男はアナベルにうなずいてみせると、庭へ通じる戸口に現れた新来者のほうへ歩いていった。アナベルはその女性の姿を見て心の底からほっとした。彼女はどこにでもいるような、小太りで親切そうな普通の老婦人だった。ピンク色がかった白い肌に滑らかな灰色の髪をした、典型的な母親タイプだった。ウールのワンピースの袖《そで》をまくり、彼女の瞳《ひとみ》と同じくらい澄んだ青色の勿忘草《わすれなぐさ》をあしらった、こざっぱりとしたエプロンをつけている。

男が近づいていくと、彼女は男の外套《がいとう》に片手を触れた。

「助かったわ。まったく、あの音には我慢できないわね。時間がないんでしょう？　さあ、お行きなさい。さっさと仕事を片づけて、また顔を見せにきてちょうだいね。何か持っていきたいものはある？」

男は笑い声を立てた。「あの熊《くま》かな」と指差しながら言う。「じゃあ、お元気で、ポリーおばさん。会えてよかったよ」男は老婦人の体に腕を回して抱き締めた。彼女は男の体を軽く叩《たた》き、肩の辺りを擦った。おかしなしぐさではあったが、それには確かに愛情がこもっていた。

その様子を見ていたアナベルは驚きと共にかすかな苛立《いらだ》ちを覚えた。知らず知らずのうちに、肉親は自分だけだと思い込んでいたのだ。だがこの二人の間には、恋人ではなく家族としての愛情が通っていた。

「もちろん、熊《くま》だってあげるわよ」と老婦人が笑いながら言う。「前に持っていったのを返してくれたらね。ほらほら、もうお行き！　いつでもいいから戻ってくるのよ。おまえに会えるのを楽しみにしてるわ。じゃあ、またね。さよなら」

「さよなら、おばさん」男は老婦人の頬《ほお》に触れると、痩《や》せた体に纏《まと》ったトレンチコートの肩をいからせ、大股で通路を歩いていった。そして正面のドアから出ていく前に、部屋の奥の空っぽのケースの前に立ったままでいるアナベルに手を振った。

タッシー夫人は男の後ろ姿を見送ったあと、アナベルのほうへ通路を歩いてきた。彼女は幸せそうに微笑んでいた。アナベルはこの時初めて、かつてフレデリックが屋敷や家族や婚約者を捨ててまで選んだ女性の面影を見出した。彼女は田舎娘らしい素朴な美しさだけでなく、春を思わせる生き生きとした性格の持ち主だった。

タッシー夫人はアナベルに笑いかけ、咳払《せきばら》いを一つすると、お決まりになっているらしい口上を述べはじめた。

「おはようございます」と彼女は快活に言った。「ここにある品々は、必ずしも教育に役立つものではありません。わたしの亡き夫フレデリック・エドウィン・タッシーが趣味で収集したものです。主人は珍しくて風変わりなものに興味を持って……」彼女は唐突に言葉を切り、アナベルをまじまじと見つめた。「まあ、見ればわかるでしょうね」打って変わって打ち解けた調子で話を続ける。「いろんなものがあるでしょ。中にはそれなりに価値のあるものもあるのよ。あなたは機械がお好きなようね？」

アナベルは赤面した。「サイレンを鳴らしてすみませんでした。どんなふうに動くのかなと思って……」

「気にしなくていいのよ。ここにあるものは見せるために置いてあるんですから。主人は自分のおもちゃを人に見せるのが大好きだったわ。それで思いついたの。立派なお墓なんかより、ずっといいでしょう？」

「お墓？」

「記念碑よ」老婦人は疎ましそうに言った。「墓地にある大理石の碑だとか、鴨《かも》や鳩《はと》の入ったガラスの器なんかよ。主人にしてみれば、自分の風変わりなコレクションを、同じように遊び心のある人たちに見せて楽しんでもらいたいだろうと思ったの。だからそうしたのよ。

ここにはお金もかかったわ。もちろん、いつまでも続けられるわけじゃないけど、なんだってそうでしょう？　もうじきまた、動物たちの虫食い具合を調べなくてはならないわ」

「虫食いは厄介ですものね」覚えのあるアナベルは、同情するように言った。「それで猿を捨てなきゃならなかったんでしょう？」

「あら、猿はないのよ。フレデリックが嫌いだったの。自分が猿に似てるとわかっていたからでしょうね」タッシー夫人は眉《まゆ》をひそめ、いまなお美しい瞳《ひとみ》に驚きを浮かべた。「ジェリー・ホーカーが蒸気船のところに猿があったと言ったの？　あなたが動かした機械のことよ」

アナベルは当惑した。「さっき話した男の人が、チンパンジーだと言っていました」

「彼がジェリーよ。しょうがない人ね」タッシー夫人は穏やかに言った。「きっと思い出したくなかったんだわ。あの人形を失くしたのはジェリーですもの」彼女は空のケースに歩み寄り、残念そうに覗き込んだ。「ここには老夫婦が座っていたのよ」思いがけないことを口にする。「等身大の、本当によくできた人形なの。間違いなく、ここにある中でいちばんすばらしい展示品だったわ。老婦人のほうは、素敵なシルクのドレスとショールを身につけて、黒いビーズのついたボンネットをかぶっていたわ。老人のほうはタッソー蠟人形館《ろうにんぎょうかん》にある人形と同じくらい、生きているみたいだったのよ。これには〈蒸気船、あるいは死〉という名前がついていたの。その老夫婦は本当に、どこかへ出航する船の中でうたた寝しているようだったわ」

まだ年若いアナベルは、十九世紀の終わり頃にもてはやされたであろう、そうした風変わりな仕掛けはこれまで一度も見たことがなく、ただ黙って耳を傾けるばかりだった。タッシー夫人はさらに説明を続けた。「フレデリックの大のお気に入りだったの。商売をたたんだ興行師がブラックプールのオークションに出していたのよ。あの人形を失くしたと知ったら──ジェリーのことは主人もかわいがっていたけど──きっと怒るでしょうね。なんとしても取り戻さなければならないわ。ちょっと虫食いがあったから、修理に出すと言ってあの子が持っていったのよ。それきり、あの人形を見てないわ。もう一年近く経ったかしら」

彼女の笑い声には寛容さと苛立《いらだ》ちが入り混じっていた。

「どこかに置いてあるらしいんだけど、あの子には取りにいく暇がないのよ。まったくジェリーらしいわ。なんでも引き受けすぎてしまうんだから」

アナベルは興味を引かれたが、やはり黙ったままでいた。表には陽が差し、開け放されたままのドア──その脇《わき》の暗がりに旅行鞄《りょこうかばん》が置いてあった──が、急にアナベルの心を招いた。そちらへ一歩足を踏み出すや、アナベルは腕をつかまれた。

「あなたはこの埃《ほこり》をかぶった古いガラクタを見にきたわけではなさそうね」優しげな声で

愉快そうに言う。「わたしに会いにきたんでしょう？　挨拶《あいさつ》する前に、この辺りを見ておこうと思ったのね。フレディの家族らしいわ。なんて頭がいいんでしょう」

タッシー夫人は自分のほうへアナベルを振り向かせた。

「あなたはお母さんに言われてポリーおばさんに会いにきたジェニー・タッシーね」満面に笑みを浮かべ、「わたしが願ってたとおりの子だわ。どんぴしゃりというやつね。さあ、うちへ入りましょう」

5　時間を知りたがった男

秋の朝の空気は心地よく、雨のにおいがした。灰色がかった真珠色の空の下、ロンドンの町並みはうっすらと陰っていた。

ウォーターフィールド青年は、アナベルが戻ってきた場合に備えて十分だけ待っていると約束していたが、それよりも少し長くあの曲がり角に留まっていた。

庭を囲む塀のドアからトレンチコートを着た男が足早に出てきたとき、リチャードは曲がり角にある大きな郵便ポストの後ろに立っていた。リチャードは男の姿を目にして驚いただけでなく、自分でも意外なことに、少なからぬ苛立《いらだ》ちを覚えた。彼はもう一、二分そこにいて男の様子を見ていることにした。

男は通りの反対側に停めてあったスポーツカーへと歩いていった。そして乗り込もうとしたちょうどその時、何かを思い出したらしく、男はもと来た道を引き返しはじめた。だが向かったのは、博物館ではなく隣接する家のほうだった。まっすぐポーチへ入っていくと、すぐに帽子を手にして現れた。その背後でドアが音を立てて閉まるのが聞こえ、男は鍵《かぎ》を持っているのだとリチャードは察した。男は車に乗り、猛スピードで短い通りを走っていったが、すぐにエッジ・ロードの往来の手前で足止めを食った。

歩いていたリチャードは、スポーツカーが車列に割り込む前に、通りを渡ってバスに乗り込むことができた。そして二階の前のほうの座席に陣取ると、例の車がいつの間にか通りに入り込み、バスのすぐ前にいるのに気づいた。どちらも大渋滞に巻き込まれていた。ちょうど昼近くの混雑する時間帯で、車の列は微動だにしなかった。

スポーツカーの男はこの渋滞を意に介していないようだった。一方リチャードは、ドアにもたれてぼんやりと通行人を見ているその男を、好きなだけ観察することができた。小さな頭に不釣合いなほどがっしりとした太い首をしており、特にリチャードの注意を引いたのは、男が漂わせている中年のような風格だった。彼の好奇心は大いにそそられた。アナベルに見せてもらった手紙には、七番地の家に気安く出入りするような人物のことは何も書かれていなかった。

スポーツカーは乗り手の雰囲気にぴったりと合っていた。改造が施されたラゴンダで、さりげない上品さのあるボディラインは、かろうじてもともとの威容を留めているにすぎなかった。そのオープンカーのすぐ後ろにいて、上から見下ろしているリチャードは、擦り切れた革の座席に置いてある真新しいロープの束や、シャフトから薄汚れた札がぶら下がっている始動ハンドル、それにワインボトルが半ダースほど入りそうなありふれた木箱に目を留めた。その箱は固定されているようだったが、針金や紐《ひも》でくくりつけられているようには見えなかった。

バスの二階に座る黒いスーツ姿の赤毛の若者は、知らず知らずのうちに顎《あご》を突き出していた。そのスポーツカーにはこれといって怪しい点はなかったものの、こうしてロンドンをバスで横断するはめになった、忠義心に富む若者の警戒心を掻《か》き立てる何かがあった。

リチャードは懐具合を調べた。思ったとおり、財布の中身は乏しかった。彼は腕時計を外すと、満足と未練の入り混じった様子でためつすがめつしてから、ズボンのポケットに入れた。そしてさらに、顎をぐいと突き出した。その口の端はかすかに上向いていた。

エッジ・ストリートの先には、ラッテンボロー商会の支店があった。ようやく車の列が一、二分《ぶ》ほど前進し、大型帆船ほどもある看板が掛けられた大きな窓の前を通り過ぎると、リチャードはバスを降り、質屋であることを示す三つの玉が控えめに飾られたドアへ向かった。

そうしょっちゅう腕時計——リチャードの持ち物の中で数少ない高価な物の一つだった——を質に入れるわけではなかったが、急場の際にはそうするのが彼の慣わしだった。ポケットに金があるという安心感はもとより、時計を質に入れるという行為により、直面している冒険や窮状の重みが増すように思われた。いわば一種の儀式のようなものだった。

時計は高級品だったので取り引きは難なく済み、リチャードはいくらか得意な気分になりさえした。彼は意気揚々と店をあとにし、バス停へ引き返した。これからすぐに勤め先へ戻るつもりだった。万一何かあった場合、アナベルからそこへ電話がくることになっているのだ。リチャードはまた、タッシー夫人の電話番号を調べて、仕事が終わり次第電話する約束をしていた。それで問題はなさそうだった。

だがその時、リチャードはふたたび、あのラゴンダを見つけた。横道に面した理髪店の戸口に停まっていた。それは昔ながらの理髪店で、軒先から三色の回転棒が突き出ていた。リチャードは躊躇《ちゅうちょ》しなかった。スポーツカーの男がわが物顔で七番地の家に出入りするのを見てからというもの、その男がいったい何者なのか気がかりでならなかったのだ。リチャードは店の前を通り過ぎながら中を覗《のぞ》いた。窓のカーテンは半分開いており、いちばん手前の椅子《いす》にあの麦わら色の髪の男が座っていた。リチャードはドアを押し明け、かぐわしい蒸気のたちこめる、人声で騒がしい店内へ足を踏み入れた。そのとたん、話し声がぴたりとやみ、五組の目がいっせいに彼に向けられた。こういう小さな店に行きずりの客がぶらりと入ったときにはいつもそうだが、彼は驚きとよそよそしさの入り混じった目でじろじろ見られた。

スポーツカーの男を受け持っている白衣姿の男が、探るようにリチャードを見つめ、怪しい人間ではないと判断したのか、壁際の椅子に座るよう手を振って示した。そこでは一人の客が順番待ちをしていた。

「ちょっとお待ちになっててください、旦那《だんな》。そっちのパーシーがいま終わりますから。あっしは手が空いてませんでね。少佐が済んだら、次はそのお隣の旦那の番なんです。なに、パーシーにだってきっとご満足いただけるでしょうよ。みごとな鋏《はさみ》の使い手ですからね。おい、そうだろう?」

二人目の理髪師は、目を閉じて身じろぎもせずに座っている太った男の髪を切っており、声をかけられても答える素振りさえ見せなかった。彼は目鼻立ちの整った初老の男で、半眼に閉じた目は陰気そうだった。

「パーシーは耳が悪いわけじゃないんです」この店の経営者だと思われる最初の理髪師が言った。「外国人なもので、たまにしか口をきかないんです」彼は言葉を切り、鋭い剃刀《かみそり》の刃を研ぎはじめた。リチャードは内心興味をそそられながらその男を見つめた。色黒で顔色の悪いロンドンっ子で、ひ弱そうではなかったが、どことなく女っぽい感じがした。手は小さく、黒い目はどんよりとしており、他人におもねるような、親切そうなちょっと気取った話し方をした。一つ一つの言葉がささやかな贈り物であるかのように話し、聞き手がそれに好感を抱くと思い込んでいるようだった。

「いやに愛想がいいじゃないか、ヴィック？」順番待ちをしているセールスマン風の洒落《しゃれ》た身なりの男が、読んでいるスポーツ紙から顔を上げずに言った。

ヴィックはむっとしたように、「あっしは気さくな態度を心がけてるんでさ。それに少佐みたいな昔馴染《むかしなじ》みのお客さんに会うと、ほんとに昔に戻ったような気持ちになるんでね」

「言い訳はいいよ」と新聞を手にした男は言った。「別に文句を言ってるわけじゃないんだ。聞いてると集中できるからね」

「集中とはね！」ヴィックは気取った叫び声を上げた。「そんなやり方じゃ、いつまでたっても勝ちゃしませんよ。馬でも犬でもサッカーでも、賭《か》け事に勝つ秘訣《ひけつ》は無心で臨むことでさ。あっしの言うことがわかるんなら、そのとおりにやってみることですね」

「それでひと山当ててすっかり舞い上がった男が、借りた車に洋服屋のマネキンを乗せて、結婚したと言って車で走り回ったってのは、あんたから聞いた話だったろう？」

太った男は話している間は目を開けていたが、話し終えるやまた目を閉じた。ヴィックは歓喜の声を上げ、髪を切っている男に話しかけた。

「あれはあっしが知っている中でも、ずば抜けた逸話です」鏡越しに笑いかける。「覚えてませんか、少佐？　ずいぶんその話が気に入ってたじゃないですか」

「ぼくが？　いや、人違いだね」スポーツカーの男は打ち解けた笑みを浮かべ、何気なく言った。だがその否定の仕方は決然としていた。男の声を初めて耳にしたリチャードは、素早く彼に目を向けた。

「忘れてるだけですよ」とヴィックは楽しそうに言った。「腹を抱えて笑い転げていたでしょう。よく覚えてます」

リチャードの隣の男が新聞を畳んだ。

「誰が何を当てたって？」

「あっしがイズリングトンで見習いをやってたときのことです」ヴィックは鋏《はさみ》を巧みに動かすのに注意を向けたまま言った。「洋服屋で働いていた若い男が道で五ポンド拾って、その日の大きなレースに出ることになってたラッキー・ガターという馬に、その五ポンドを賭けたんです。それが二百倍になって戻ってきたんで、気が変になっちまいましてね。やっこさんは外套《がいとう》を裏返しに着て、店のウィンドーから失敬した女のマネキンの頭にレースのカーテンをかぶせると、車に乗せて恋人の家の前を走り回ったんです。まるで結婚したてのようにね。その彼女は驚いた拍子に転んで足の骨を折り、やっこさんを訴えたんです。まったく、悲しい話ですよ」

「ラッキー・ガター」一つのことしか念頭にないセールスマンが言った。「そんな名前の馬は聞いたことがないな」

「そういう系列の名前を持つ馬はほかにもいる」今度は目を閉じたまま、太った男が言った。「家の一部の名称が後につくんだ。ラッキー・ルーフトップ、ラッキー・ヴェランダ、それに——記憶違いかもしれんが——ラッキー・クロックタワー」

「もう思い出したでしょう、少佐？　ほら、笑ってるじゃないですか」ヴィックが媚《こ》びるように言う。

「驚くべき話だな」少佐と呼ばれる男は、鏡の中のリチャードと目を合わせて笑みを向けた。「だが、聞いたのは初めてだよ」

ヴィックは口を開けて何か言おうとしたが、思い直したようだった。しばらくして、彼は鼻を鳴らした。

「お見えになったのは戦争の時以来ですね？」と彼は話しはじめた。「例のビジネスに何か進展はありましたか、少佐？　前に話していたやつです」

「なんのことだったかな？」少佐は気さくではあるが用心深そうに訊《き》き返した。

「ご、く、ひ、に、ん、む、ですよ」ヴィックは不必要に一語ずつ発音した。座っている男は大笑いしはじめ、きめの粗い白い肌を紅潮させた。

「ああ、あれはいま留保中なんだ」緊張を和らげ、決まり悪そうに言う。「それがなんであろうとね。ところできみは、古いロールスロイスを持ってやしないだろうな？　どの年式でも、状態にかかわらずいい値がつくよ」

「ほう」ヴィックはすかさず、「じゃあ、いまはそちらの方面の仕事を?」

「いや、そうじゃない」色白の男は快活に答えた。「まったく違うよ」彼は薄い唇を閉じ、黙ったまま目だけで笑っていた。小柄な理髪師はみるからに好奇心を掻《か》き立てられたようだった。

「遠くへ行ってらしたのでは?」相変わらず競走馬の名前の話を続けている太った男の言葉を遮って、ヴィックがだしぬけに言った。

「いいや」

ヴィックは引き下がらなかった。くせのある髪をひと束手に取り、引っ張って伸ばすと、また元に戻した。

「ここらでは見かけないカットですがね」とヴィック。「イギリス海峡のウァイト島じゃありませんか?」

「それか、ウィガンさ」と少佐は言い、きらきらする目でふたたび鏡の中のリチャードと目を合わせた。

「ラッキー・クロックタワー……」賭け事好きのセールスマンの声は哀れっぽかった。「そんな名前の馬にはどうも惹《ひ》かれないね。いったいどういう意味なんだ?」

「いつも変わらず早いってことさ」鏡の中の瞳《ひとみ》がリチャードに笑いかけた。次いで少佐は腕時計に目を落とした。「このいまいましい時計みたいにね。正確に言うといまは何時だね？」

その質問に誰もが我先に答えようとした。ヴィックはすぐさま後ろを振り返り、薄汚れた壁掛け時計を指差した。

「こいつは『シェイクスピア・ヘッド』っていう古いパブにある時計ときっかり同じで、隣のロニーの店よりは遅れていて、ＢＢＣの時報よりは進んでるんだ」ヴィックは自信に満ちた声で、わけのわからないことを言った。

「そいつは四分と二十三――いや、待てよ――二十四、二十五秒進んでる」セールスマンが自分の腕時計を見ながら言った。そして手早く壁時計の時間を直してみせ、いくらか威信を取り戻した。

「いいかね」太った男がおもむろに言い、体を波立たせるようにして、ケープの下から大きな銀の懐中時計を取り出した。「これが正確な時間だ、正真正銘のね。鉄道の時刻に合わせてある」そしてちょっとの間、熱心に時計を見つめていたかと思うと、振り動かしてからまたポケットにしまった。「それほどずれてはいないよ」と彼は理髪師に言った。

リチャードもいつもの習慣から袖口《そでぐち》に目をやり、すぐに時計がないことを思い出した。さっと顔を上げると、少佐がまた鏡越しに彼を見つめていた。丸い目はすぐにそらされたが、リチャードは奇妙にも、その男はなんらかの理由で満足したのだという確信を抱いた。セールスマンのほうへ顔を向けた彼は確かに笑みを浮かべていた。

「きみの言うとおりなら、ぼくの時計はこの三十分の間に一分二十秒遅れたらしい。ちょうど三十分前にウェストミンスター・ブリッジを渡ってたんだ。ビッグ・ベンが鳴っていたから間違いない」

リチャードは血の気の多そうな若々しい顔をぽかんとさせた。どうしてそんな手の込んだ嘘《うそ》をつくのか見当がつかなかった。リチャードは見知らぬ男を注意深く見つめた。腕時計をいじっている彼には別段怪しいところはなく、感じがよさそうにすら見える。だがふいに、興味深い考えが浮かんだ——この男は何か慎重に考え抜かれた計画を実行している最中なのだ。この思いつきはリチャードをとらえて離さなかった。目的がなんであれ、そうした計画につきものの用心深さと抑圧された緊張感を、男は漂わせていた。

太った男が立ち上がって室内が慌しくなり、リチャードの物思いは遮られた。空いた席に座り、この不本意な散髪であまり手を加えられないよう、外国人の理髪師に注文をつけている間、ヴィックと彼のお気に入りの客は話を弾ませていた。

「それじゃ、グリニッジに行かれたことはないんですね、少佐?」と理髪師は陽気に言った。「なに、ウェストミンスター・ブリッジと聞いて思い出したんですよ」

男の口元にいたずらっぽい笑みがちらと浮かんだ。「探りを入れたって無駄だよ。ぼくには決まった家がないんだ」

ヴィックは憮然《ぶぜん》とした表情を浮かべた。

「あっしをからかおうってんですか」と責めるように言い、一歩後ろへ下がった。「さあ、済みましたよ。なかなかお似合いです。あの紳士を待たせるわけにはいきませんでしょう？一時になる前に賭《か》けにいかないとなりませんからね」

万事休すだった。悔しいことに、リチャードは椅子《いす》から身動きできず、少佐は代金を払うと、掛けてあったトレンチコートを手にした。

この時また、その男は妙な行動を取った。入ってきたときにトレンチコートとジャケットを一度に脱いだらしく、今度も同じように二枚を重ねたまま袖《そで》を通したのだ。そのため、ジャケットの外側は見えなかった。鏡越しにその様子を見ていた若者は、これにもウェストミンスター・ブリッジの嘘《うそ》と同じ目的があるのだろうと思った。だが奇妙なことに、コートとジャケットのだらしない着方にもかかわらず。男はマフラーを慎重な手つきで巻き、襟元が粋に見えるようきちんと直した。そしてベルトを締めると、相変わらずむっつりとしている詮索《せんさく》好《ず》きなヴィックに、なだめるように声をかけた。

「今晩きみのご贔屓《ひいき》さんに会う予定なんだ」と男は言った。「ちょっと仕事の話があってね。モギー・ムーアヘンだよ」

その有名な喜劇役者の名を耳にすると、理髪師はしばし迷った末に機嫌を直した。彼は上品な驚きの声を上げ、血色の悪い顔を喜びに輝かせた。

「本当ですか？　それはそれは、お楽しみですね。きっと普段の彼も、舞台の上とちっとも変わらないでしょうよ」

少佐は鏡を見ているリチャードに顔を向け、ウインクしてみせた。

「それは困るな」彼はそっけなく言った。「もしそうだとしたら、今夜二人してサヴォイ・ホテルの照明器具からぶら下がってみせなきゃならないだろうな」

彼は笑いながら店を出ていき、その後ろでドアが閉まった。

ヴィックはタオルを手にしたまま爪先立ち、カーテンの陰から外を窺《うかが》った。

「やれやれ」彼は女のように皮肉めいた調子で言った。「サヴォイ・ホテルだって？　安ホテルのボデガがいいところだな。まったく、変わったお人だよ、少佐は。それにしても、きょうはまた一段と妙な雰囲気だった。入ってきてすぐ気がついたよ」

「あいつはきっと」とリチャードの髪を切っていた理髪師がつぶやいた。「ポリ公ですよ」

「まさか！」ヴィックは嘲《あざけ》るように首を振った。「ぴりぴりするなよ、パース。あの旦那《だんな》はおまえの書類になんて興味はないさ。いつもああいうおかしな調子なんだ。ここへ時々来るようになって八、九年になるが、店の外では一度も顔を合わせたことがないし、いったいなんの仕事をしてるのか、さっぱり見当がつかない。こんなことは滅多にないんだ。あっしを手こずらせる数少ない人間のうちの一人だよ」

「謎の男というわけだな」出走馬のリストを食い入るように見つめながら、セールスマンが言った。

「そのとおり」理髪師は踵《かかと》を下ろして言った。「でも、魅力的な人物でもありますよ。身なりだってちゃんとしてるし、いつもきれいなシャツを着てる。そしてすばらしいことに、文句を言わない。だけどあの人と話してると、どうも狐《きつね》につままれたような気がしてくるんです。これまでで唯一わかったのは、あの人は時々、何か大がかりな仕事に取り組むらしいってことだけです」ひと呼吸置き、「そしていまもその時期らしい」

「どうしてわかるんです?」思わずリチャードが尋ねた。彼もまさにそう考えていたのだ。

ヴィックはどんよりした目をリチャードに向けた。

「少佐がそんな気分だったからですよ」と得意げに言う。「あっしら理髪師はいろんな気分を見分けられるようになるもんです。理髪店に来ること自体、大いに気分に関係がありますからね。気晴らしに髪を切りにくる連中だっていいます。少佐が来るのはたいてい暇を持て余してるときです。でも時折――実際、そう頻繁じゃありません――何かの計画の一部としてここへやって来るんです。間違いありませんよ。そんな時は体の内側から光ってるというか、興奮して気持ちが昂ぶってるように見えるんです。芝居の初日を控えた役者だろうかとも思いましたが、そうじゃない。生え際におしろい《グリース・ペイント》が残ってませんからね」

「グリース・ポイントで一度ひと山当てたことがある」セールスマンが言う。「横と後ろを短く切ってくれ、ヴィック。それと鉄櫛《てつぐし》は使わないでもらいたいんだ」

理髪師は注文を聞き終えると、先ほどの客について考え深そうに話を続けた。

「本当に不思議なんですが、ますますあの人のことがわからなくなりましたよ」とヴィックは言った。「一つ、奇妙なことをお教えしましょう。このことに気づいたのは、もう三度か四度目になります。これを聞いたら本人がいちばん驚くでしょうね。無意識のうちにやってるんですよ。あんなふうに興奮してるときはいつも、あの人は正確な時間のことで大騒ぎするんです。時間を知りたがって、店じゅうその話で持ち切りになる。そしておかしな話ですが、たいてい時計を持っていない人と連れ立って店を出ていくんです」

「じゃあ、きょうはついてなかったんだな」とセールスマンが言った。「時計を持っててよかったよ。つまり、あいつは詐欺師なんだろう?」

「とんでもない。違いますよ」ヴィックは驚きの声を上げた。「あの人は常連なんです。

時々一、二ヵ月姿を見せないこともありますけど、刑務所に入ってたんなら気づかないはずありません。刑務所で髪を切られたら、そのあと七ヵ月ぐらいはわかりますからね。まあ、そうはいっても風変わりなお人ですよ。滅多にお目にかかれるタイプじゃない」

この時、外国人の理髪師がリチャードの肩からケープを外し、ぞんざいに首のまわりを払った。

「あいつはポリ公ですよ」と彼は繰り返し、ため息をついた。「それはともかく、忘れ物をしたようだな」

彼は部屋の隅へ顎《あご》をしゃくった。そこには木箱と束ねたロープ、それに始動ハンドルが無造作に積み重ねられていた。

「おやまあ！」ヴィックの叫び声はおもちゃの列車の汽笛のようだった。「盗まれないようにここへ運び込んでおいて、忘れていったとはね。警官だったらこんなまねはしないでしょう？　そのうち戻ってくるでしょうよ。前にもこんなことがありました。もうお話ししましたっけ？　話したそばから……ああ、少佐ですよ」

ドアがたがたと開き、戸口にトレンチコートを着た男が現れた。決まり悪げに笑っており、その笑みはリチャードにも向けられた。

その木箱はかなり重そうで、男が両腕で抱え上げると、ほかの物は持てそうになかった。

リチャードはロープとハンドルを持ち上げた。

「ぼくが運びますよ」

「いいのかい？　そりゃ助かるよ。ぼくの車が表に停めてあるんだ」

後部席にそろそろと木箱を下ろすと、男がふたたび口をひらいた。

「お手数をかけたね。ぼくはウエスト・エンドのほうへ行くんだが、乗っていかないかね？」

リチャードは男が手にしたハンドルを見つめていた。その軸に結びつけてある擦り切れた札が裏返しになり、鉛筆で書かれた〈ロルフ屑鉄置場《くずてつおきば》、ホーカー〉の文字がかろうじて見て取れた。

そんな札がついているのに初めて気がついたかのように、男はそれを引きちぎると、排水溝へ捨てた。

「乗っていくかね？」

リチャードは顔を上げた。

「ええ」彼はとっさに心を決めて言った。「そうさせてもらいます」

6　昼食の客

ミントン・テラスにある家庭問題を専門とするサザン・ウッド・フィリプソン法律事務所の共同経営者、マシュー・フィリプソンは、少年のように痩《や》せた体つきの、リスザルを思わせる陰鬱《いんうつ》な顔をした年配の男だった。しかし彼はいま、珍しく機嫌がよさそうだった。コンロに向かって背を屈《かが》めているポリー・タッシーを見つめる目からも、いつもの冷ややかさが消えていた。

フィリプソンは前もってポリーに電話し、立ち寄ってもいいかどうか尋ねていた。予想どおり彼女は昼食に招いてくれた。それでいまこうして彼女のキッチンに座り、ステーキが彼の好みどおり外側はしっかりと、内側は半生に焼き上がるのを待っていた。

感心したように辺りを見回したフィリプソンは、住人と同じように平凡で心地よく、頑固なまでに気取りのない部屋だと思った。床はトルコ絨毯《じゅうたん》のような模様の赤いリノリウムで、四十年の間にすっかり古臭くなっていた。路棚の上には陶磁器製の猟犬が飾ってあり、窓辺には大岩桐草《グロキシニア》と麝香草《じゃこうそう》の鉢が置かれていた。白いテーブルクロスの掛けられたどっしりとしたキッチンテーブルがあり、フィリプソンは足台に足を載せ、くびれた形の黒ビール《ダークエール》のグラスを手にして、そのテーブルに座っていた。花の形の蓋《ふた》がついたチーズ皿に、見たことのないような上質のブルー・チェシャーが入っているのは、すでに見つけてあった。その上、もうこの世から姿を消したと思っていた昔風の丸形パンまであった。立ち働いているポリーの目を盗んでフィリプソンがその柔らかい塊を切り分けていると、ポリーが振り返って彼を見た。彼は青白い顔を赤くしながら笑い声を上げた。

「こうやって切ったりするのは五十年ぶりだよ」

「じゃあ、全部切っておしまいなさい」とポリーは言い、彼の前に皿を置いた。「さ、そっちの半分も切ってくださいね。あなたってどじな人ね、マット。そんなところが大好きよ。フレディはあなたのことを、洗練された気取り屋だと言っていたわね。さあ、召し上がって。うまくできたと思うけど」

「もちろんだとも」と彼は言った。「きみの料理はいつだってすばらしいよ。そういえば、きょうは若々しく見えるね。なんだかいつもと違う。嬉《うれ》しそうだな。何かあったのかい？」

「そうなの！」テーブルの向こうでポリーが顔を上げた。彼女の真っ青な瞳《ひとみ》は躍っていた。「マット、うまくいったのよ。あの子が来たわ。上の子じゃなく、下の子だったけど。まだ十八歳で、年上に見せかけようとしてたのよ。もちろん、そんなまねはすぐにやめさせたわ」

「それはよかったね」フィリプソンは宙でナイフを止めた。彼は喜んでもいたが驚いてもいた。「フレデリックの姪《めい》か。まさか向こうが承知するとは思わなかったよ。きみが手紙を書いたときには何も助言してやれなかったが、きっと気のいい人たちなんだろう。これでずいぶん問題が解決するじゃないか、ポリー。どうやらその子のことが気に入ったらしいね。わたしもぜひ会ってみたい。今度はいつロンドンに来るんだね?」

「まだいるわ、今朝着いたばかりなの。あなたから何か話があるのだろうと思って、早めに昼食を食べさせて町へ見物に行かせました。あなたが帰る前には戻ってくると思うわ。マット、きっと驚くわよ」

「ほう?」フィリプソンは怪訝《けげん》そうな顔をした。「フレデリックの姪のことだから、どこかしら変わった子なんだろうね。いったいなんだね?」かすかに笑みを浮かべ、「頭が二つあるとか?」

「たとえそうだとしても、彼女を好きなことは変わらないでしょうね。でも違うわ、マット。きれいな子なの、映画スター並みの美人よ。本当にかわいいんだから。映画のワンシーンみたいに、ひと目見ただけで卒倒しそうな顔立ちなの。わたしは自惚《うぬぼ》れ屋の子どもは嫌いですから、そう思ったことは気取られないよう注意してたんだけど、どうしても無理ね。いまにわかるわよ」

フィリプソンは吹き出した。「ずいぶんご執心のようだね、ポリー。でもそれを聞いて安心したよ。きみやフレデリックにも話したとおり、血は水よりも濃い、というわけだな」そしてちょっとためらってから、「ではあの書類を仕上げてしまうつもりだね?」

「ええ、そうなの。あとは名前を書き入れるだけでしょう? あなたの言うとおりね、マット。あの子を見たとたんにわかったわ」

「ああ、本当によかったね」フィリプソンはため息を漏らした。「実はいま持ってきているんだよ。万一に備えて、ポケットに滑り込ませてきたんだ。急《せ》かすつもりはないが、こういうことは早く済ませるに越したことはないからね。昼食のあとで取りかかろう」

ポリーは彼の皿をきれいなものと取り替え、チーズ皿の蓋《ふた》を取った。彼女は微笑んだ。

「わたしを信用してないのね、マット? ほかの愚かなおばあさんのように、十分ごとに気が変わると思ってるんでしょう?」

「まさか、そんなふうには思ってないよ」フィリプソンは反論した。「そういうことじゃないんだ。ただ、きみもぼくも昔風の人間だし、こういう昔風の状況では、長年の経験から判断して、どんなに遠縁の若い親類だろうと長い目で見れば——その——気心の知れた他人よりも頼りになると言いたいのさ」

コーヒーを注いでいたポリーは、すぐに返事をしなかった。だがトレイをテーブルに運び、自分も席に座ると、遠回しに尋ねた。

「きょうの午後、あの子と会って話をするんでしたわね?」

「あいつにはきのう会ったよ」

「ジェリー・ホーカーに?」彼女は驚いて飛び上がり、かぐわしい液体がカップからソーサーとトレイにこぼれた。「約束はきょうだったはずでしょう?」

「ああ。あの悪党は一日早くやって来たんだ、会えないのを承知の上でね。それでも時間を割いて会ってやったよ。そんな目で見ないでおくれ、ポリー。悪いのは彼だ。きみを責めてるんじゃない」

ポリーはトレイを拭《ふ》く手をせわしなく動かした。

「わたしが知っているということは話した?」

「いや。きみの言いつけは忠実に守ったよ。たぶんこれを聞いたらきみは喜ぶだろうが、あいつもそのことを気にしているようだった。でもその点に関しては、間違いなく彼を安心させてやったと思う。わたしは自分で気がついたと言っておいた。彼はそれを信じたようだね」

「そうにちがいないわ」ポリーは独り言のようにつぶやいた。「あの子、今朝ここへ来たのよ」

「本当かね?」フィリプソンが驚きの声を上げた。「なんとも抜け目ない男だな。大方、きみに話したかどうか探りにきたにちがいない。そうしなくてよかったよ。つまり彼は、今夜約束どおり金を返しにくる気なんだろう。全額返してくれたら秘密は漏らさないと約束したんだ」

「あの子に返させるつもりなの?」

「もちろんだとも」彼は当惑したように顔を赤くした。「わたしにできるのはそれぐらいだからね。あいつはきみの小切手の金額を十一から七十ポンドに書き替えたんだ。きみの財布から五十九ポンド抜き取ったも同然だよ。それを見逃したりしたら……」

「そのつもりはありません」ポリーはきっぱりと言った。「ジェリーのことは家族のように思ってるけど、悪いことをするのは許しませんよ。現に気がついて、すぐにあなたに手紙を書いたでしょう? わたしも悪かったと思ってるのよ。わたしの字が汚いせいで、あんな細工も簡単にできたんでしょうし、あの子に悪い気を起こさせてしまったにちがいないわ」彼女は少したためらってから、言葉を選んで絞り出すように続けた。「ジェリーにはお灸《きゅう》を据えなくちゃならないわ。でも、わたしはその役目を引き受けたくないの。あの子の信頼を失くしたくないからだけじゃなく、あの子がわたしを失ったりしてほしくないからよ。わたしの言いたいことがわかるかしら?」

「わかるとも」フィリプソンはそっけなく言った。「あいつがきみに頼り切ってるのを承知の上で、きみは子どものことしか頭にない母親役を演じている。昔からそうだった。だからといって、きみを責めてるわけじゃない。むしろわたしのほうが譲歩しすぎて、きみを焚《た》きつけてしまっているくらいだからね。だが今度のことは、どうにも気に入らない」

「そのとおりよ。これは犯罪ですもの」その言葉を彼女は厳かに口にした。「ほかの人にこんなことをすれば、刑務所に入らなければなりません。だから黙って見過ごすわけにはいかなかったのよ。でもね、マット、あの子と付き合ってみればわかるけど、心根の優しい、本当にいい子なんですよ。フレディはあの子のことが大好きだったわ。戦時中に若い将校だったあの子と初めて会って、時々訪ねてきてくれるようになって以来、すっかりお互いのことが気に入ってるの。長年そうしてきたのに、あの子が実は悪者だったなんてことがあり得るかしら?」

その言葉は嘆願のようだった。ポリーに好意を持っているフィリプソンには、彼女の言いたいことがよくわかった。

「まあ、あいつはそこらにいるごろつきとは違うタイプだからね」と彼は言った。「頭もいいし、かなりの魅力の持ち主だ。それに素直なところだって確かにある」

「あの子はレディングに住んでいると言いました?」ポリーは返事を聞くのを恐れているかのように、こわごわと尋ねた。しかし、フィリプソンはそれに気づかなかった。寛容さを保とうと苦心していたのだ。

「レディングの郊外だよ」と彼は言った。「そこにある自動車修理工場の株をいくらか持っていて、共同出資者の細君とちょっとしたごたごたがあったらしい。あいつの話は本当らしく聞こえたよ。わたしの経験では女性がビジネスに首を突っ込むと……まあ、その点について議論するつもりはないが、こうした話に独占欲の強い細君というのはつきものだからね。とにかく、あいつから聞かされた話は十分信用できると思う。少々同情すら覚えるね」

「ジェリーの話はいつもそうなの」とポリーはうわの空で言った。いつまでも自分のコーヒーを搔《か》き混ぜつづけており、その穏やかな瞳《ひとみ》は曇っていた。

「それはどういう意味かね？」フィリプソンが尋ねた。「きみが知っている事実とは違うのかい？　あいつはきみに嘘《うそ》を？」

「いいえ、そうじゃないわ」ポリーはうろたえたように、「ジェリーは時々、話している相手がいちばん納得しそうなふうに話を作り替えるのよ。わたしに話したときには、その女性のことは黙っていたようね。それから共同出資者ではなくお兄さんと、自動車修理工場ではなく工場と言ってたわ。そのほうが体裁よく聞こえるでしょう？」

「あいつは嘘をついたんだね？」

「そうじゃないの、違うのよ。確かにレディングの修理工場の話を聞いたわ」

体が暖まり満腹になったマシュー・フィリプソンは、ポリーが彼を信頼し切っている様子を嬉《うれ》しく思いながら、厳しい表情で彼女を見つめた。

「うむ……この件はわたしに任せてもらうのがいちばんだろう」ようやく彼は言った。「わたしは小賢《こざか》しい女性というのはどうも好きになれなくてね。きみにはそういう女性十人分以上の魅力があるよ。あの哀れな男のために、できるだけのことをしてやるとしよう。もし今夜約束どおり金を持ってきたら、この話はそれで終わりだ。だがわたしは、今後あの男にはあまり会わないほうがいいだろう」

ポリーは嬉しそうに微笑んだ。しかしまだ、気が進まないものの聞かねばならぬことがあった。

「あなたの事務所の方たちにもこのことを知られてしまうの?」彼女は思い切って言った。

「いや、そうはならないだろう。その点はご心配なく。あいつは五時過ぎに来ることになってるんだ。わたしは五時半まで待つつもりだよ。きみからの二通の手紙はファイルには入れてないし、わたし個人宛《あて》だったから、ほかには誰も読んでいない。あいつとわたしだけの秘密だと言ってやったし、約束さえきちんと果たしてくれたら、これからも秘密は守るつもりだ。あいつはこの先ずっと気が休まらないだろうが、いい薬になるだろうね。さあ、もしよければ、あの残余遺産の書類を片づけてしまおう」

フィリプソンは内ポケットに手を入れた。ポリーはまだ先ほどの話題に心をとらわれているのか、ぼんやりしたままうなずいた。

「ジェリーのことは大丈夫です」彼女はきっぱりと言った。「ジェリーにはあの子を愛してくれて、うまく手綱を操ってくれる女性が必要なだけなんです。もうずっと前からそのことを考えてたの。若くて愛情深い、あの子と同じような家柄の……」フィリプソンの鋭い眼差しに気づき、彼女はふいに口をつぐんだ。「そうじゃないの」フィリプソンは何も言わなかったが、ポリーは決まり悪そうに弁解した。「そんなことを計画したり、望んだりなんてしてないわ。本当よ、いままで考えてみたことすらないわ」

「それを聞いて安心したよ」フィリプソンの口調は厳しかった。「フレディの姪《めい》はまだ未成年だし、ジェレミー・ホーカーについてわれわれが知っている確かなことといったら、今回の残念な事件だけなんだからな。二人を会わせることにだって賛成しかねるね」

「もしも――もしも、わたしが一緒でも?」

「ああ、ポリー!」フィリプソンは憤然として言った。「馬鹿《ばか》なことを言っちゃいけない。きみは誰も彼もの面倒を見ることはできないんだ、わかってるはずだろう。わたしの助言を聞き入れる気があるなら、あの悪党をきみのリストから締め出すべきだね」

「それは言わないで、マット」ポリーはみるからに動揺していた。「後生だから。わたしはあの子のことが好きなの、そう言ったでしょう。あなたがいてくれる限り、心配する必要なんてないわよね？　あなたがいないと何もできないのよ。正直に白状すると、この一件に気づいたとき、あの子がまっとうな人間になるには奥さんが必要だと思ったわ。それでフレディの姪《めい》が二十四か五歳になっているはずだと思い出したの。でもその子は二人姉妹の姉のほうで、もう婚約しているのだとわかりました。ここへやって来た子は若すぎるけど、かわいい子よ。彼女のことがすっかり気に入ったから、面倒を見ることにしたの。本気でそう思ってるのよ。さあ、ペンを貸してちょうだい」

十五分後、フィリプソンがポリーに見送られて玄関から出ようとしたとき、アナベルが通りを歩いてきた。彼はポーチの階段のいちばん上からアナベルを見下ろし、次いで驚いた顔をポリーに向けた。

「これはこれは」と彼は短く言った。

「ほらね、言ったでしょう？」とポリーは言い、アナベルに笑顔を向けた。「お帰りなさい、町はどうだった？」

「ほんとにすばらしかったです」洗練された美しさを持つ若い娘が、突然女学生へ様変わりし、フィリプソンを驚かせた。彼はアナベルの魅力に惹《ひ》きつけられた。そんな自分を見てポリーが笑っているのに気づいていたが、アナベルに紹介されたときも、昔ながらの慇懃《いんぎん》な態度で振る舞った。

帰り際、フィリプソンは古い友人に向き直った。

「このお嬢さんの世話をするとなると、責任重大だな」

ポリーは彼と目を合わせた。「ええ、本当に」

アナベルが声を立てて笑った。「あたしはもう一人前です」と顔を赤らめながら言う。

「もちろんよ、この人はそんな意味で言ったんじゃないの」ポリーが慌てて助け舟を出した。「この人がわたしの面倒を見てくれるように、わたしがあなたの面倒を見るべきだと話していたところなの。わたしが雨の中でバスを待っていたら、この人はタクシーの運転手に十シリングやって、わたしを家へ送り届けさせたの。そうでしょう、マット？　さ、お帰りなさいな。無邪気そうな顔をして、人が悪いんだから」

フィリプソンの顔は無邪気とは言い難かったが、そこには驚いたような表情が浮かんでいた。

「いや、わたしじゃないよ」彼はきっぱりと言った。

「まあ、馬鹿《ばか》なことを言って。わたしに嘘《うそ》をつかないで。タクシーの運転手から昔の友人だと聞いたのよ。確かこう言ってたわ。『お乗りください、奥さん。わたしが金を持って逃げないよう、その旦那《だんな》が角で見張ってるんです。もし奥さんを乗せなかったら、訴えられちまう』あなたの姿を探したけど見つからなかったわ。だからありがたくタクシーに乗せてもらって、家に帰ったのよ」

フィリプソンは憮然《ぶぜん》として、「前にこの話をしたときも、身に覚えがないと言ったはずだ。とても心温まる話だが、残念ながらわたしじゃない」

「もう、マットったら。あの大通りのことを忘れてしまうなんて。土砂降りの雨の夜で、近くで殺人事件があったじゃないの」

フィリプソンは呆気《あっけ》に取られて彼女を見つめた。「話が飛躍しているよ」

「そんなことはないわ。あの隣の通りで殺人事件が起きたのよ。翌日の新聞はその事件で持ち切りだったわ。バスで連れ去られた金貸しのことを覚えてるでしょう?」

「覚えてるわ」ふいにアナベルが口を挟んだ。「バスにはほかにも乗ってる人がいたんですって。おかしな話だわ。そのことは読みました?」

「いいや」フィリプソンはそこで話を打ち切りにした。「自分が巻き込まれない限り、犯罪にはかかわらないようにしてるんでね。さて、もう行かなければならない。さよなら、ミス・タッシー。ロンドン滞在を存分に楽しむといい。さよなら、ポリー。何も心配はいらないからね。今夜か明日の朝にでも電話するよ」

フィリプソンは通りへ向かい、門のところで手を振った。彼は背筋をしゃんと伸ばし、大股で歩き去っていった。ポリーはその後ろ姿を親愛のこもった眼差しで見送った。

「本当に思慮深い人だこと」と彼女は言った。「親切で、いつだって謙遜《けんそん》しているのよ。わたしはあの人を信頼しているの。わたしのよき相談相手なのよ」

アナベルは不思議そうに彼女を見つめた。

「でも、タクシーの運転手にお金を払ったのは、あの人ではないような気がするわ。自分だったらいいのにと思ってるようだったもの」

「あら、彼に決まってるわ」ポリーはアナベルの肩に手を回し、家の中へ入った。「彼以外に考えられないもの。わたしは昔、もっと北のほうに住んでいたから、ロンドンに古い友人はあまりいないのよ」

「たぶん殺人犯じゃないかしら」アナベルはその推理に目を輝かせ、楽しげな声でくったくなく言った。「殺人犯はおばさんの姿を見つけて、声をかけられでもしたら困るから、追っ払うことにしたのよ。となると、その殺人犯はおばさんの知り合いってことになるわね」

「まさか、あり得ないわ！」自分の声の荒々しさに、ポリー自身驚いたようだった。呆然とした表情で、「もう、びっくりさせるわね」玄関の鏡に映った自分の姿を目の端にとらえ、彼女は笑いながら言った。「顔が真っ青だわ。そんな恐ろしいことがあるはずないもの。ええ、マットに違いないわ。あの時もそう思ったの。でなければ、タクシーになんて乗りはしなかったわ」彼女は言葉を切り、階段の手すりに手を置いた。「そうに決まってるわ」しばらくして彼女は繰り返した。「ちょっと手の焼ける若い知り合いはいるけど、殺人犯のわけがないわ。それに」彼女は内心の動揺を押し隠して付け加えた。「ヨークシャーからジェリーの絵葉書が届いたもの。ちょうどあの日に出されたものよ。よく覚えてるわ。さあ、いらっしゃい。もうこんな時間よ。お茶にしましょう」

7　音楽のある午後

少佐という呼び名は古臭いからと言って断り、ジェレミー・チャド-ホーダーと名乗った男は、愛想よく話を続けた。

「あの車は一九五七年式でね、ここだけの話なんだが、困ったことにトランクとボンネットの見分けがつかないんだ」ピカデリーにある自動車販売店の大きなショーウインドーの前でジェリーは足を止め、陽気に言った。「現代的な自動車の困る点はそこだよ。どんどん小型化していくならそれもけっこう、いずれは消えてなくなっちまうだろうな。さて、次はどこでアルコールを補給しよう？　ミントン・ミューズのミジェット・クラブはどうだい？」

「いいですね」何気なく答えることができ、リチャードはほっとした。自分もジェリーも酔っていないようだ、と彼は思った。けれども彼らはすでに、リヴォリやニュー・バー・オブ・ザ・カフェ、レイズ・オイスター・ハウス、それに程度は違えど品のあるパブを数軒はしごしていた。どこへ行ってもジェリーは顔馴染《かおなじ》みらしく、時には大歓迎もされた。だがどの店にも長居はしなかった。いまのところリチャードの持ち金もまだ残っており、愛想よく振る舞いつづけることができた。それにはかなりの労力を要したが、これまでに理髪店で見聞きした以上のことを、いくらか知ることができた。

魅力的であり、もっともらしい嘘《うそ》をつくという特徴のほかに、ジェリーに関するあるささやかな事実が明らかになってきた――彼は何がなんでもリチャードを離す気がないらしかった。リチャードがおずおずと帰る素振りを見せるたびに、軽く受け流し、新しい誘いを持ちかけてくるのだ。

まったく事情のわからないこの状況に、リチャードは興味を覚えた。そしてまた、アナベルとかかわっているのがどんな人間なのか確かめたいと思っていたリチャードには、まさに絶好の機会だった。ジェリーのことを知れば知るほど、虫の好かない男に思えてきた。リチャードはもうしばらくこの男と一緒にいることに決めた。

ラゴンダはカーゾン・ストリートに停めてあり、二人は歩いて車に戻った。そしてウエスト・エンドの北側まで行き、ミントン・スクエアの裏の狭い路地に車を停めた。路地は混み合っており、ジェリーは駐車するのにひどく手間取った。だが酔ったように陽気に振る舞いながらも彼は巧みに車を操り、リチャードは驚きを覚えた。

例の木箱はトランクにしまい込まれていた。酒場にまで持っていくのは無理だということになり、最初の店へ行く前にトランクへ入れたのだ。車を降りがけに後ろを振り返ったジェリーは、そのことを思い出したのか、安堵《あんど》の表情を浮かべた。

「オープンカーに物を置いとくわけにはいかないからな」ジェリーは続けた。「この頃はどこもかしこも物騒なものさ。ミジェットはそっちの右のほうだ。エドナの店と呼ぶ連中もいる。経営してる女の名にちなんでね。会うのは初めてかい？　なかなか愉快な女だよ」

ジェリーはリチャードの肘《ひじ》をつかみ、石畳の路地と直角に交わる通りへ誘《いざな》った。こぢんまりとした高級そうな骨董品店《こっとうひんてん》の脇《わき》に、二階へ続くオーク材の階段があった。大きめの名刺を思わせる銅版の目立たない看板に、〈エドナのミジェット・クラブは会員以外お断り〉と書かれている。階段を上り切ったところに小さな入口があり、来客名簿が載った机に門衛が座っていた。彼は人のよさそうな顔をしており、頭のてっぺんが平べったかった。そのため彼の肘の横に置かれた庇《ひさし》つきの帽子が、瓶の蓋《ふた》を連想させた。

門衛は歓喜の声でジェリーを迎えた。

「これはこれは、またお会いできて何よりです、旦那《だんな》」門衛は嬉《うれ》しそうに言った。「お久しぶりですな。いや、ほんとに久しぶりです」

門衛はインクにペン先を浸すと、名簿を前に押しやってウインクした。

「ジェレミー某様、リチャード某様」門衛は誇らしげに文字の水気を取りながら、高らかに言った。「さあ、お入りになって、存分に歓迎を受けてください」

トレンチコートを着た男は、笑いながらばつが悪そうな表情を浮かべた。彼がたびたびそういう表情を見せることにリチャードは気づいていた。それは非常に魅力的で、細面の顔によく似合っており、深い皺《しわ》を和らげていた。

「彼女はいるのかい？」とジェリーが尋ねた。

門衛は目を上げると、ふいにおどけたように、黄ばんだ歯を剝《む》いてみせた。

「舌なめずりしてお待ちかねですよ」門衛は囁《ささや》くように言い、笑いをこらえて真っ赤な顔で首を振った。

ジェリーはにやりとし、額に皺を寄せた。

「さあ、入ろう」と彼はリチャードに言い、右手のドアを押し開けた。

ミジェット・クラブは洒落《しゃれ》た店で、常連客からはまずまずの高級クラブとみなされていた。古めかしい屋敷の二階を占める店はL字型をしており、かつての優雅な時代には、羽目板の両びらきドアが造りつけられたアーチで区切られていた。装飾のほとんどは紙に描かれた絵で代用されており、黒ずんだ壁には白い枝つき燭台《しょくだい》の絵が、そしてやや明るい色の壁には飛散する金色の星々の絵が掛けられている。部屋の手前、狭いほうの一画には長いカウンターがあり、その土台の摂政時代風の味気ない柱には、彩りを添えるためにペンキが塗られていた。そして奥にある、窓の塞《ふさ》がれたより広く薄暗い一画には、テレビと、安楽椅子《あんらくいす》とコーヒーテーブルのセットがいくつか置かれていた。室内には香水と酒のにおいがこもり、煙草の紫煙がたちこめていた。まだ客の入りはそれほどでもなかった。

若手女優らしい美人ぞろいのグループが隅っこに陣取り、額を寄せ合って小声で最新のゴシップを話し込んでいた。壁の窪《くぼ》んだ一画には黒っぽい服装の二人の男が座り、テーブルに小さな黒い手帳と銀行券を載せて決済の手続きをしている。カウンターのスツールには背中を丸めた男が座っていた。その顔は微細な筋肉に至るまで無気力にとらわれているようで、身じろぎ一つしなかった。まるでそこに座ったまま、少しずつ赤い砂岩へと変わっていくかに思われた。男に注意を向ける者は一人もなかった。

背の高い黒髪の女がカウンターの後ろで金髪の女給仕と話をしていた。年は三十二、三歳くらいで、注文仕立てらしいかっちりした灰色の服を着ており、髪は貝殻のように艶《つや》やかにブラッシングされていた。

客観的に見ても彼女は美しかった。目鼻立ちが整い、決然とした眉《まゆ》の下の瞳《ひとみ》は青みがかった灰色だった。しかし彼女の主だった特徴は、図太い神経と秘めたる手腕、それに全身を押し包む頑なさにあった。

彼女がこのクラブの総支配人で、少なくとも共同経営者の一人である、店名に名を冠するエドナであることは間違いなかった。

リチャードも容姿に恵まれた若者だったが、決して自惚《うぬぼ》れることなく、控え目な印象を与えるよう日頃から心がけていた。彼はエドナがこちらを値踏みするように一瞥《いちべつ》したのに気づいた。彼女は続いて連れの男に目をやった。と、激しい感情の波が彼女の顔をかすめた。しかしすぐに自分を取り戻し、無表情な顔に戻る。長年の経験で身につけた彼女の親しげな声が、爽《さわ》やかに二人を迎えた。

「いらっしゃい、ジェリー。ジンにする?」

「それと、ジンジャービール。このリチャードはビールでなけりゃ承知しなくてね。瓶ビールでいいんだ、出してもらえるかな?」

「もちろんよ」エドナはぼんやりした笑みを浮かべ、酒を出して代金を受け取るとカウンターの端へ歩いていった。しかしすぐに、糸で無理やりたぐり寄せられるかのように、二人のほうへ戻ってきた。「この前来てくれてからずいぶん経つわね」声の調子は明るかったが、その言葉は恨みがましく響いた。

ジェリーはグラス越しに彼女と目を合わせた。

「それがどうしたっていうんだ?」

エドナはわずかに目を見ひらいたが、それ以外に反応は見せなかった。

「何か面白い話を聞かせてくれないかしら」とエドナは言った。「ここのところ、つまらない話ばかりよ。昨夜は『飲んだくれ《アップ・ザ・ポール》』（一九四七年から五二年にBBCラジオで放送された喜劇）の出演者がそろってやって来たんだけど、話の種が尽きて、お芝居の中の冗談を言いだす始末だったわ」

ジェリーは笑い声を上げ、「そんなことを言ったのはどいつだい？」

エドナはジェリーのグラスにお代わりを注ぐと、カウンターに肘《ひじ》を乗せて、内輪話をするように身を乗り出した。

「まだ何も食べてないんでしょう？」

「食べたよ。ここで出されるのよりましなものをね。レイの店でスモークサーモンを食べたんだ。リチャードをのけものにするなよ。リチャード、この女から目を離さないでくれ。きみの助けがいるかもしれない」

なまぬるい安物のビールをちびちび飲みながら、リチャードは二人へ控えめに好奇の眼差しを向けた。彼はこの場に居合わせてはいたものの、蚊帳の外にいるも同然だった。会話を聞いていても、その裏の事情が皆目つかめなかった。

エドナは何かに気を取られた様子でちらりとリチャードを見たが、その態度によそよそしさは感じられなかった。

「あそこにティリー・オデアがいるわ」彼女は女優たちのグループの真ん中でおしゃべり

に夢中になっている女へ顎《あご》を振った。「彼女を紹介しましょうか？」

「リチャードは俗物じゃないんだ、気を悪くするだろう」ジェリーはいましがた飲んだ二杯の酒で酔っ払ったような振りをしてみせた。「エドナ、あっちへ行ってくれないか」

リチャードはエドナにかすかな笑みを向け、室内を見て回ろうとその場を離れかけた。が、手首をつかまれて引き戻された。

「艦橋《ブリッジ》で見張っていてくれ、クリスチャン航海士（戦艦バウンティ号の反乱の首謀者）。ぼくらは沈没しかけてるようだ」トレンチコートを着た男は言った。

エドナが口をひらいた。顔を紅潮させ、目には切羽詰った表情を浮かべている。

「ジェリー、話したいことがあるの。ちょっとリハーサル室に来てくれない？　そう時間はかからないから」

ジェリーは一歩後ろへ下がってエドナを見つめた。見下すような笑みがその顔に広がる。何か手ひどいことを言おうとしているようだった。が、結局それは言わずじまいだった。

「まあ、暇つぶしにはなるだろうさ」ふいにジェリーが言った。「リチャードも一緒でなけりゃならないよ。ぼくがピアノを弾くから、きみたち二人でダンスをするんだ。そのあとで気が済むまで話すといい。なんなら歌ったってかまわない」

「つまらないことを言うのね」エドナが憎々しげに言う。しかしすぐにカウンターから出てきて、二人を部屋の奥へ導いた。そこには深紅の壁紙で隠されたドアがあり、エドナがポケットから鍵《かぎ》を取り出して開けると、二人を中に押し込み、内側から鍵をかけた。

あとから考えてみると、この時二つの部屋を仕切る壁だけでなく、目に見えないもう一つの壁を通り抜けたように、リチャードには思えた。

彼が探ろうとしている男は、それまでの平凡な人格をかなぐり捨て、新たにより特異で残忍な人物へ変貌《へんぼう》を遂げつつあるようだった。

その変化を際立たせたのは、この時の出来事ではなく、リチャードを迎えた部屋の雰囲気だった。先ほどまでいた部屋とほぼ同じ造りの、やや明るい四角い部屋だった。ただ違うのは、こちらの両びらきドアはまだ残っていて、それが閉まっていることだった。

室内には壁際に一列に並んだ曲げ木椅子《まきいす》と、いくつもの譜面台に囲まれた古びた黒いピアノがあるだけだった。この部屋の窓はクラブの窓と違って塞《ふさ》がれてはいなかったが、薄汚れており、窓外には煤《すす》で黒ずんだ黄色い煉瓦《れんが》の壁が一メートル足らずのところに迫っていた。

ジェリーはすぐにピアノの前に座ると、トレンチコートのベルトを腰の高い位置できつく締め直し、鍵盤を叩《たた》きはじめた。彼の腕前はなかなかのもので、タッチは独特だった。明るい電灯の下で見ると、彼の肌はきめが粗く、髪は白っぽかった。手はがっしりしていたが、先の反った平べったい指は繊細でもあった。

彼が弾いているのは流行歌の歌い手に人気のある有名な曲だった。聞き覚えのあるフレーズを弾き終えると、ジェリーは物憂げな目を大きく見ひらき、苛立《いらだ》たしげに彼を見下ろしているエドナを見つめた。

「ねえ、お願いよ、ジェリー」と彼女は言った。「この話を聞かなかったら、きっと後悔するわ。深刻な話なの」

「きょうは深刻な話はなしだ」とジェリーは言い、ルンバを奏ではじめた。「きみの声は聞こえないよ。身振りで話してごらん。少なくとも、そのほうが面白いだろう」よほどその考えが気に入ったのか、ジェリーは声を立てて笑い、原曲に自在にアレンジを加えながら弾きつづけた。

踵《きびす》を返したエドナを、すでに踊りはじめていたリチャードが捕まえ、ダンスに引き入れた。彼女は面食らったようだったが踊りはじめ、やがて感心したような表情を浮かべた。リチャードはそう多くはない、ダンスを心から楽しむ人間の一人だった。二人の動きは優雅なだけでなく、喜びに溢《あふ》れていた。その楽しさには抗い難いものがあった。エドナはリチャードのリードに苦もなく従っていたが、その心は薄笑いを浮かべて彼女を見ているジェリーに向けられたままだった。二人のダンスに気をよくしたのか、ジェリーは彼らのために演奏しはじめた。若いリチャードはアナベルと踊っているところを想像し、ダンスの快さに没頭した。

だがエドナはそうはいかなかった。彼女とジェリーの喧嘩《けんか》はまだ続いていた。リチャードは彼女を気の毒に思ったが、当然ながら、十歳以上年上の女性の顔に浮かぶ複雑な表情には、魅力を感じなかった。彼が見る限り、エドナはジェリーが彼女をくどこうとしないことに怒り、そしてまた自分がくどかれたいと望んでいることに腹を立てているようだった。彼女の言動はすべて、そうした根本の状況からもたらされているのだということを、リチャードは正確に見抜いた。エドナは確かに苦しんでいた。彼女が苛立ちで体を震わせるのがリチャードにはわかった。

「踊るんだ」ふいにリチャードは言い、エドナに微笑みかけた。「踊って忘れてしまうといい」

彼女は頰《ほほ》を赤らめ、青みがかった灰色の瞳《ひとみ》を和らげた。心痛にさえ苛まれていなければ、彼女はかなり美しいにちがいないとリチャードは思った。

エドナは懸命に自分を抑えようとしたが、そう長続きしなかった。

「ウォーレン・トレンデンが来ることになってるの」彼女はだしぬけに、ピアノのほうへ声をかけた。「その名前に聞き覚えがある?」

「誰だって?」ジェリーがエドナの言葉に応えたのはこれが初めてだった。興味のなさそうな顔をしているものの、エドナの話を聞こうとピアノの音を小さくした。

「ウォーレン・トレンデン、オートレースの選手よ」

「聞いたことがないね」

「もう、ジェリー、そんな見え透いた嘘《うそ》をつかないで。十四日に彼と一緒にシルヴァーストーンへ行ったんでしょう？　あなたはホーカーと名乗ったそうね。彼を何に巻き込んだかは知らないけど、彼があなたを捜してるわ。わたしが話したかったのはそのことなの」

ピアノの音は途切れなかったが、その調子はがらりと変わっていた。リチャードはジェリーを振り返り、彼が相変わらず物憂げな薄笑いを浮かべていることに驚いた。

「ばかばかしいったらないね」とジェリーはくったくなく言った。「なんのことかさっぱりわからない。まったくのでたらめだ」

「でもジェリー、あなたは確かにあそこにいたわ、彼と一緒に。わたし、見たのよ。パドックにいるあなたを見たわ。クラブにいたみんなが、あなたたち二人を見てたの、テレビでね。人込みの中でアナウンサーの真後ろに立っているところが、数分間ずっと映ってたのよ」

曲のテンポはやや速くなったが、ジェリーの表情は変わらなかった。

「ウォーレン・トレンデン。シルヴァーストーン。十四日。いいや、違うね。身に覚えがない。違う二人の男だろう」

「わたしがこの目で見たと言ってるのよ。あなたを助けようとしてるのがわからないの、ジェリー？」エドナはなおも踊りつづけ、リチャードはこの状況に魅了された。ジェリーのピアノとエドナのダンスは呼応し合い、知らず知らずのうちに二人のいさかいを煽《あお》り立てていた。

「きみが見たのは別人さ。それだけのことだよ」

「違うわ。言い逃れはできないわよ、ジェリー。今度ばかりはそうはいかないわ。わたしはピーター・フェローズ——あなたは知らないでしょうね——と一緒にテレビを見ていたの。わたしが『ジェリーがいる』と言ったら、彼が『あれはウォーレンだ』と言ったわ。その時は二人ともなんとも思わなかったけど、きっとピーターがトレンデンにそのことを話したんでしょうね、二、三日して彼があなたを捜してここへ怒鳴り込んできたの。彼があなたの名前はジェリー・ホーカーだと言うから、わたしは違うと言ったわ」

ジェリーは鍵盤《けんばん》から両手を離し、スツールの上で背を反らした。

「違うと言ったって？　余計なお世話だね」

「どうして？　だって違うでしょう？」

「トレンデンと一緒にいたのは、そのホーカーという名の男だったんだろう」

「でも、あれはあなただったわ。この目で見たもの」

「違うね。どう考えたってぼくじゃない」

ジェリーはまたピアノを弾きはじめたが、エドナは踊ろうとせず、リチャードの説得にも耳を貸さなかった。彼女は立ったままピアノの弾き手を見下ろしていた。

「とにかく、彼はあなたに会えやしないかと、いつも四時半頃ここへ来るわ」エドナはぶっきらぼうに言った。「一度彼に会えば、何もかもはっきりするわ」

「ごもっともだ。そうするよ」ジェリーはそれ以上この話を続けるつもりがないようだった。曲の調子がまた軽やかになった。

二人はダンスを再開した。エドナは怪訝《けげん》そうな顔をしていたものの、いくらか機嫌がよくなっていた。リチャードは最初、彼女が言いたいことを言ってしまったからだと思っていた。だが次第に、少なくとも四時半過ぎまでは店にいるようなことを、ジェリーがほのめかしたためだという気がしてきた。二人が十五分近く踊ったあとで、エドナがまた話を蒸し返した。ピアノのそばを通ったとき、彼女はふいに足を止め、ピアノ越しにジェリーと向き合った。

「トレンデンはあなたにかんかんよ」彼女はまくしたてた。「あなたがレディングで自動車関連のビジネスをしていると聞いたって、誰彼かまわず言い触らしてるわ。あなたが何をしたかは知らないけど――トレンデンは話そうとしないの――彼はあきらめる気はなさそうよ。ちょっかいを出していいタイプじゃないわ、ジェリー。あなたがどこに住んでるか、突き止めようと必死なの。わたしは――わたしは教えなかったわ」

ジェリーはその話にも、エドナが彼の言い分を信じていないらしいことにも、苛立《いらだ》った様子を見せなかった。単にそのことについて考えているかのように、うなずいただけだった。彼の両手は相変わらず鍵盤《けんばん》の上を動き回っていた。

「きみは知ってるのかい？」ジェリーが快活に訊いた。

「あなたがどこに住んでるか？　まだライドー・コート・ホテルにいるんでしょう？」

「とんでもない！　あんな殺風景なところは四ヵ月も前に引き払ったよ」

「それじゃあ、引っ越したあとにもクラブで会っていたのに、教えてくれなかったのね。わたし、あのホテルに手紙を出したり電話をかけたりしたのよ。連絡がつかなかったのはそのせいだったのね」

「まあ、それが主な理由と言えるかな？」ジェリーは笑いながら言った。「ロビーの滞在者用ラックに入ってる、だんだん筆跡が荒々しくなっていくきみの手紙が目に浮かぶようだよ。さぞかしあの婆さんたちのいい話の種になっただろうに。もし中を開けて読んでいればね」

「そうだとしたら、嫌というほど話の種が得られるでしょうね」エドナはわなわなと震えだした。「いまはどこに住んでるの？　前に話していたフラット？　誰と一緒なの？」彼女はリチャードのほうを向いた。「この人はフラットを借りたの？」

「さあ、知らないな。さっき会ったばかりだからね」リチャードは後ずさりした。「そろそろ引き上げようかな」

「待てよ、まだパーティは終わりじゃない」ジェリーは意外なほど強い調子で言った。「もう少し待って、そのトレンデンというやつに会ってみようじゃないか。馬鹿《ばか》な思い違いをしているようだが、妙な噂《うわさ》を立てられちゃ、こっちの名誉にかかわるからね」

ジェリーは話を続けながら、小さな音でふたたびルンバを弾きはじめた。

「ばかばかしくて話にもならないね。今シーズンは一度もシルヴァーストーンへは行ってない」ジェリーはそうきっぱりと言い、横やりを入れられる前に急いで先を続けた。「先週、ぼくはリクテンシュタインくんだりまで、奇抜なレースを見に出かけたんだ。なんとも劇的な見せ物だったよ。ドラム缶の壁の後ろから、突然、小さな黄色い謎《なぞ》のワゴンが現れて、勝利を収めたんだ。奇想天外というか、あんな馬鹿げたものは見たことがないね」

徐々にエドナの顔が赤く染まり、瞳《ひとみ》の陰が濃さを増した。「あなたって、いつもそうね」彼女はとげとげしく言った。「どういうわけか知らないけど、子どもだって信じないような作り話を急にはじめるんだから。あなたはリクテンシュタインになんて行ってないわ。レースもドラム缶の壁も謎の車も、みんな口から出任せでしょ。そんな話、いったい誰が信じるというの？　こんなに長い付き合いで、あなたのことを知り尽くしてるわたし？　それとも、きょう会ったばかりのこのお友だち？」

エドナは感情を爆発させた。先ほど彼女がジェリーをなだめようとして、いったんは機嫌を直した彼も、ふたたび不機嫌さを募らせた。

「ドラム缶が出任せだって？」ジェリーが冷ややかに言う。「そんなことはないさ、ドラム缶を積み上げた壁で、高さが五メートルはあった。なんなら詳しく説明しようか。ドラム缶は黒くて、てっぺんと底の周囲に鋲《びょう》が打ちつけてあった。それから真ん中の線にもね」

ジェリーのピアノが軽快に響き、つられてリチャードの足が動きはじめた。

「エドナ」だしぬけにジェリーが言った。「ブライのぼくたちのコテージを覚えてるかい？」

「どうしてそんなことを持ち出すの？」

「きみが顔色を変えるのを見たいからさ」ジェリーは笑いながらエドナと目を合わせた。彼女はますます顔を赤くし、いまにも泣きだしそうになった。普段そんな表情を見せることは滅多になく、その姿は痛々しくさえ見えた。

「わたしたちのコテージじゃないでしょ」エドナは自分を取り戻すと、語気荒く言い返した。彼女が若いリチャードに洟《はな》も引っかけていないのは明らかだったが、彼の前で自分の私生活が持ち出されるのは我慢ならないようだった。「覚えてるでしょうけど、あの家具つきのコテージは、あなたのお客さんだっていう年配の夫婦のために、あなたが一ヵ月借りたんじゃない。その老夫婦は家を売ってヨークシャーから出てきて、南アフリカへ行く途中だったのよね？　それが予定より早く発ったものだから、あなたに説き伏せられて、二週間ばかりあそこで一緒に過ごしたんでしょ。二人はろくに荷造りもしないで出発しちゃって、忘れ物がいくつもあったわ。おばあさんはハンドバッグまで置いていったのよ。あなたのことだから、荷物を送ってあげたりなんてしてないでしょうね」

ジェリーの眼差しの前に、エドナの声が途切れた。リチャードもまた彼の表情の異様さに気づいた。ほんの一瞬、ジェリーの顔が虚ろになったのだ。単に無表情というのではなく、その体から感情が抜け出てしまったかのようだった。

しかしすぐに、お馴染《なじ》みのばつの悪そうな笑みが彼の顔に戻った。

「へえ、ぼくが覚えてるのは、部屋の中にジャスミンの香りが漂っていたことと、庭に川が流れていたことぐらいだよ」ジェリーは明るく言った。「夜にあの川で泳いだろう。反対側の岸辺に蛍がいたっけ。あそこにいたときのきみは、いまとはまるきり違ったじゃないか。そんなに強情じゃなくて……」

「こんな時にやめてよ!」突如、エドナが悲痛な叫びを上げた。リチャードが抱いていた彼女の印象が、そのひと声でなぎ払われた。「やめてちょうだい、ジェリー! それがどうしたっていうの? わたしの頭がおかしくなりそうになるまで姿を見せないでおいて、やっと現れたと思ったらこんな話をするなんて。どうして急にコテージのことなんて言い出すの?」

ジェリーは優しげな笑みをエドナに向けた。その笑顔は魅力的だったが、生気のない瞳《ひとみ》に宿った知性は、猿のように低劣だった。

「きみを見ていたら思い出したんだよ。ともかく、あの時はひどく楽しかっただろう?」

エドナは返事をせずに、自分への怒りになす術もなく身を任せ、突っ立ったまま彼を見つめていた。

「とにかく、四時半にトレンデンに会うとしよう」ジェリーはぼんやりと続けた。「ぼくの名前が出ているからには、会っておくべきだろうな。そういった誤解は早めに解いておくに限るからね。リチャードとぼくは五時半にちょっとした約束があるんだが、そのあと、たぶん六時頃に、またミジェットに戻ってくればいい。きみはひと晩じゅうここにいるのかい?それとも一、二時間くらい、ぼくらと出かけられるかい?」

エドナの顔がぱっと輝いた。十歳は若返って見えた。

「この人の話は当てにならないのよ」エドナはリチャードに言った。「毎度のことなの」彼女がジェリーを見る目には、はじらいさえ浮かんでいた。「ジョアニーがカウンターにいてくれるわ。真夜中までに一度顔を出しさえすれば大丈夫でしょうね。彼女に話しておくわ。その五時半の約束というのは、取りやめにするわけにはいかないの?　ずっとわたしの目の前にいてくれるんだったら、もっとあなたを信じる気になるんだけど」

「おいおい、無理を言うなよ」ジェリーは鍵盤《けんばん》から両手を離し、エドナの手を握った。「約束の場所は、道路一本も隔ててないところだ。すぐ戻ってくるさ」

「飲むなら一杯だけにしてよ」

「酒は飲まない。十分ほど話をするだけだ。そしてそれが済んだら、きみたちとぼくとで、夜の街に繰り出すとしよう。リチャードに女の子を見つけてやらなくちゃな」

ジェリーはエドナのほうへ顔を上げた。彼女はしぶしぶ、それでも満更でもなさそうに、身を屈《かが》めてジェリーの唇にキスした。軽い、何気ないキスだったが、ぴんと張ったロープが緩むように、エドナの緊張感が和らいだ。彼女の気分は高揚しはじめ、リチャードが想像もしていなかった新しい陽気な一面が表に出てきた。それは少し下品で意地の悪いところもあったが、世慣れた愉快な性格だった。彼女は幸福に酔って有頂天になっていた。

ダンスはもう三十分ほど続き、彼らは共通の友人の話題を交えながら、風刺をきかせた社交界の噂話《うわさばなし》に興じた。そしてとうとう、ジェリーが腕時計に目をやった。

「あと十五分で五時だ。隣の部屋にトレンデンが来てるかもしれない。ちょっと行って見てきてくれないか、エドナ。もしいたら、ここへ連れてくるんだ。そのほうが向こうも気が楽だろう。ほら、鍵《かぎ》をよこして。行くんだ」

ジェリーは立ち上がり、エドナの体に片腕を回して彼女の手から鍵を取り上げた。そしてドアへ導いていき、鍵を開けてやった。ジェリーは掛け金に手をかけたままもう一度エドナとキスをすると、彼女の背中を優しく叩《たた》いてからドアの向こうへ押しやった。彼女が出ていくとジェリーはドアを閉め、また鍵をかけた。次いで静かに部屋を横切っていって両びらきドアを開け、リチャードを振り返った。

「こんなことに巻き込んでしまって、申し訳ないな」ジェリーはいたずらっぽく言った。

「ここから出ていけば、面倒なことにならずに済む。彼女は愛すべき女だが、うんざりするほど独占欲が強くてね」

8　警察の見解

ロンドン西部にある有名な聖ジョアン大学病院のすぐそばに、バロー・ロード署の新しい建物があった。グリーン園地区との直通電話のベルが鳴ると、チャーリー・ルークとアルバート・キャンピオンは、直ちにパトカーでそちらへ向かった。

電話をかけてきた相手、ルークの古い友人で同僚でもあるピコット巡査部長が、入口で二人を出迎えた。彼らへ歩み寄ってくるがっしりとした体つきの男は、見たところ深い懸念に取りつかれているようだった。二人が近づいていくと、彼は無理に笑顔を浮かべ、力強く握手を交わした。だがひとけのない隅っこへ二人を引っ張っていくや、浮かぬ顔つきになった。

「きみがこのことをどう思うかわからんが」とピコットは言った。「何しろ命令は命令だ。ゴフス・プレイスの件に関して、どんなことも、どんなささいなことも報告するようにと言われていたからね」

ルークはにやりとした。「誰かお告げでも夢に見たのかね?」と明るく言う。

「当たらずといえども遠からず、というところだ」ピコットの肉づきのいい顔が赤らんだ。「突拍子もない話でね、実際役に立つかどうか。それを言い出した男から直接話を聞いたほうがいいと思って、それでわざわざ来てもらったんだ」

「そのご老体はビヤ樽《だる》を体で受け止めたという話だったな？」ルークは市民会館によく似た広々とした室内を見回し、肩をすくめた。「こういう場所は嫌いだよ。それにしても、ついてない男だな。そんなことはよくあるのかい？」

「ああ。ビール会社の車が『雄牛と口』亭の外で荷物を下ろしてたら、ビア樽が一つ転がり落ちてね。巡査めがけて舗道をまっしぐらに転がっていった。よけようがなかったんだ」

「怪我は？」

「骨折が二箇所。それぐらいで済んでよかったよ。あいつはタフだからね。ブラードという名の年配の巡査で、ここに勤めてもう何年にもなる」

「ああ、ハリーか」ルークは心底がっかりしたように言った。「彼のことならよく覚えてる。いったい何を思いついたんだろう？　想像力を発揮しすぎていなければいいが」

「まったくだ」ピコットがきっぱりと言う。「あいつがわたしに会いたがってると聞いて、きょうの午後面会しにいったんだ。で、あいつの話を聞くとすぐに、自分の部屋に戻ってきみに電話をかけた。いまは個室に移したから、まわりに気兼ねなく話せるよ。麻酔が覚めてからそれほど経ってないが、頭ははっきりしてる。さあ、出かけるとしようか」

十分後、亡霊のように青白い顔をしたブラード巡査が、ベッドからルークを見上げた。ルークは心からの同情を示し、実に愛想よく振る舞った。事故の様子をもう一度こと細かく聞かされると、彼は驚きと遺憾《いかん》の意、憤り、それにタイミングのよさへの賛辞を表した。そしていまは、お目当ての情報を聞き出そうと身がまえていた。

キャンピオンはルークの様子を眺めながら、ヨウの懸念も無理からぬものだと思った。ピコットもブラードも、失望されるのを恐れて話すのを渋っているようだった。

「さて、ハリー」ルークはベッドの足元に立っていた。「この事故が起きるちょっと前に、きみはグリーン園で若いカップルと話をしたそうだな。二人はきみに、ある家の場所を尋ねた。きみの記憶では、それは小さな博物館だった。そうだな?」

「はい」ブラードの歯は折れており、言葉は不明瞭《ふめいりょう》だった。それでも彼の瞳《ひとみ》は白いシーツに映えて輝いていた。「わたしは歩きながら、その博物館のことを考えていました。若者がそんなところへ行くのは妙でしたからね。そしてその時、ある考えが浮かんだんです。これを聞いて、気を悪くなさらなければいいんですが」

「一《いち》か八《ばち》か聞いてみるとしよう」

「ええと、今年の春のことですが、ゴフス・プレイスに停まっていたバスに、老夫婦が乗っているのを目撃した人物が、グリーン園界隈《かいわい》にある喫茶店の窓辺に、その老夫婦が座っていたのを見たと証言したことを覚えていますか」

「ああ」ルークは顔をしかめ、両手をズボンのポケットに突っ込んだ。彼の背中で黒い外套《がいとう》の裾《すそ》がカラスの尾のように扇形に広がった。

「その証言からあなたが——つまりわれわれ全員が——その地区こそ、あの老夫婦、あるいは殺人犯を捜す場所だと考えるに至ったわけです。まあ、あそこにはあの証言以外、犯罪に結びつくようなものは何もありませんからね」

「そのとおりだ」ルークはさらに顔をしかめた。

「それでわたしは、その老夫婦を捜し出すようにという特命を受けていた一人ですから、二人の人相書きは暗記していました——いつも暗記することにしてるんです。だから言葉では二人の特徴を知っていたわけですが、映像として思い浮かべたことはなかったんです。わたしの言いたいことがわかりますか？」

ルークはうなずいた。「わかるとも。続けてくれ」

「その……」ブラードの話は、いよいよ核心に迫ってきたようだった。「……今朝、博物館のある展示品を思い出していたときです。わたしは目で見た物は、映像で記憶していることに気づいたんです。いわば心の目で見るようなものです。そしてわたしは、その展示品、ガラスケースに入った二つの蝋人形《ろうにんぎょう》の記憶を、試しに言葉に置き換えてみました。するとそれが同じだったんです、ルークさん。あまりにもぴたりと一致していて、疑いの余地はありませんでした。あの目撃者が見たのは喫茶店にいる老夫婦ではなく、ガラスケースに入った二体の蝋人形だったんです。誓って言いますが、まず間違いありません」

「蝋人形だって？」チャーリー・ルークもさすがにそれは予想していなかった。彼は頭をのけぞらせ、声を上げて笑った。「きみはそいつを見たのかね？」ピコットに訊《き》く。

「いや、まだだ。その博物館は午後は閉まってるんだ。経営者の老婦人を煩《わずら》わせるのは、きみの意見を聞いてからにしようと思ってね」

ルークは部屋の隅にいたキャンピオンを見やった。

「きみはどう思う？」とルークは訊いた。

キャンピオンはためらいがちに口をひらいた。「目撃者というのは、時に張り切りすぎてしまうことがあるものだ。あの老夫婦の容姿を詳しく描写できたのはその給仕係一人だけだったわけだが、ずいぶん細かい特徴まで覚えていたと思わないかね？　結局彼はバスの窓越しに一度、それから彼の記憶では通りすがりの喫茶店の窓越しに一度、二人の姿を見ただけにすぎない。唯一確かなのは、どちらの場合もガラス越しに二人を見たという点だ。おそらく彼は、役に立つ証言をしようと必死だったんじゃないかな」

ルークは深々と息をつき、背中を丸めた。

「それじゃ、この地区とあの老夫婦はなんの関係もないってことか」

「あの蠟人形は本当に生きているみたいでしたよ」ブラードがベッドでつぶやいた。

「そうだろうとも」ルークは沈んだ声で言った。「だが、たとえそうだとしても、目撃者が勝手に似ていると思い込んだだけなんだろう。そいつはバスに乗っている二人の老人を見て、ケースに入っていた二つの蠟人形を思い出した。ただそれだけのことさ。これで振り出しに戻っちまった」

ルークは相当ショックを受けているようだった。室内にいる誰もがそれに気づいた。

「明日の朝、給仕係をそこへ連れていって確認させよう。そうすればやっこさんも自分の勘違いに気づくだろうさ。経営者は誰と言ったかな？　インテリの老婦人かい？」

「いえ、普通の未亡人です」ブラードは笑みを浮かべた。「展示品は亡夫の所有物で、夫との思い出をすたれさせないために、博物館を作ったんです。きっと彼女のことが好きになりますよ。なんというか、平凡で感じのいい女性です」

「たぶんそうだろうな」とルークは言い、白い歯がちらりと覗《のぞ》いた。「じゃあな、ハリー。お大事に」

バロー・ロードに面する風の強い前庭まで三人が来ると、ルークがふいに足を止めた。

「おれが興味を持ってるのはあの辺りだ」彼は通りの向かいにある、狭い道への入り口に顎を向け、キャンピオンに言った。「あそこをまっすぐ行って右へ曲がればグリーン園だ。さっきの話はちょっと予想外だったよ。おれも軌道修正を迫られるだろう。だがいままでも、おれが追ってる男が、この界隈《かいわい》をうろつき回ってるように思えてならないんだ」

ピコットは何も言わずにキャンピオンを見た。

「やつはこの辺りにいる」ルークは続けた。「わかるんだ。感じるんだよ。せっかくここまで来たんだから、その博物館まで足を運ぼうかどうか、迷ってるところだ」彼はポケットに手を入れ、硬貨を一枚取り出した。

「表なら行く、裏なら行かない」と彼は言い、硬貨を宙へ放った。

その頃、グリーン園七番地では、ポリー・タッシーがアナベルと話をしていた。二人は家の奥にある、ポリーが自室として使っている居間にいた。玄関に面したほかの二つの部屋より半階分上にある、落ち着いた感じの部屋だった。天井は低く、花柄の壁紙があしらわれ、庭に臨む一つきりの細長い窓が低い位置にあり、外には安全のために錬鉄製のバルコニーが設けられていた。

部屋の装飾は古めかしかった。が、熟考の末のものであることは明らかだった。室内は雑然としていたものの、居心地がよさそうで、どことなく陽気な雰囲気だった。アナベルはその部屋が気に入ったが、やや奇妙な印象も受けた。

アナベルが座っている長椅子《ながいす》に掛けられたカバーは、昔の労働者のハンカチのような、緋《ひ》色《いろ》と白の綿布だった。現代的なガスストーブの前にある敷物は端切れを縫い合わせたもので、美しく仕上げられてはいたが、この部屋にはそぐわない感じがした。そして炉棚には、陶器の置き物――テーブルを囲む婦人たちと脚を折って座っている犬――が並べられ、その真ん中に陶器の時計が置かれていた。

ポリーはフィリプソンとの昼食のために質素な黒いワンピースに着替えていた。いまはその上に、スイス土産にもらった、色とりどりの花で縁取られ、白糸で刺繍《ししゅう》が施されている黒いシルクのエプロンをつけていた。さらに冷たい夜気に備えて、赤い上着も羽織っている。いささか風変わりないでたちだったが、ポリーはいっこうに気にしていないようだった。彼女はストーブのそばの背の高い椅子に背筋を伸ばして座り、慣れた手つきで銀製のポットから紅茶を注いでいた。

「映画を見にいきましょうね」とポリーは言った。「きょうはモリスさんが来ない日だから、食事は外で取りましょう。でも、ダンスはだめよ。あなたをエスコートしてくれる人がいないし、着ていくドレスもありませんからね。明日の朝いちばんに新調しに出かけましょう。

でもまず最初に、あなたがどのくらいここにいられるか訊《き》くために、姉さんに手紙を書きましょうね」

赤い長椅子《ながいす》の上で甘やかされた子猫のように体を丸めていたアナベルは、可愛らしく微笑んだ。

「おばさんがあたしに飽きるまでいていいのよ」アナベルは率直に言った。「気を悪くしたらごめんなさい。でも、おばさんを怒らせなかったら、ずっとここにいられるかしら？」

ポリーは笑い声を上げた。「あなたは家を調えることが好き？」彼女は唐突に尋ねた。

「日曜大工とか、ワインの空き箱で簡易ベッドを作ったりすること？」アナベルは怪訝《けげん》そうな顔をした。

ポリーはその返事を面白く思ったが、質問は違う意味だった。「そうじゃなくて、あなたは自分が住む場所に興味を持つかしらと思って。わたしはとても興味があるのよ。教会でも映画館でも、どこかへ行って少し時間が経つと、何か起きてフレディとわたしがそこで暮らさなきゃならなくなったら、どうやって住みやすくするか考えはじめてしまうのよ」

「家具はどこに置こうかとか？」アナベルはその空想が気に入ったようだった。

「流し台はどうしよう、とか」ポリーが厳かに言う。「配水管はどうなってるんだろう、とかね。昔、あなたのおじさんをユーストン駅に迎えにいったことがあるの。あの頃はあちこちで火が焚《た》かれていたけど、それでも待合室はひどく寒かったわ。だだっ広くて、居心地の悪い部屋だったの。やっと彼が着いた頃には、わたしはすっかり興奮していて、それまで考えていたことを彼にまくしたてたの。彼は家に帰る間じゅう、ずっと笑ってたわ。彼に言わせると、わたしは手の施しようのない馬鹿《ばか》なんですって。でもそのおかげで、彼は快適な暮らしができたというわけよ」

アナベルは得意げに長椅子の上で体を揺り動かした。

「あたしはそうじゃないわ」と彼女は言った。「でも、この部屋は気に入ったわ、おばさん。あたしには営巣本能があるのよ。だけど、ユーストン駅で巣作りをしたいとは思わないわ。ところで、このカップ、素敵ね。古いものなんでしょう？」

「ヴィクトリア朝初期のものよ。ひいおじいさんが昔、同じものを七客買ったの」ポリーは上機嫌だった。「ひいおじいさんには七人の不器量な娘がいたのよ。あの頃には不幸なことだったわ」

「いつだって不幸なことだわ」アナベルがつぶやく。

「そうね。でも、あの当時は本当にひどかったのよ」ポリーはしみじみと言った。「娘を働きに出すなんて考えられない時代だったから、七人の娘たちを全員お嫁にやるか、娘たちが嘆き悲しむのを黙って見ているか、そのどちらかだったの。もし娘が一人だけだったら、持参金をたっぷり持たせてやることもできたでしょうけど、全部で七人いたから、ひいおじいさんは財産をきっちり七等分したの。そのほかに一人に一客ずつ紅茶のカップを持たせて、そのことを地元の人たちに話してまわったわ。そしてあとは事のなりゆきを見守ることにしたのよ。わたしの母は、小さなホテルを経営していたハンサムな人を見つけたわ。これがそのカップなの」

「おばさんのお母さんも家具の置き場所に悩む人だった?」

「そうだとしても不思議はないわね」ポリーは心からくつろいでいた。彼女の青い瞳《ひとみ》はとろんとし、部屋の中は安全で暖かかった。「母はいつも家の中をきちんとしていたわ。わたしが子どもの頃、ベッドはまだガチョウの羽で作っていたの。今夜はそのベッドで寝てもらうわ。あんなベッドはほかにないわよ。いいベッドというのはいまも昔も変わらないけど、変わったのは隙間風《すきまかぜ》ね」

「隙間風?」

「外から吹き込んでくる風よ。とても冷たいの」ポリーは喉《のど》の奥で笑い声を立てた。「この部屋の隙間はみんな塞《ふさ》いであるわ。でも、いつものごとく、ちょっとやりすぎてしまったの。その窓とドアに特許を取った隙間風防止装置をつけたんだけど、どちらかを開けておかないとガスストーブの火が消えてしまうのよ。何を笑ってるの? 悪い子ね。わたしのことを、馬鹿《ばか》なおばあさんだと思ってるんでしょう？」

「いいえ」アナベルは顔を真っ赤にして面白がっていた。「おばさんってすごいわ。あたしの家に来て、隙間風を止めてくれたらなあって考えていたの……あたし、ポリーおばさんが考えていたとおりの子だった？」

その無邪気であどけない、熱のこもった問いかけに、ポリーの心は揺さぶられた。

「思った以上よ」ポリーは即座に答えた。「思った以上のいい子だわ。性格がよくて、頭もいいし、その上しっかり者だわ」そこでポリーは用心のために付け加えた。「あなたはいま以上に賢くなることはできないと思ってる？　若い人はよくそう思い込みがちなの。自分のことを、若い割には賢いと思ってしまうのね」

アナベルは怯《おび》えた表情を浮かべた。「つまり、人の知性は二十歳になる前に発達が止まってしまうってこと？」

「二十歳？」ポリーは愉快そうに言った。「何も知らないまま二十歳になれたら運がいいんでしょうね。わたしの父は女の子に教育を受けさせることに反対だったから、そういったことはよくわからないわ。だけどわたしが思うに、教育というものは、パ、ー、テ、ィ、がはじまる前までに、できるだけ知性を磨くためにあるんじゃないかしら。いったん心が解き放たれたら、ありとあらゆる知恵を働かさなければなりませんよ」

ポリーはアナベルを見ていなかったが、彼女が体を硬くするのがわかった。臆病《おくびょう》だが好奇心の強い鹿《しか》が、森の外れから出てこようとしているのだ、とポリーは思った。彼女はさらにはっきりと話してみることにした。

「わたしは十二歳の時から、恋をしていないことはなかったわ」ポリーは陽気に言った。「十五の時なんて、恋の苦しさで消え入りそうな思いをしたものよ。その人は地元の劇場に一週間ばかり出ていたの。見たところ、誰からも相手にされていないようだったわ。緑色のタイツの足首のところが皺《しわ》になっていて、そのことを思うたびに涙が出たわ。金曜にその人がうちのホテルのバーへやって来たとき、とても禁欲的な人で、歳は六十を過ぎてることがわかったの。それでもわたしの気持ちは揺らがなかったわ」

ポリーは依然として暖炉のほうを見ていた。彼女の笑みはやや薄れていた。

「その人がわたしに気づいてさえくれれば、救ってあげられると思っていたの」ポリーは芝居がかった調子で言い足した。

アナベルが堰《せき》を切ったように話しはじめた。「学校の友だちで、何人かそういう子がいたわ。あの子たちにいったい何が起きたの？　時間が経てば治るものなの？」

「わからないわ」ポリーの口調があまりにも悲しげで、二人とも吹き出してしまった。アナベルは覚悟を決めたようだった。

「あたしも恋をしたことがあります」と取り澄まして言う。「でも、おばさんみたいのじゃなかったわ」

「まあ」ポリーはその告白に飛びついた。「相手は誰？　きっと牧師さんね？」

「いいえ、とんでもないわ。牧師さんには孫だっているし、礼拝中に羊の鳴き声みたいな声を出すのよ」

「学校の女の先生なんかではないでしょうね？」

「違うわ。そんな人にはまるで興味がなかったもの」アナベルは誰にしようか考えているようだった。「そう、リチャードだったわ」

うまくいったわ！　ポリーはまんまとその名を聞き出すことに成功した。彼女は努めてさりげなく尋ねた。

「リチャードというのは誰？」

アナベルは話したくてうずうずしていた。彼の経歴をこと細かく、それから容姿をほんの少し説明し、性格については想像も交えて述べたあと、いよいよ問題の核心に入った。

「彼が姉さんのジェニーに恋していた頃、あたしは彼にくびったけだったの。だけどあの時、あたしはまだ子どもだったし、誰もそのことに気づかなかったわ。それでも本当に彼に夢中で、彼のことしか目に入らなかったの。でも、手が届かない人だと思ってたわ。そのうち彼は軍隊に入って、あたしは彼のことを忘れてしまったの。そして今朝まで一度も会わなかったのよ」

「今朝？」

「ロンドンに一人で来るのは初めてだったから、彼に会ってくれるよう頼んだの。もちろん、会ってみたいという気持ちも強かったわ。でも実際に現れた彼を見たら、なんだか普通の青年だったの。まあ、なかなか素敵ではあったけど。そういえば、彼を訪ねていかなくちゃならないの。かまわないでしょう？」

「じゃあ、日曜日にここへ招待しましょう」ポリーは、敵を迎え撃とうとしているような感じを与えまいと努めた。「その人のどこが好きだったの？」

アナベルは答えを探して熱心に考え込んだ。

「そうね、首の後ろかしら」しばらくして彼女は言った。

「あらあら」ポリーはいったん言葉を切り、また話を続けた。「二十二歳と言ったかしら？紅茶関連の仕事をしてるのね？」

「おばさんったら、リチャードの身長が一メートルくらいで、頭もぼんやりしてると思ってるんでしょう？　確かにそんなに背は高くないけど、動きは素早いわよ」

「そうね、いずれわかるでしょう」ポリーは苛立《いらだ》っている自分に苛立ちを覚えた。「もっと年上で、面白みがあって、手こずらされるような人と結婚したいと思ったことはない？」

聡明な赤ん坊のような眼差しがまっすぐポリーに向けられ、彼女をおののかせた。

「たとえば」アナベルが何気ない調子で言う。「今朝サイレンを止めてくれた、金髪の男の人のような？」

束の間、気詰まりな沈黙が流れた。ポリーの頬《ほほ》がゆっくりと赤く染まっていった。彼女は口を開けて何か言おうとしたが、それはブザーの音に遮られた。ブーッという独特の音が玄関で響き、二人を驚かせた。

「いったい誰かしら？」

アナベルがさっと立ち上がった。「あたしが見てくるわ」ピンク色の唇の端を大きく上向かせ、いたずらっぽく目を狭めている。「きっと花婿候補よ、ポリーおばさん」

9　来訪者

ポリーは庭の博物館にいた。こざっぱりとした身なりの彼女は、怪しげな展示品に囲まれて、チャーリー・ルークに愛想よく笑いかけた。

「いったい何をお探しなんです？」だしぬけにポリーは尋ねた。「フレディの所蔵品はすべてお見せしました。さっきも申しましたように、自宅のほうには何も置いてありません。あなたはどんどん機嫌が悪くなっていくようですね。何が問題なんです？」

がっしりとした鼻によく動く小さな瞳《ひとみ》、それに浅黒い肌のルークは、破顔一笑した。

「確かに愉快な気分ではありません」と彼は言った。「お察しのとおりです。ずいぶん風変わりな展示品ですね。ご主人はさぞかし……」ルークは言いよどんだ。

「それはもう気に入っておりましたわ」ポリーはきっぱりと言った。「まさか展示をやめろと言うのではないでしょうね。まったく害のないものですよ」

「ええ、そのとおりです」ルークはもう一度辺りを見回し、その目にちらりと笑みが浮かんだ。「かなりの年代物で、珍しい品ばかりだ。それに教育的要素も非常に高い。展示をやめさせるつもりはありません」

ポリーはほっと息をつき、部屋の隅へ目をやった。そこではキャンピオンとアナベルが初対面にありがちな会話を楽しんでいた。田舎にいる共通の友人に関して、その所在やら家族のことやらについて、情報を交換し合っている。アナベルがその青白い顔をした、愛想のいい見知らぬ男の相手をしてくれることを、ポリーは密かに喜んだ。ルークのほうが彼女の好みに合っていた。

「それで、何をお探しなんです？」ポリーは言いながらルークの袖《そで》に触れ、服の下の硬い筋肉に気づいた。彼の態度には気取りのない知性が溢《あふ》れていた。彼女はそういう男性にはいつも好意を持っていた。

「ある蠟人形《ろうにんぎょう》を探しているんです」ルークはポリーに顔を向けた。

「蠟人形？」彼女の口調から、ルークは何も読み取れなかった。その表情もいたって平静だった。「まあ、それは残念ですわね」心からそう思っているような声で、「蠟人形なら二つありましたけど、もうここにはないんです。あのケースに入れてあったんですよ」

「いつまであったんです？」

「この前の冬までです。春の大掃除の時に捨ててしまいました。その蠟人形が何か？」

ルークはすぐに返事をしなかった。彼はこの博物館に足を踏み入れた瞬間、ピコットとブラードの話は本当らしいと直感していた。その蠟人形が給仕係の証言とは似ても似つかない代物だと判明し、喫茶店での目撃説がふたたび有力になることを密かに望んでいたのだが、空のガラスケースを目にしたとたん、彼の心は重く沈んだ。どうやらあの三本の旗は取り去らねばならないようだった。

ルークはポケットからよれよれの紙の束を取り出し、すでに暗記している人相書きを再度読み返した。

「その蠟人形のことは覚えていますか、タッシーさん？」

「ええ、もちろん。長年ここにありましたから。ヴィクトリア朝風の服を着た老夫婦でした」

「風変わりな衣装でしたか？」ルークの熱心さはポリーを当惑させたものの、彼女は内心安堵《あんど》を覚えていた。彼は蠟人形がどうなったかについては興味がないようだった。嘘《うそ》はつきたくなかった。

「さあ、風変わりと言えるかどうか。昔風の服でしたが、外を出歩いてもおかしくない服装だったと思います。老婦人のほうは赤いドレスにチェックのショールという格好で、黒いシルクの丸いボンネットをかぶっていました。ちょっと茶色く色褪《いろあ》せてはいましたけど、流行を取り入れたみたいに、きれいなビーズがあしらわれていたわ」

「そのビーズの色は？」

「黒でした」ポリーは威厳を持って答えた。ルークは下を向いたままだった。

「男のほうは？」

「その人形は大変なことになってしまって」ポリーは決まり悪そうに言った。「かなり傷みが激しかったんです。でも、顔はまずまずでしたよ。傷んでしまった長い顎髭《あごひげ》を、夫のフレディが短く刈り込みましたからね。それに山高帽もクリーニングに出して、型直しをさせました。でも去年、スーツがだめになってしまったんです。もともと黒かったのが、虫食いで緑に変色してしまって。よほどフレディのズボンと着せ替えようかとも思ったんですが、できませんでした。あまりにも気持ち悪かったものですから。おわかりになります？」

「ええ」ルークは紙の束をしまい、ため息をついた。彼はひどく失望していた。ポリーの話は人相書きとぴたりと合致していた。あの目撃者は愚かな、しかしよくある間違いを犯したのだ。「わかりますとも。いったん虫に食われたら、丸ごと捨ててしまうに限りますからね。さて、奥さん、お話を聞かせていただき、ありがとうございました」

ポリーはためらった。瞳《ひとみ》に不安の色を浮かべ、舌の先で唇を湿らせた。

「ご覧になれなくてかまいませんの？　重要なことではないんですか？　捨ててしまって問題はありませんでしたか？」

ルークは笑みを浮かべた。彼女のように協力的で好奇心の強い女主人のあしらい方は心得ていた。

「ご心配いりませんよ」とルークは快活に言った。「単に自分を納得させるためだったんです。証言者というのは時に間違いを犯すものでしてね。われわれが興味を持っている人物を、ある男がバスの窓越しに目撃したとします。そして無意識のうちに、まったくの別人、たとえば銀幕に映し出された女優なんかと結びつけてしまうことがあるんです。警察で服装や表情をこと細かく証言しても、そいつが話しているのは、バスに乗っているところを見た人物ではなく、銀幕の女優というわけです。こういうことには常に気をつけていなければなりません」

「なるほど」とポリーは重々しく言った。「わたしの蠟人形《ろうにんぎょう》でそういうことが起きたとお考えなのね？　あなたの思ったとおりでした？」

「ええ、おそらく」ルークは顔をしかめてみせた。「その目撃者は蠟人形がまだここにあったときに、見にきたことがあるにちがいありません。そいつは間違いを犯したわけです、知らず知らずのうちにね。そういうことはよくあるものです」

ポリーは首を振った。「それでは、あなたのご苦労が無駄になってしまったのね？」急に気遣うような口調になったな、とルークは苦々しく思った。

「かもしれません」

「それはお気の毒に」ポリーは心から同情していた。「フレディとわたしがホテルを経営していた頃、わたしたちにはすばらしい友人がいました。州警察のグーチ警視です。あなたより二十歳は年上だし、わたしたちがいたのは北部ですから、彼のことはご存じないでしょう。彼から聞いたのですが、警察の仕事は種を育てるようなものだということですね。たった四分の一オンスの収穫でも、大量のもみがらを取り除かねばならないとか」

「ほう、まったくそのとおりです！」ルークは北部にいる同僚に思いを巡らした。ポリーは彼の暖かい口調に微笑んだ。

「ディック・グーチは親切な人でした」とポリーは言った。「役に立つ助言を一つ二つ、わたしに授けてくれたんです」

ルークは問いたげな視線をさっと彼女に向けた。彼はすっかりポリーのことが気に入っていた。彼女とはうまが合いそうだ、とルークは思った。

「それはなんです？　荒くれ者のビールに睡眠薬をたっぷり仕込むといったことですか？」

ポリーは眉《まゆ》を上げた。

「まあ。冗談でもそんなことを言うものじゃありません」そう言いながらも、彼女は低い声で続けた。「ですが、女性が莫大《ばくだい》な遺産を受け継いだ場合、そういうことは知っておいて損にはなりませんからね。ぐっすり眠らせてしまえば、悪賢い考えも浮かばないでしょう」

ルークは吹き出しそうになるのをどうにかこらえた。ポリーのおかげで、彼の機嫌は直りかけていた。

「これまでに試してみたことは?」

「まさか、ありませんわ、警視さん」とポリーは答え、二人して声を立てて笑った。そして空のガラスケースに背を向け、ほかの二人のほうへ歩いていった。

アナベルはおしゃべりに夢中になっていた。田舎っぽさが強まり、表情が生き生きとしていた。チャーリー・ルークは新しい友人に身を寄せた。

「大変美しいお嬢さんですな。あなたの姪《めい》ごさんですか? それともご主人の?」

思ったとおり、ポリーは気をよくした。

「ええ、フレディの姪なんです」と彼女は囁《ささや》き返した。「性格も申し分ないんですよ。ちっとも自惚《うぬぼ》れたところがなくて。きょう会ったばかりだというのに、あの子のことが大好きになりましたわ」

「きょう会ったばかり?」ルークは言葉を切り、ポリーを見つめた。彼女はルークに目を向けなかったが、動揺した素振りは見せなかった。

「本当はあの子の姉のほうを呼んだのですが、彼女は来られなかったんです。それであの子がやって来ました。今朝着いたばかりなんですよ。あの子はフレディによく似てますわ。同じような気性と良識の持ち主です。彼とわたしは、会った瞬間から気が合いました。誰かと友だちになるときというのは、そういうものでしょう？　最初の十分で決まるんです」

ルークは笑みを浮かべた。彼女と話していると気持ちが和み、自信が回復するのがわかった。

「あなたとは友だちになれそうだ」とルークは言った。

ポリーは彼に笑顔を向けた。「わたしもそう思いますわ」そう彼女は断言し、ルークをまごつかせた。「警察の方と友人になるなんて、滅多にあることじゃありません。大変なこともおありでしょうね。でもあなたはタフなようだし、きっとうまくやられてるんでしょうね。さて、お酒を出すにはまだ早い時間ですから、お茶でもいかがです？」

その時ちょうど、二人はアナベルとキャンピオンのところへたどり着き、ルークは首を振った。アナベルはどっさりと情報を仕入れていた。

「キャンピオンさんの奥様はアマンダ・フィットンさんなんですって、ポリーおばさん」アナベルはまくしたてた。「彼女のお姉さんとは田舎で知り合いなの。隣町に住んでらっしゃるのよ。それにあなたは」彼女はルークに向き直り、明るく続けた。「去年プルネラと結婚なさった方でしょう？　彼女によろしく伝えてくださるかしら。きっとわたしのことを覚えてると思います。アナベル・タッシーです」

「去年結婚したばかりですって？」ポリーが話に割り込んできた。それまでとは違う啓発するような声音はルークをおののかせた。彼女はそれ以上何も言わず、来訪者たちを庭の外へ促した。ポリーはルークと握手しながら、健闘を祈ると熱心に言葉をかけた。何を言わんとしているかは明らかだった。年取った人々がそうであるように、彼女はルークを困らせると同時に、楽しませもした。

キャンピオンはすぐにルークの後を追わず、もうしばらくアナベルとおしゃべりをした。彼をよく知る人なら薄気味悪くなるほど、いつになく饒舌《じょうぜつ》になっていた。青白い顔は若い頃と同じく無表情で、眼鏡の奥の瞳《ひとみ》は物憂げだった。

「なんとも住みやすそうなところですね」キャンピオンは後ろにある博物館のみすぼらしい建物や、向かいの老朽化したアパートを指差し、真顔で言った。

「住みやすそう？」キャンピオンの言葉を文字通りに受け取ったアナベルは、怪訝そうに言った。ルークとの出会いで機嫌をよくしていたポリーが、笑顔で助け舟を出した。

「ひと頃は本当にそうでした」とポリーは言った。「最近またそのよさが見直されて、ペンキも塗り直されたりしてるんですよ。すばらしいことです」

「本当にそうですね。店も近くて便利でしょう？」

今度はポリーが呆気《あっけ》に取られた。バロー・ロードとエッジ・ストリートの交差点にある金物屋は、彼の興味を引くような店には思えなかった。

「ええ、確かに便利です。でも、洒落《しゃれ》た店なんて一軒もないんですよ。この辺りで服を買うような人はいませんし……」

「ほう、あなたもそうなんですか？　身の回りの品も？　わたしが言いたいのは……」見知らぬ男は、まるで濡《ぬ》れたシーツの下でもがくように、会話に苦心していた。「確かこの辺りに、カページという立派な店があったと思いますが。特売や紳士物の手袋で有名な店です。ご存じですか？　そのカページの店の特売で、紳士物の手袋を買ったことはありませんか、タッシーさん？　もちろん、贈り物としてです――ご自分でお使いになるのではなく。ああ、当たり前ですよね、まったく」

その長々とした遠回しな物言いは、てきめんに効果をもたらした。ポリーは頭をわずかに傾けて身を硬くし、鷹揚《おうよう》な笑みも消えていた。キャンピオンは興味深げに彼女を観察した。驚き、不信、そして押し殺した警戒の色が彼女の顔に現れては消えていった。キャンピオンに別れを告げたとき、ポリーはなんの感情も表に出さなかった。

ルークは通りの一、二メートル先でキャンピオンを待っていた。用心のために曲がり角に停めてあった車へと二人は歩いていった。ルークは彼なりのやり方で謝ろうとしているようだった。

「おれはとんだ間抜けだったよ」と彼は言った。「よくわかってるから、もう何も言わないでくれ。ゴフス・プレイスの怪盗がどこにいるにせよ、あの恐怖の館でないことは確かだ。どうやらおれの考えはご破産にしてよさそうだな」

「そう思うのかね？」

「違うかい？」キャンピオンの晴れやかな声に、ルークは眉《まゆ》を上げて向き直った。「あの奥さんは誠実そうだし、彼女が話した蠟人形《ろうにんぎょう》の服装は、目撃者の証言とぴったり合う」

「それはそうだがね」キャンピオンが考えているのは何か別のことのようだった。「感じのいい女性だった」彼は慎重に言葉を続けた。「でも奇妙な点が一つある。特に彼女のまわりの環境にね。そうは思わないかい？」

「いいや」とチャーリー・ルークは言った。彼は自分自身に苛立《いらだ》っていた。「訊《き》かれたから答えるが、おれはちっともそう思わんね。ゴフス・プレイスの一件に関しちゃ、グリーン園に行き着けたことで満足してる。本当にそう思ってるし、戻ったらまっすぐヨウのところへ行って、そのことを話すつもりだ。あの親父さんを安心させてやるためにね。さっきのご婦人に怪しいところはないとおれが請け合うよ。彼女のように愛情深くて寛大な女性はこの世にごまんといる。ポリーおばさんのいったい何が気になるというんだ？」

キャンピオンは言いよどんだ。「ぼくが考えていたのはあの博物館のことだ。いくらご主人が気に入っていたからといって、あんなに手間のかかるものを、ごく当たり前に維持しつづけるのは、彼女が独特の方法でご主人を愛しているからだ。彼女はご主人と自分を同一視しているんだ」

「オーケー」ルークはむっつりとして言った。「そんな精神科医のような説明は必要ないさ。単純な人々の愛し方というのはそういうものだ。つまり、一心同体ってやつだ。わたしはあなた、あなたはわたし。愚かな考えだが、だからどうだというんだ？」

「ならば、彼女のほかの家族はどこにいる？」キャンピオンは言った。

それは実際、一考に価する点だった。ルークは帽子を後ろへずらし、歩きながら考え込んだ。

「確かに、彼女には愛情を注ぐ相手が誰かいるはずだ」ルークはようやく口をひらいた。

「でなければ、彼女は持ちこたえられないだろう。あの子はきょう来たばかりだというから、彼女ではない。となると、きっと友人がいるはずだ。わが子のように愛情を傾けている相手がね。きみはそう考えているんだろう？」

「さあ、どうかな」痩《や》せた男は肩をすくめた。「あの家には、ほかに住んでいる人間はいないようだった。おそらく、彼女はいろんな趣味の持ち主なんだろう。複数の人間があの家に出入りしているような印象を受けたがね」

ルークは顔をしかめた。「台所に石炭入れが置いてあって、その下に『スポーツ・モーター』という雑誌が敷いてあった。玄関へ続く小道沿いにある植え込みには、葉巻の吸いさしが一本落ちていた。そして食器室には彼女のにしては大きすぎるオーバーオールが掛けてあったし、キッチンの窓枠にはクレソンがひと束置かれていた」ルークはすらすらと数え立てた。「彼女のまわりに誰かがいるか、彼女がある集団の一人であることは間違いない。だがな、キャンピオン、われわれが追ってる男がその中にいるとは考えられん。あの老夫婦を見たという目撃者は、たまたま彼女の蠟人形《ろうにんぎょう》とその老夫婦を混同してしまっただけなんだ。そう考えるのが理に叶《かな》ってる。殺人犯まで彼女とつながりがあるなんて、そんな偶然があるわけないだろう」

キャンピオンは長々と息をついた。「その点に関しては説明がつく」彼が話しだそうとしたその時、二人は角を曲がり込んだ。と、ルークの無線係が車から飛び出し、メモ用紙を持った手を突き出して、二人のほうへ駆けてきた。ルークはその紙をひと目見るなり、活気を帯びた顔で友人に向き直った。

「吉報だぞ」ルークは声を弾ませた。「これこそ待ち望んでいたものさ。例のバスが見つかったんだ。この八ヵ月間、山積みされた空のドラム缶の陰に隠されてたんだ。さあ、乗ってくれ。まず署に戻って詳しく話を聞いてから、現場へ向かおう。二平方キロメートルほどの広さの、ロルフ屑鉄置場《くずてつおきば》というところだ。聞いたことがあるか？」

10　行動の目的

「じゃあ、紅茶は宿泊客にしか出せないというのかい？　おいおい、ぼくらだって宿泊客だよ。荷物はもうすぐ空港から届くはずだ。だからこうして待ってるんだ。さあ、頼むよ。へとへとなんだ、長旅だったからね。ホットケーキも頼む。後生だから、バターは新鮮なのにしてくれよ。リチャード、ケーキは？　いらない？　よし、じゃあ、紅茶とホットケーキを頼む」

トレンチコートの男は紋織物のカバーが掛けられた大きな椅子《いす》の上で体を伸ばし、苛立《いらだ》たしげに手を振って年取った給仕係を追い払った。給仕係は何事かつぶやきながら、のろのろと歩き去った。

「このおんぼろホテルには、災いの種が満ちてるんだ。だが、役には立つ」ジェリーは薄暗いテニエル・ホテルのラウンジを見回しながら話しつづけた。公共の場で人々がそうするように、彼は声を潜めていたが、彼らのほかに客の姿はなかった。「借地契約も切れかけていて、庁舎として再出発する見込みだ。それでもまあ、静かだし、そこそこ洗練されているからね」

傍らの長椅子に座るリチャードは、がっかりした表情を隠そうともせずに、ジェリーの視線の先を追った。リチャードの印象ではここは墓場同然であり、まさに過去の遺物だった。フランス王室のユリ形紋章をあしらったパイル織りの絨毯《じゅうたん》には臭いがしそうなほど埃《ほこり》が積もり、高い天井の一角では、ウエディング・ケーキのように手の込んだ軒蛇腹《コーニス》が、ぞんざいな配管工事のせいで汚らしく変色していた。

飲みたくもない紅茶のためにジェリーがついたわざとらしい嘘《うそ》が、リチャードを苛立たせ、また困惑させもした。ほかに客がいないとはいえ、ジェリーはわざわざ長い壁の真ん中辺りに座ると言い張った。リチャードには、それも例の計画の一部だとしか思えなかった。そして本当にそうだとしたら、もうじき、うさんくさいことに巻き込まれるにちがいなかった。その思いは刻一刻と強まっていった。その席の利点といえば、十メートルほどの幅があるラウンジと、アーチの先にある白い床の通路、そしてさらに二人が入ってきたホテルの側面の入口まで見通せることだった。リチャードの席からは、遠くに電話ボックスの列が見えたが、この距離からではまるで人形の家々のように見えた。

「誰か待ってるんですか?」唐突にリチャードが尋ねた。

傍らにいる男は、生気のない無表情な目を、大きく見ひらいた。

「まさか、違うよ。なぜだい？」

「なんとなくそう思ったんです。五時半に人と会う約束があると、エドナに話していたでしょう？」

ジェリーは顎《あご》を引いた。「ああ、あれかい？　ああでも言わなきゃ、出てこられなかったろうさ。さては彼女に惚《ほ》れたな？　彼女にはある種の魅力があるからね。よくはわからないが、確かに魅力がある」

リチャードの顔が徐々に赤くなり、いつも以上に顎を反り返らせた。それでもはにかんだような、幾分打ち解けた態度は崩さなかった。

「彼女はあなたのことをよく知っているようですね」

「それほどでもないさ、わが友よ」ジェリーはわざとらしく古風に呼びかけた。「ひと頃はしょっちゅう会っていたが、向こうはぼくに気がない振りをしていたんだ。まあ結局、彼女とはそりが合わなかった――時折予防注射でそういうことがあるみたいにね。それにぼくのほうも、彼女にのめり込まないよう気をつけていたからね。それが成功の秘訣《ひけつ》さ」

「秘訣というと？」

「ぼくは何物も心の中に入り込ませないんだ。いままでにも一度だって、何かや誰かを好きになったことはない」ジェリーは満足そうな表情で明るく言った。「ぼくは本気でこう考えてる。その単純明快な事実に気づいたのは子どもの頃だ。いわば〈チャド・ホーダーの発見〉だな。つまり、どんな種類の愛情も溶剤なんだ。愛情を抱いた者を溶かし、薄めてしまう。いったん愛情に身を任せると、自分を失い、ひいては無能力者と化してしまうんだ。だが、ぼくの心はいつも自分だけのものだったから、どんな危険な場面でも賢く振る舞い、決して打ち負かされることなく成功を収めることができたんだ。これが常勝の法則さ。きみに無償で授けるよ、リチャード。きみへの尊敬の印だと思ってくれ。ああ、ホットケーキが来た」

ホットケーキは冷たくなっており、わずかに焼き色がついていたが生焼けだった。エドワード王時代風の白色合金の器には、本来内側にお湯が入れられる仕組みになっていたが、入っていなかった。ジェリーは取り立てて文句を言うでもなく、金メッキのポットから紅茶を注ぎ、七十代と思しき怖い顔をした給仕係にレモンを取りにいかせた。彼は大いに楽しんでいるようだった。

意外にもジェリーの慣例主義者的な性格が次第に明らかになってきた。それにも増して、最初に理髪店で感じた、ジェリーには何か目論見があるという印象がますます強くなった。彼はある目的のために、周到に考え抜かれた計画に沿って行動しており、リチャードにしてみれば不愉快ではあったが、その計画はいまのところ順調に進んでいるようだった。その工程の中で自分がどんな役割を与えられているのか、リチャードには皆目見当がつかなかった。ふと、それならば探りを入れてみようかという考えが浮かんだが、まるで見透かしたように、ジェリーが機先を制した。

「ぼくの考えている今夜の予定を話しておこう。嫌だとは言わせないぞ」だしぬけにジェリーが、くだけた調子で話しはじめた。「きょうの午後ずっと、ぼくは寄生虫みたいにきみに張りついていたわけだが、このあともぼくからは離れられないよ。どこへ行くかというと、ぼくが住んでいる割とこぎれいな小さなホテルさ。ケンジントンにあるライドー・コートというホテルで、今夜そこでパーティがある。例のごとく女が圧倒的に多くてね、若い男を連れていくと約束してあるんだ。着替える必要はないから安心してくれ。料理はうまいし、楽しい連中ばかりだ。来てもらえたら本当に助かるんだが。どうだろう？」

リチャードは目をしばたたいた。ジェリーの申し出には奇妙な説得力があった。急に、この男は確かにいま言ったところに住んでおり、理髪店で会ったときに、そのパーティの同伴者としてリチャードに目をつけたのだと思えてきた。

ジェリーは招待状を取り出した。

「正装していっても差し支えないらしいな」と馬鹿《ばか》にしたように言う。「でも礼服を着てなくたって、気にすることはないよ。ところで、きみはどこに住んでるんだ？」

リチャードはチェルシーの下宿の住所を教え、ジェリーがそれを芝居の小道具のようにきれいな小さな手帳に書き留めるのを見ていた。次いでジェリーは、慎重な手つきで胸の内ポケットに手帳をしまった。その動作のちょっとした奇妙さが、リチャードの注意を引いた。ジェリーはトレンチコートと中に着ているジャケットを、しっかりと重ねてつかみながらポケットに手を入れた。そのため、ジャケットの外側はまったく見えなかった。そのしぐさ自体は不審ではなく、ただ単に奇妙だった。ヴィックの店で重ねたまま脱いであった二枚の上着を、ジェリーがまた重ねたまま着たことが思い出された。招待状には次のように印刷されていた。

ケンジントン、ライドー・コート・ホテル
ジェレミー・チャド - ホーダー様

リチャードは束の間その文字を見つめてから、顔を上げた。

「そこにはもう住んでないと言いませんでしたか?」リチャードはずばりと訊《き》いた。

「ああ、エドナにそう言ったよ」また例の決まり悪げな笑みが、彼の角ばった顔に浮かんだ。「何か手を打つ必要があったのさ。正直に言うと、きょうあそこへ行ったのはそのためだったんだ。ライドー・コートの受付係は親切でいつも助かるんだが、その彼女がエドナにはほとほと手を焼いていてね。昼となく夜となく電話をかけてくるものだから、ぼくは週に六十三回外出すると言ってやったらしいんだ。だがエドナは、それさえメモに取ったんだぞうだ。まったく、馬鹿《ばか》げた話だよ」

リチャードは若々しい顔に謎《なぞ》めいた表情を浮かべ、じっとジェリーを見つめた。

「じゃあエドナの手紙は、ロビーに置きっ放しになってはいないんですね？」

「もちろんだとも。本当にそうだったら、厄介なことになるだろうね。ああ言ったのは彼女をがっかりさせるためさ」ジェリーは笑いだした。「きみはロマンチストだな。嫌いじゃないよ、そういう中世風なのは。ええと、エドナはきみより十一歳年上か。ちょうどいいんじゃないか。きみは騎士道精神の持ち主だし、彼女はそんな相手を必死で求めてるんだから。きみが望むなら、ぼくが電話をかけたあとに、ミジェットに戻ったっていい」

その突然の心変わりに、リチャードは啞然《あぜん》とした。と、ジェリーの生気のない目にちらと警戒の色が浮かび、その申し出はすぐに引っ込められた。

「悪いが、やはりやめておくとしよう。どうも我慢できそうにないよ。それにライドー・コートの料理人が腕を振るう料理は天下一品なんだ。今夜は間違いなくそのご馳走《ちそう》にありつける。それじゃ、話は決まりだな。給仕！」

老給仕は、遠くの壁際にある金メッキを施した大理石の机に寄りかかっていた。のろのろと体を離してこちらへ歩いてくると、彼は身を屈《かが》めるようにして立ち止まった。ジェリーは彼に笑みを向けた。

「ホットケーキの追加を頼むよ、今度は熱々のやつをね。端っこはあまり焦がさないでくれ」

老人の顔は無表情なままだった。

「お二つですか？」

「もちろん、二つだとも。ぼくらのほかに誰かいるかい？　二つだけだ」

「ぼくは遠慮します」リチャードが慌てて言った。

「いや、きみも頼まなけりゃいけないよ。ぼくはこれから、知り合いの女の子に電話をかけにいくんだ。だからぼくがあそこの電話ボックスにいる間、暇つぶしの種が必要だろ」

「紅茶を飲んでますよ」

「そうかい？　うん、わかったよ。それじゃ、紅茶のお代わりを頼む。ホットケーキは取りやめだ」

ジェリーは椅子《いす》の背にもたれ、腕時計をちらりと見た。

「そろそろ遠くのあの子に電話をかけにいかないとな」彼はズボンのポケットからひと握りの硬貨と十シリング紙幣を取り出し、仔細《しさい》に眺めた。「唯一の難点は、彼女がイングランドの奥地に住んでるってことだ。三分間の通話に、三シリング七ペンスかかるんだ」ジェリーは手の中で硬貨を選り分けながら言った。「彼女は最低六分は話したいと思ってるはずだ。本当にいい子でね、ぼくもそうしてやりたいんだ。ここにあるのは普通の電話ボックスで、硬貨しか使えない。となると、一シリング銀貨九枚、六ペンス銀貨三枚、それに一ペンス銅貨三枚が必要だ。そこでだがリチャード、半クラウン銀貨を、一シリング銀貨二枚と六ペンス銀貨一枚とに、取り替えてくれないか？」

小銭のやり取りをしている間に一、二分が過ぎ、紅茶のお代わりが運ばれてきたときには、テーブルの上に硬貨の小さな柱が三本並んでいた。陰鬱《いんうつ》な給仕係が立ち去ると、ジェリーはポットを手に取って陽気に話しはじめた。

「あの陰険そうな目、見たかい？　きっとぼくの顔を忘れないだろうな。ぼくのことが嫌いなようだ。ところで、その電話の子のことを勘違いしないでおくれよ。彼女はきれいだし、うら若くて、おまけにぼくにぞっこんなんだ。だから……」ふたたび腕時計を見やり、「だから、ちょっと楽しませてやるだけなのさ。さて、六時十五分前だ」

「え？」リチャードは驚きの声を上げた。腕時計をしていない自分の手首に触れると、辺りを見回して時計を探した。するとジェリーが、高価そうなスイス製の腕時計をはめた手首を差し出した。

「ほら、きっかり十五分前だ。あの子がそろそろ帰ってきた頃だろう。リチャード、きみもぜひ彼女に会ってみるべきだよ。稀《まれ》に見る美人さ。つやつやした茶色がかった金髪がツイードの襟の辺りで切りそろえられていて、大きな灰色の瞳《ひとみ》と透きとおった肌の持ち主だ。まだ二十歳そこそこで初々しいんだ。それじゃ、ここで待っていてくれ。知ってのとおり、ぼくの持ち金じゃ十分も話せない。あそこに電話ボックスがあるだろう？　通路の突き当たりのホールにあるんだ。ぼくの姿をずっと見ていられるよ」

ジェリーはさっと立ち上がってテーブルの上の硬貨を掻き集めると、大股で歩き去っていった。入口へ続く通路を進むジェリーの姿が、徐々に小さくなっていく。彼は入口の手前で振り返って手を振り、リチャードが手を振り返して椅子《いす》に身を沈めるのを見ていた。

それだけ離れていては、普通の視力を持っていても、互いに細かいところまで見て取ることはできなかった。それでも二人には、お互いの姿が見えていた。リチャードがジェレミー・チャド‐ホーダーとして知っている男は、電話ボックスへ近づいていった。そして少し首を巡らしてから、ふいと姿を消した。リチャードはごく自然に、彼が電話ボックスの一つに入ったのだろうと思った。

実際トレンチコートの男は、電話ボックスの列に近づいていくと、空いているところを探すかのように、列に沿って足早に歩いていった。しかし通路の入り口からは見えない、いちばん端の電話ボックスまで来ると、素早くその後ろに回り込んだ。そして天蓋《てんがい》で覆われた入口の横にある、従業員の通用口から外へ出ていった。

表は暗くも明るくもなかった。この束の間の黄昏時《たそがれどき》、ロンドンの空も通りも建物も、様々な色合いの青いベールに包まれていた。灯ったばかりの街灯と自動車の側灯は黄色っぽく、急速に薄れゆく陽の光を補うには心許なかった。ラッシュアワーであり、大海に落ちたひと粒の滴のように、トレンチコートの男は家路を急ぐ労働者の波に呑《の》み込まれた。

電話のことをリチャードに話したときのように、ジェリーは微塵《みじん》のためらいもなく、素早く動いた。一度もよろめいたりつまずいたりせず、ダンスのステップを踏むように、手順どおり速やかに行動した。

ロンドン中心部には至るところに抜け道があり、うまく活用すれば移動するのが格段に楽になる。中庭や家具店の裏口、それに慣習によって解放されている、もう使われていない井戸へ続く小道を通って、ジェリーは二分足らずで駐車してあったラゴンダのところへ戻ってきた。

思ったとおり、石畳の路地にはもう彼のラゴンダしか停まっていなかった。その一画は、傍らに建つ薄暗い家の、急勾配《きゅうこうばい》の屋根が投げかける闇に沈んでいた。ジェリーはラゴンダに歩み寄り、トランクを開けて例の箱とロープを取り出した。次いで、その下にあった軍隊放出品のベレー帽を手に取ってさっと頭に載せ、トレンチコートを脱いでトランクにしまう。そしてマフラーをきっちりと巻き直し、ジャケットの襟を立てると、ダブルボタンを喉元《のどもと》まで止めた。

ジェリーが次に取った行動は奇妙だったが、あまりにもさりげなかったため、通行人がいたとしても、その暗さでは何も気づかずに通り過ぎてしまったことだろう。ジェリーは箱が置いてある車の後部に身を屈《かが》め、まず片手を、次いでもう一方の手を踏み台に滑らせると、体を起こして汚れた両手で顔を擦った。そして最後にロープの束を振ってほどくと、丁寧に結び目を作った一つの輪が現れた。ジェリーはそれを首にかけ、ロープは首と膝《ひざ》の中間辺りまで垂れた。彼は箱をその輪に引っかけ、ミジェット・クラブとは反対の方角へ歩きだした。ジェリーはものの数秒でミントン・テラスまでやって来た。頭上の街灯の光が、彼の様変わりした姿を照らし出した。

小型トラックを乗り回す配達人は今日のロンドンでは珍しくなく、服装で職業がわかる数少ない職種の一つだった。靴とズボンは収入相応の見栄えのいいものを身につけているが、ジャケットは傷みやすくてわずか数日で擦り切れてしまうため、中古品を買って間に合わせることが多かった。週末にはそれも、人目を引くほどぼろぼろになるのだった。

路地の人込みを押し分けて進むジェリーには、どこにも奇妙な点は見出されなかった。それでもよく見ると、紺地に白い縦縞《たてじま》のジャケットは体に大きすぎ、油染みができていた。その上、肘《ひじ》は破れ、肩から詰め綿が飛び出し、袖《そで》も取れかかっていた。

ベレー帽はジェリーの特徴のある髪の毛をすっかり覆い隠し、顔は誰かわからぬほど汚れていた。ロープの輪がさもそれらしい雰囲気をかもし出しており、質素な木箱はごくありふれたものだった。それに加えて、彼の物腰も様になっていた。一つ一つの動作、引き締った体の線、それに食いしばった歯の間から漏れる苛立《いらだ》たしげな呼吸のすべてが、計算し尽くされていた。そして見る者全員に、彼は時間に遅れているのであり——すでに店や会社は閉まりかけていた——どこかの暗がりで待っている小型トラックでは、運転手が悪態をついているのだろうと思わせた。

ミントン・テラス二十四番地の石造りの階段を上っていったとき、ジェリーの演技はとりわけ堂に入っていた。それは二十世紀初めの華美な建築様式で建てられた、いくつかの会社が雑居する洒落《しゃれ》た建物だった。彫刻の施されたクルミ材のドアは開け放たれており、そこそこ広い玄関ホールの白い大理石の床にはトルコ絨毯《じゅうたん》が敷かれ、年配の守衛が自分の庇《ひさし》つきの椅子《いす》で居眠りをしていた。金色のエレベーターが昇り降りして退社する従業員を運び、辺りはざわついていた。

サザン・ウッド・フィリプソン法律事務所は、地階フロアを専有していた。事務所は五時に閉まっており、エレベーターの後ろにある階段の辺りにひとけはなかった。

ジェリーは誰にも行く手を阻まれることなく、ホールを突っ切った。階段のいちばん上で立ち止まると、左の脇《わき》ポケットから小さなよれよれの受取帳を取り出し、めくりはじめた。するうちに、彼は木箱を取り落とした。箱は床にぶつかり、銃声にも似た耳をつんざくような音が、立てつづけに二度響いた。それは彼が演じている人物の粗雑さを象徴するような音だった。老守衛はその音に迷惑そうに顔をしかめたものの、ジェリーに文句を言う気はないようだった。

どうやら目当ての受取証を見つけたのか、ジェリーはふたたび箱を持ち上げ、歯の間から息をしながら、足音荒く石の階段を下りていった。

地下の狭い通路は薄暗く、マホガニー材のドアが二つあるきりだった。そのどちらにもマシュー・フィリプソンの事務所の名前が書かれていた。ジェリーは片方のドアの前に箱をそっと下ろし、受取帳を左ポケットにしまうと、右ポケットに片手を突っ込んだ。そして引き出したとき、その手には銃が握られていた。

ドアについているチャイムを肘で押し、銃口でノッカーを跳ね上げて大きな音を立てさせた。歯の間から漏れる息の音は相変わらず聞こえていた。

リチャードに見せた時計の時間ではなく、正確な時間は、きっかり五時三十分だった。どっしりとしたドアの向こうでかすかにチャイムの音が響き、銃を手にした男は身がまえた。彼はなんの感情も持っていないように見えた。

ドアがひらき、マット・フィリプソンが顔を覗《のぞ》かせた。その顔にはポリーと会っていたときと同じ表情が浮かんでいた。ジェリーは慎重に狙いをつけ、引《ひ》き鉄《がね》を絞った。ふたたび、特徴のあるあの音、重い木箱が大理石の床に落ちるような音が響き、階段にこだました。

ジェリーはドアを開けたまま、素早く屈《かが》んで老人の胸の内ポケットを探り、分厚い黒い札入れを引っ張り出した。次いで木箱を腕に抱え直し、足を踏み鳴らして階段を上っていった。背後から悲鳴か何かが聞こえやしないかと耳をそばだてていたが、なんの物音もしなかった。思ったとおり、フィリプソンは約束を守って一人で待っていたのだ。

ジェリーがホールにたどり着くと、ちょうどエレベーターが下りてきた。最上階にある会社で働く、若い女性タイピストたちの一群に混じって、外へ向かう。老守衛は人垣に囲まれていてジェリーを見ようともせず、荷物を持ったままでいることを説明する必要はなかった。だがもともとの計画ではこの点もちゃんと考慮に入れてあり、彼はその計画を変える気はなかった。彼は終始、想像力も道徳観念も持たない、よく訓練された動物のように振る舞った。そのためか、彼は人込みの中にあっても誰にも警戒心を起こさせず、危険信号も恐怖のにおいもまったく発していなかった。

戸口までやって来ると、ジェリーは霧がかった闇《やみ》を透かし見て、存在しない小型トラックの運転手に声を張り上げた。

「ここじゃない！　スクエアへ回ってくれ」

ジェリーは表の人込みの真っただ中へ飛び込んだ。雑踏にもかかわらず、あの石畳の路地の入口まで九秒でたどり着いた。そしてもう十秒で、先ほどよりもさらに濃い闇に覆われたラゴンダまでやって来た。

ジェリーはテニエル・ホテルへ戻るのに、さっきより二分余計にかかるものと見込んでいた。家具店はもう閉まっていたため、その裏口を通れないのだ。別の狭い通りを歩いていると、荷台を開けっ放しにしたまま街灯のそばに停まっているトラックの後ろを通りかかった。ジェリーはその荷台にロープを投げ入れた。ベレー帽は丸めて手に持ったままだった。誰かに覚えられているとは思えなかったが、それも処分するつもりだった。どうやって処分するかはまだ決めておらず、彼はこのささやかな問題に頭を悩ませていた。井戸へ続く小道には誰もいなかったものの、そこへ捨てていくなどもってのほかだった。ジェリーは帽子を手にしたまま大通りへ出た。そこでようやく、問題は解決した。テニエル・ホテルに通じる長い坂の途中に、一匹の犬がいた。おとなしそうな顔をした大きな雑種犬で、長い尻尾《しっぽ》をしきりに振り立てていた。坂の下のほうの立派なフラットが建ち並ぶ一画で飼われており、用を足しにここまでやって来たのだった。犬が近づいてくると、ジェリーは撫《な》でてやろうと足を止めた。そしてふと思いついて、ベレー帽をその犬にくれてやることにした。驚いたことに――そして密かに安堵《あんど》を覚えたことには――犬は素早く帽子をくわえ、暗がりの中へ駆け去っていった。

ジェリーはふたたび歩きだした。思った以上に時間に余裕があった。坂の上にあるホテルの明かりがもう見えていた。彼は足を速めた。そして、電話ボックスの列のそばにあるドアまであと少しでたどり着くというときに、二度目の予期せぬ出来事が起きた。背後で軽やかな足音が聞こえたかと思うと、聞き覚えのある、しかしすぐには誰と思い出せない笑い声が聞こえた。さっと振り返ると、そこにいたのは――よりによって――ヴィック氏だった。彼は意外なほど小柄に見え、青い羅紗《らしゃ》の外套《がいとう》にベルベットの黒いホンブルグ帽という洒落《しゃれ》た格好をしていた。理髪師は顔を輝かせた。

「これはこれは、少佐殿！」彼は歓喜の声を上げた。「やっぱりあなたでしたか！　なんたる偶然！」

ジェリーの返事はなく、ヴィックは顔を強張らせて慌てて語を継いだ。

「ご迷惑かもしれませんが、何とぞご容赦ください。なんせ今朝、あなたのことは長い間知っているのに、店の外でお見かけしたことがないと話したばかりなものですから。ペテイ・ストリートを曲がったら、あなたが目の前を歩いていて——その、あなただと確信したのは、この坂を上ってきてからですがね」

ヴィックは息をつき、笑みを浮かべた。その問いたげな目は街灯の光を受けて輝いていた。

「ムーアヘン氏に会いにいくところなんでしょう?」彼は羨《うらや》ましそうに言った。「まったく、少佐は歩くのが速いんですね」

11　リチャード、動く

「あと三週間もすれば、このホテルは跡形もなく消えてなくなります。わたしもその頃にはもう、ここにおりません。サフロン・ヒルにいる娘と一緒に暮らすことにしたんです。ですから何を話そうとかまわないんですよ」

リチャードには、老給仕の話がかろうじて理解できた。ロンドンのことをもっとよく知っていれば、それが外国訛《なまり》ではなく、地元の訛だとわかっただろう。確かにその老給仕は、ロンドン以外で暮らしたことはなかった。

よくよく見ると、老給仕はヒキガエルそっくりで、動きもその滑稽《こっけい》な生き物に似ていた。いま彼はテーブルに片手をつき、その上に身を屈《かが》めるようにして立っていた。浅黒い肌には点々と小さな黒い染みが浮き、人生の疲労感が滲《にじ》み出ていた。彼がリチャードに早口で、おずおずと口の端で話しかけている様は、喜劇的寓話《ぐうわ》に出てくるような、老人が若者に説き聞かせる場面をかたどった彫像のようだった。

「あいつが戻ってきたら、あなたからの伝言を伝えますよ。もしそうお望みならね」老給仕は声を潜めて言った。「ですがわたしなら、伝言を残したりしませんね。なに、あなたが一時間も待っていたなんて言いやしません。あいつとはきょう会ったばかりなんでしょう？」

「ええ、実を言うとそうなんです」リチャードは自分自身に苛立《いらだ》っていた。ことに自分の思慮の足りなさ、そして情報の少なさに腹が立った。彼の鮮やかな青い瞳《ひとみ》は黒っぽい赤毛の下で怒りに燃えていた。老人は横を向き、テーブルの上のパン屑《くず》をナプキンで払い落とした。

「わたしに顔を覚えられただろうと、あいつは言ってました」しばらくして、老給仕はぼそぼそと言った。「聞いてましたか？　わたしも若いときだったら気にも留めなかったでしょう。ですが歳を取ると耳ざとくなるものでして、それで思い出したのです」彼は咳払《せきばら》いした。「もうおわかりですね？」

「いいえ、よくわかりません」リチャードは率直に言った。「彼に会ったことがあるんですか？」

給仕係はさも何気なさそうに辺りを見回した。だだっ広い丸天井のラウンジにはほかに誰もいなかったものの、彼はいっそう声を潜めた。

「あいつはきのうここへ来て、その辺をぶらついていたんです」その言葉に何か重要な事実が隠されているかのように、彼はしばし黙り込んだ。そしてリチャードの様子を窺《うかが》ってから、ふたたび口をひらいた。「ここを下検分していたんです。下検分――この言葉がおわかりですか?」返事はなく、彼は本当に外国人のようにたどたどしく説明した。「つまり、下見をしていたんです、悪党のようにね」

悪党! そのありふれた、いかにもそれらしい言葉が、ジェリーに安堵《あんど》にも似た気持ちをもたらした。しかしこの新しい友人は、弁解するように手を上げ、ラテン語さながらわけのわからないことを言い立てた。

「いいえ、誤解なさらないでください。わたしは何も知りません。ただあなたが伝言を残さなければ、あいつがきょうどこにいたか警察に訊《き》かれても、知らないと言えばそれで済みますからね。あいつのことは知らないと言うんです。名前も知らないし、会ったことも噂《うわさ》を聞いたこともないとね。あいつの悪事に巻き込まれないほうが身のためですよ」

「アリバイを仕組んだというわけですか?」そう思いついたとたん、リチャードは間違いないと確信した。彼は驚きというより戦慄《せんりつ》を覚えた。あの新しい知り合いは詐欺師か何かかもしれないと思いはじめてはいたものの、まさか自分がアリバイとして利用されているとは思いもしなかったのだ。

リチャードの表情を興味深げに見つめていた老給仕は、ふたたび口をひらいた。

「あいつが出ていったのは五時二十五分でした」

「なぜわかるんです？」リチャードは目の前に差し出された腕時計と、六時十五分前だと何度も繰り返したジェリーの言葉を思い出した。

灰色がかった顔の老給仕は、隙間《すきま》の目立つ歯を剝《む》いて笑い、背後の壁の天井の高いアーチへ親指を突き立てた。

「グラスの音が聞こえましたからね。バーが五時半に開くんです」

「なるほど」リチャードはうわの空で襟に手を滑らせた。ジェリーがなんらかの理由で、五時二十五分から四十五分までの二十分間に、自分がどこにいたか証言してくれる第三者を必要としていたのは明らかだった。考えれば考えるほど、リチャードの怒りは高まっていった。あの男が適当な時間が経ったあとで電話ボックスから戻っていれば、リチャードは彼の策略どおりに証言させられたにちがいなかった。彼とは昼頃からずっと一緒にいました――そう話す自分の声が聞こえるようだった。

「どうして戻ってこないんだろう？」とリチャードは声に出していい、老給仕は肩をすくめた。

「誰が知るものですか」彼は上品な口調で言った。「さあ、どこでも好きなところへお行きなさい。あいつのことは忘れるんです。もうあいつは見ず知らずの他人ですよ」

リチャードは笑った。アナベルを吞《の》み込んだあの家に、ジェリーがわが物顔で出入りしているらしいことを知らなければ、喜んでそうするところだった。彼は勘定を払うと、老給仕に感謝を伝え、その印にチップをはずんだ。そして、電話ボックスへ向かった。

タッシー夫人の家の電話番号は難なく見つかり、リチャードはほっとした。電話に出たのは温かみのある心地よい声で、彼は驚きを覚えた。その声を耳にしたとたん、自分の不安がばかばかしく思えてきたのだ。平凡そうな声で、アナベルと話したいと言う若い男に、やや戸惑っているようだった。だが取り澄ましたところはなく、まして悪意など微塵《みじん》も感じさせなかった。リチャードが一日じゅう一緒にいた男とは、無縁の世界の声に思えた。

すぐにアナベルが電話口に出た。受話器の向こうでまくしたてる彼女の声に、リチャードの心臓は飛び上がった。驚くべき、そして興味深い現象だった。楽しくてしようがないといった彼女の様子は、ほんの少しリチャードの癪《しゃく》に障った。

「おばさんはいい人よ」リチャードに訊《き》かれて彼女は答えた。「ちょっと待って。ええ、もう大丈夫。おばさんが気を利かせて二階へ行ってくれたの。おばさんはだいぶ歳を取っていて、寂しそうな感じの人よ。それに、ちょっと堅苦しいというか、まるでおじさんの奥さんじゃなく、ただの女友だちだったみたいな感じなの。古風な用心深さの持ち主なのよ。あたしの言うことがわかる?」

「わかるよ。きみに会いにいってもいいかな?」

「今夜はだめ」

「どうして?」

「映画に連れていってもらうの。きょうは家事を半日お休みにして、食事に出かけるのよ」子どものようにうきうきした声が一瞬途切れ、取りなすように続けた。「あたしだって、あなたに会いたくてたまらないわ。日曜にあなたを食事に招待することになってるの。つまり、正式な晩餐《ばんさん》によ。おばさんのやり方はいずれ改めてもらうつもりだけど、根っからの性格だから一、二週間はかかるでしょうね。日曜の招待は受けてくれるでしょう? 初めてだからいちばんいい服を着てきて。おばさんにあなたを気に入ってもらいたいの。おばさんはいまちょっと動転しているようだから、あなたに会ってもいいかなんて訊《き》けそうにないわ。さっきお客さんが来て、そのことで何か心配しているようなの」

「わかったよ」リチャードは、興味を持ったとも落胆したとも聞こえないように努めた。

アナベルは可愛らしかった。見違えるほど美しくなった彼女の顔が、まるで目の前にあるかのようにまざまざと思い出された。するとどういうわけか、急に心労で老け込んだような気分になった。「よく聞くんだ」リチャードはきびきびと言った。「電話を切る前に教えてもらいたいことがある。あの三十歳くらいの、金髪で、背の高い男は誰なんだ? ちょっと険しい目つきの、痩《や》せてハンサムな顔をした……」

「トレンチコートを着た人?」

「そう、そいつだ。あの博物館の門から出てきたんだ、きみが入っていって十五分ほど経ってからね。誰か知ってるのか?」

「ええ。ジェリー・ホーカーよ」

「ホーダー?」

「ううん、ホーカーよ。鷹《ホーク》に似た名前ね。あの人はポリーおばさんのお気に入りなの」

「へえ? そこに住んでるのかい?」

「ここに? いいえ、違うわ。何年も前からの知り合いで、おばさんが息子みたいに可愛がってるだけよ。レディングに住んでいて、ロンドンを通りかかったついでに、おばさんの顔を見に立ち寄ったそうよ。まさかあの人を知ってるわけじゃないでしょう?」

「知らないよ。ただ、あいつが家から出てくるのを見たものだから……」

アナベルが満足そうに笑った。「もしかして妬《や》いてるの? そうだったら嬉《うれ》しいけど」彼女は嘆願するように言い、リチャードは受話器に向かって声を荒らげた。

「そんなはずあるわけないだろう。いったい何を言い出すんだ? 調子に乗るんじゃない」

アナベルはわざとらしくため息をついた。彼女は心から面白がっているようだった。

「残念だわ。あなたがあたしにひと目惚《めぼ》れしたんじゃないかと思ってたのに。きっとおばさんの影響ね。あなたもおばさんが好きになるわよ。とてもロマンチックな人なの。たぶん、おじさんにぞっこんだったんでしょうね。それで女の子という女の子に、自分と同じようにすばらしい経験をさせたいと思ってるらしいわ。そのジェリーとかいう人とあたしが恋に落ちればいいいと思ってたみたい」

「なんだって、それはだめだ」

「当たり前じゃないの、馬鹿《ばか》なこと言わないで。あの人は三十五歳近いんだから。だけど、もともとそういう計画だったようね。それで二十四歳の娘を呼び寄せようとしたのよ」

「そうだったのか」リチャードはゆっくりと言った。「そいつは今週中にまた来るのかな？　日曜より前にさ？」

「さあ、ポリーおばさんは何も言ってなかったけど。ねえ、いったいなんなの？　それがどうかしたの？」

「なんでもないよ」リチャードの顔は心配のあまり熱く火照った。「だけどあいつに会っても、ぼくの名前を言わないでくれ、絶対に。わかったかい？」

「じゃあ、あの人のことを何か知ってるのね？　それとも、あの人があなたのことを知ってるの？」

彼女の好奇心はどんどん膨らんでいくようだった。

「なんだか謎《なぞ》めいていて、わくわくしちゃう」

「そんなことじゃないんだ」リチャードはきっぱりと言った。「とにかく、ぼくのことは決して話さないでくれ。それから、きみにできるだけ早く会えるよう、手を打ってほしい。会ったときにすべて話すよ」

「わかったわ。でも、偉そうに指図するのはやめてちょうだい。心配ご無用、忌々しいあなたの名前は口に出したりしませんから。なんのためかはわからないけど」

さすがにリチャードは引け目を感じた。

「ぼくじゃなく、きみのためなんだ」

「まあ、リチャード、ご親切《チャーミング》な人だこと」アナベルはまるで、口紅を塗った六歳の女の子のように聞き分けがなかった。「最愛の人《ダーリン》と呼びたいところだけど、そんな言い方、古臭すぎるわね。あの人の何が問題だというの？　あんなに年上でさえなければ、なかなか魅力的な人だと思うわ。そういえばポリーおばさんは、十六歳の時におじいさんを癒してあげたいと思ったそうよ」

「彼女がどうしたって？」

「いいの、忘れて。それとこれとは話が別だし、おばさんはそういう意味で言ったんじゃないもの。ちょっと思い出しただけよ。とにかく、そのジェリーっていう人について、何を知ってるの？　俄然《がぜん》興味がわいてきたわ」

「ぼくは興味なんてないね」リチャードは苦々しく言った。「いまは話せないんだ。明日電話するよ」

リチャードは電話を切り、受話器をじっと見つめた。きわめて厄介な状況だった。何をすべきなのかも定かではなかった。

ややあって彼は、せめていまわかっている事実を確認してみることにし、もう一度電話帳を手に取った。

ライドー・コート・ホテルの受付係は中年の女性で、品がよく、それでいて甘ったるい声をしていた。ヤシの木が茂るモザイク模様の石畳の中庭で、籐椅子《とういす》に座って食事か就寝の時間を待つ、かくしゃくとした老婦人と、むっつりとした若い女性の両方を思い起こさせた。

「チャド・ホーダー様ですか？」彼女は最初に電話に出たとき以上に親しみのこもった声で言った。「いいえ、まだお戻りになっていません。お帰りの予定時間は過ぎていますから、もう戻られる頃だと思います。伝言をお預かりしましょうか？」

「いいえ、けっこうです」リチャードは老給仕の助言に従ったが、にわかに好奇心が掻《か》き立てられた。ライドー・コートはジェリーのような男が住む場所には思えなかった。「今夜そこで――ダンス・パーティはありますか？」とっさに彼は尋ねた。

「ええ、ございますよ」彼女は愛嬌《あいきょう》たっぷりに言った。「毎週木曜の夜はダンス・パーティと決まっているんです。失礼ですが、チャド - ホーダー様が今夜お連れになるご予定の方でしょうか?」

「いいえ、違います。どうもお手数をかけました。失礼します」

「お待ちください」命令するような声だった。「お名前を教えていただけませんか? チャド - ホーダー様はちょっと風変わりな方でして。お電話をいただいた方のお名前を、是が非でも知りたがるのです」彼女自身も差し出がましいまねだと心得ているのか、当惑したような笑いを漏らした。「電話か伝言がなかったかと、必ずお尋ねになるんですよ。わたしもできるだけ教えてさしあげたいものですから」彼女は哀れっぽく付け加えた。

嘘《うそ》をつくのが苦手なリチャードは、きょろきょろと辺りを見回し、電話帳の表紙に書かれた大きな文字に目を留めた。

「では、ミスター・ロンドンから電話があったとだけお伝えください」リチャードは早口に言った。

彼はすぐに電話を切り、ライドー・コート・ホテルの受付係は、どうにか〈チャド - ホーダー。ロンドン。電話〉という奇妙な言伝をメモ帳に書き留めた。

次にどうすべきか決めかねたまま、リチャードは電話ボックスを出た。チャド - ホーダーと名乗っているときのジェリーに関してはいくらか情報をつかんでいたが、ホーカーと名乗っている彼についてはまだ何もわかっていなかった。たとえエドナが協力してくれたとしても、あまり力になるとは思えなかった。ましてや、レーサーのトレンデンに会うのも気が進まなかった。

苛々《いらいら》と立ち尽くしていたリチャードは、ふとあの始動ハンドルと、それにぶら下がっていた札を思い出した。ジェリーはすぐにその札を引きちぎったが、そこに書かれた〈ロルフ屑鉄置場《くずてつおきば》、ホーカー〉という文字は、リチャードの脳裏にはっきりと焼きついていた。

リチャードはホテルの外の角にいた若い巡査に道を尋ねた。彼は任務中いつも携帯している小さな道路地図を懸命に調べてくれた。

「ちょっと遠いようですね」しばらくして巡査が言った。「東部のリージェント運河の辺りです。リヴァプール行きの七番線のバスに乗って、運転手にもう一度尋ねるといいでしょう」

その巡査はひょろりと背の高い若い男で、大きな歯と歯の間に隙間《すきま》があり、顔には心配そうな表情を浮かべていた。彼はリチャードの平凡な身なりをちらりと見てから、手に持った地図にふたたび目を落とした。

「本当にそこへ行くつもりですか?」巡査は少し屈《かが》んでリチャードに地図を見せた。「ロルフ屑鉄置場はここです。ここからだと何キロもありますよ。運河のずっと先です。こんな時間にあそこへ行くとは、あまりお勧めできませんね」

リチャードは巡査に笑ってみせた。彼とは同い年くらいのようだった。リチャードは内心、一緒に行ってもらえたらどんなに心強いだろうと思った。

「どうしても行かねばならないのです」と彼は言った。「教えていただけて助かりました。ところで、どんなところかご存じですか?」

「さあ、よくは知りません。市街地だから、有害物質を扱ってるわけではなさそうですね。それに、個人の所有地にしては広すぎる。きっと複数の業者が扱う、買い手がつく前の屑鉄が山と置かれてるんでしょう。従業員は運河を荷船で行き来しているようですよ。お力になれて何よりです。では、さようなら」

無駄足にならなければいいがと思いながら、リチャードはバス停に向かった。見込みが薄いのはわかっていたが、ともかく行ってみるしかなかった。

しかし二時間半後、リチャードの気持ちに変化が生じた。自分の頭はどうかしているのだと、彼は思いはじめた。その場所へたどり着くだけでもひと苦労だった。バスをいくつも乗り継いでやっとイースト・エンドまでやって来ると、そこは月明かりに照らされた、平坦で閑散とした場所だった。荒れ果てた家々が建ち並び、そこかしこに現代的な公営住宅の一群が澄んだ夜空にそそり立っていた。

道を尋ねた相手が口をそろえて止めたにもかかわらず、リチャードは苦労の末にやっと屑《くず》鉄置場《てつおきば》を見つけ出した。板と鉄線からなる一メートルほどの高さの塀の向こうに、暗く不気味な敷地が広がっていた。その塀に面した道路を歩いているのはリチャードだけだった。この十分というもの、ひとっこ一人見かけず、入口らしきものも見当たらなかった。

幸いにも、霧が多いロンドンには珍しく、晴れた夜だった。しかし幻惑的な夜でもあった。月は茶盆のように大きく、その煌々《こうこう》とした明かりに、辺りの色彩までがはっきりと浮かび上がっていた。その一方で、影になっている部分は真っ暗だった。しかしながら、この魅惑的な月光の下にあっても、ロルフ屑鉄置場が魅力的とは到底言い難かった。ところどころに開いた塀の隙間《すきま》から覗《のぞ》き見ると、トラックの車体や街灯の柱、朽ちたバスケット、廃品の機械、古くなった缶詰、車輪、貯水槽、それに何千もの鉄屑といったがらくたが整然と並べられ、あたかも月の地表のように、山々やクレーターを形成していた。そしてその向こうに、細い運河の水面がきらめいていた。静かだった。街の喧騒《けんそう》もここでは囁《ささや》き声のようにしか聞こえず、近くで聞こえる物音はなかった。

やや遠くから、列車の走る音が虚ろに響いてきた。一、二度屑鉄置場の奥から話し声が聞こえ、人の動く気配を感じたようにも思ったが、確信は持てなかった。そちらの方向に明かりは見えなかった。

リチャードが歩いている道路は、なんともいえず薄気味悪かった。人の住んでいそうな家は一軒もなく、塀の向かい側に並んでいるのは屋根の抜け落ちた廃墟《はいきょ》だった。汚れた窓ガラスは割れ、月明かりに荒涼とした姿をさらしている。それらはかつて馬小屋だったらしいが、古代エジプトの遺跡のようにも見えた。

脂でぎとつく磨耗した石に足を取られ、悪態をつきながらリチャードは歩きつづけた。ふいに、いま歩いている道路と直角に交わる、やや広い道路に差しかかった。それは屑鉄置場の中へ続いていたが、その行く手は夜空を背に黒々とそそり立つ、頑丈そうな両びらきドアに阻まれていた。

束の間、打ちのめされた思いで立ち尽くしたあと、リチャードは踵《きびす》を返そうとした。その時ふと、せめて開くかどうか試してみようと思い立った。錠を探していると、ドアの左側に小さな通用口があるのが見つかった。

押してみると、通用口のドアはすっと開き、リチャードは中へ入ろうとした。と、ドアのすぐ内側につながれていたテリアがけたたましく吠《ほ》えだし、誰かが間近でやみくもに怒鳴り散らしはじめた。

「いったい何を探してるんだ?」しばらくして、声の主が言った。

「ホーカーさんです」リチャードは肝を潰《つぶ》して嘘《うそ》をつく余裕もなく、頭の中にあった名前を口にした。

「そうか」怒鳴り声は小さな普通の話し声に変わった。「よしよし、静かにしろ、ジャック！　あいつならいないよ」と声の主は言った。「まだ帰ってないようだ」

12　薔薇と王冠亭

ロルフ屑鉄置場《くずてつおきば》でリチャードがジェレミー・ホーカーのことを尋ねていた頃、時と場合に応じてそう名乗っている男は、「薔薇《ばら》と王冠」亭の円形のカウンターにもたれて立っていた。そのパブは、戦前はヴォードヴィルで、そして戦後は華やかなコンサートで好評を博しているロイヤル・アルバート・ホールのすぐ裏手にあった。その夜はモリス・ムーアヘンの『びっくり仰天《ボウル・ミー・オーヴァー》』が上演されていた。開演から四十分が経っており、あと五分で休憩時間に入るはずだった。

ジェリーの脇《わき》に立つヴィック氏は、頬《ほほ》を上気させ、上品な黒い帽子を後ろへずらし、その様子を目にした人が思う以上に、楽しいひとときを過ごしていた。薔薇と王冠亭は決して愉快な店ではなかった。主に混雑するのは昼食時で、夜は照明も薄暗く、客の入りも悪かった。

ジェリーたちのほかに店にいるのは、カウンターの後ろの二人だけだった。一人は体格のいい若いバーテンダーで、彼は何か物思いにふけっていた。もう一人は白い顔に陰気な目をした支配人で、カウンターの真ん中にあるマホガニー材と鏡で仕切られた小部屋に座っていた。そこは事務室であると同時に、食器棚も造りつけられていた。その支配人は周囲には注意を払わず、道化師の杖のように細長く畳んだ夕刊を読んでいた。

ヴィックは無知とも狂気とも思える向こう見ずさで、大きな黒っぽいグラスに注がれたいかがわしそうなシェリー酒を飲んでいた。杯を重ねるにつれて、舌が滑らかさを増し、態度が馴《な》れ馴れしくなった。彼はインコのようにやかましく、見た目までインコに似はじめてきた。頻繁に品のいい叫び声を上げ、トレンチコートの男への崇拝の念も増す一方だった。

しかしながら、その夜の最大の変化はジェリーに起きていた。念入りに仕組んだアリバイがまさに成立しかけたその瞬間、詮索好《せんさくず》きな小柄な理髪師にばったり出くわし、その労力はあえなく水泡に帰した。それから三時間が経つうちに、ジェリーの外観に変化が現れた。全身の肉がより骨に密着したかのようになり、顔や体の筋肉はかすかに強張り、生気のない目には滅多に見せないうろたえた表情がずっと浮かんだままだった。さらに、普段以上に大げさなほど気さくになり、傍目には二人のうちジェリーのほうがより酔っ払っていると思えるほどだった。

しかし、それは誤解も甚だしかった。車を運転しなければならないと言って、ジェリーはその夜一滴もアルコールを口にしていなかった。冴《さ》え渡った彼の頭は、めまぐるしく回転していた。これまでにも数多くのアリバイを仕組み、用意周到であることは彼の生来の気質だった。いままでは労せずしてアリバイのお膳立《ぜんだ》てが自《おの》ずと整い、不測の事態が起きようとも、安全ネットのように毎回彼を救ってくれた。

だが今回、彼にはなんの落ち度がないにもかかわらず、まったくの不運によってアリバイが崩された。そして新しいアリバイを自力で築かねばならないことに、彼は驚きを覚えていた。ヴィックは思った以上に御しにくく、狼狽《ろうばい》したジェリーはすぐさまリチャードを見捨て、その理髪師に注意を集中することにした。彼の話はとりとめがなく、どんな考えも二秒と頭に留まっていないようだった。

「あと十分もすれば、少佐はモギーの楽屋にいるんでしょうね」ヴィックは思春期の少女のように体を震わせた。「ああ、あなた方二人が一緒にいるところを、この目で見ることができたらいいのに！　もしそうなったら、ぜひとも日記に書いておかないと。彼に曲を売る気なんでしょう？　とぼけたってだめですよ。あなたの目を見ればわかります、わたしは人の心が読めるんですから。きっとうまくいきますよ。少佐にできないことなんてあるわけがないでしょう？　さあ、黙ってないで教えてくださいよ」ヴィックはバーテンダーに向き直った。「この人はなんにも教えてくれないんですよ」と声を震わせる。「今夜ずっと一緒にいるというのに……」

「開店時間前からね」ジェリーはわざとらしく、うんざりしたように言った。

「開店時間後からです」ヴィックが威厳たっぷりに正した。

「おいおい、ぼくは開店時間の前からきみに付き合わされてるんだぜ。ぼくたちが会ったのはまだ早い時間だったから、先にぼくの車を取りにいったじゃないか。きみはその肝臓の毒を飲みつづけてはいるけど、それぐらい覚えてると思うがね」

「覚えてますとも」ヴィックはジェリーの言葉に驚いたようだった。「開店時間にはまだ間があるから、先に車を取りにいくと少佐は言いました」彼はいったん言葉を切ってから、きっぱりと言った。「開店は六時でした」

「五時半だ」とジェリーが鋭く言い、物思いに沈んでいたバーテンダーが迷惑そうに顔を上げた。

「ロンドンでは五時半です」とバーテンダーは慇懃《いんぎん》に繰り返した。

トレンチコートの男はバーテンダーと目を合わせ、声を立てて笑った。「ぼくは五時十五分からこいつのお守をしてるんだ。まだぼくはしらふでね」彼はおもねるように、愛想よく言った。「十分ばかり彼をここに残して、劇場へ行ってこなけりゃならないんだ。後生だから、これ以上そんなものを飲ませないでくれよ」

「上等なシェリー酒ですよ」バーテンダーは瓶を前に押しやった。「南アフリカ産の上物です」

「そうかい?・」ジェリーは馬鹿《ばか》にしたような笑みを浮かべて、派手なラベルに目をやった。その様子を見ていた支配人が、新聞紙の杖で肉づきのいい彼の膝《ひざ》をぴしゃりと叩《たた》いた。

「爺《じい》さんそっくりになったな、ジェラルド」と支配人は言った。ロンドン南部訛《なまり》がある、太った男に特有の気さくで朗々とした声だった。彼の陰気な目が白い顔の中で輝いた。「最初はわからなかったよ。おれが覚えている頃とはだいぶ変わったな。爺さんによく似てる。本当に見違えたよ。いったい何年ぶりだろう? 三十年? いや、二十二、三年といったところか」彼はカウンター越しに片手を突き出した。「ダン・ティリーだ。アーカート・ロードにあるきみの爺さんの家の庭と、うちの庭が隣り合っていただろう。覚えてるか?」

一瞬、沈黙が流れた。トレンチコートの男は、銃弾を受けたかのように目をしばたたいた。その顔には純然たる驚きが浮かんでいた。やがて、彼は自分を取り戻した。落ち着き払ってはいたが、その気取った態度はどこか不自然だった。彼は差し出された手を、うやうやしく握り返した。

「ええ、覚えてますとも」戸惑いながらも、懸命に礼儀正しく振る舞おうとしているといった様子で、ジェリーは言った。「もちろんですよ、ダン——ええと——ティリーさん。二十数年ぶりですかね。いやはや、時の経つのは早いものですね」

支配人は顔を紅潮させた。気分が害されるとそれが顔に出る性質《たち》らしかった。彼は冗談めかして皮肉げに言った。

「きみの爺さんのことを〈全知全能の神〉と呼んだものだったな。そうあだ名をつけたのはきみだったよ、おれじゃなくね。あの家からきみが逃げ出したとき、おれが手を貸してやったのを忘れてしまったようだな。オーストラリアに行ったんだろう？　あれ以来、きみからはなんの便りもなかった。きょうまでね」

ジェリーは薄笑いを浮かべて黙っていた。スツールに腰を下ろしていたヴィックが、横から口を出した。帽子は頭からずり落ちかけ、この日初めて彼を見たかのように、支配人をじっと見つめていた。

「わたしは十年前から少佐のことを知ってます」ヴィックは高らかに言った。「わたしたちは気心の知れた仲でね。あなたのことは知らないが、そんなことは別にどうだっていい」

「静かにしてくれ」ジェリーがたしなめるように言った。ヴィックの子どもじみた言葉に、彼は決意を固めたようだった。役に立ちそうにない酔っ払いの目撃者ではなく、しらふの証人が必要だった。「この人はぼくの最初の友だちなんだ」ジェリーの口調が急に親しげになった。「ぼくもわからなかったよ、ダン」支配人に向き直り、「一瞬背筋が寒くなったよ、子どもの頃のことを思い出してね。本当に驚いたよ。きみはちっとも変わってないな。セーターに半ズボン姿だったら、すぐにわかったのに。とにかく、聞き捨てならないことを言ってくれるじゃないか。あの爺さんに似てるだなんて心外だよ」

「でも似てるさ、ジェラルド。顔立ちがね」支配人は機嫌を直したようだった。彼はどんな話題も話し尽くさないと気がすまない性分だった。「もちろん、ほかのところも似てるとは言ってないさ。あいつは変わり者だったからな。それに、あいつの二番目の奥さんもな。二人とも、自分たちがひとかどの人間だと思い込んでいた」彼は嘲《あざけ》るように歯をひとなめした。「毎日取り替える清潔な紙製の襟と、夜毎読みふける『大英百科事典』。その二つだけで世の中を渡っていたんだ、あの全知全能の神は」懐かしそうに笑ってみせる。「そういえば、あいつはよくうちの親父を怒らせてたっけ。いつも同じ列車で仕事場へ出かけていて、その道中、つまらない見得の張り合いばかりしていたそうだ。あいつは自分があの界隈《かいわい》の住人よりも教養があって洗練されてると思ってたんだ。きみが出ていったときは動転していたよ。あれから計画どおり船乗りになったのか?」

「ちょっとの間だけだがね」ジェリーの苦笑いが、若さゆえの無謀さにも途中で歯止めがかけられたことを物語っていた。「あの家には一度も戻ってないし、二人にも会ってないんだ。まったく、あそこは孤児を育てるような場所じゃなかった。いまになって思うと、それがよくわかる」ふいに彼らしくもなく、心のうちを覗《のぞ》かせるように言った。「ひた隠しにされた飢えと不潔さ、それに無知な者たちを見下す、魂が凍るような雰囲気に満ちていて……」

「まあ、あの爺《じい》さんがどんな人間だったかは、みんな知っていたよ」支配人は、二十年経ったいまも消えない怒りを込めて言った。「あいつは人並みの知性すら持ち合わせてなかった」

「いや、頭のいい男だったよ。それは間違いない」トレンチコートの男はきっぱりと言った。その言葉はあまりにも意外で、まるで彼の髪の毛が一瞬で藁《わら》に変わってしまったかのように衝撃的だった。「実に頭のいい男さ」と彼は繰り返した。悦に入ったような嘲笑《ちょうしょう》がその顔によぎり、そこにいた誰もが——酔っ払った理髪師でさえも——いささか不愉快な気分になった。しかしその表情も一瞬で消え、またすぐに、いつもの上品で愛想のいい彼に戻った。「とにかく、子どもが育つような場所じゃなかった」

「そうだな」支配人は頭を振った。「きみが出ていったのも無理ないさ。まあ、あの婆さんはあることないこと言い触らしてたがね」

「どんな？　どんなことを？」ジェリーは鋭く問いかけ、支配人をたじろがせた。

「だいたい想像はつくだろう」彼は口ごもった。「何がしかの金を持ち出したからといって、誰もきみを責められはしないよ。そもそもきみが家にいられなくなったのだって、連中のせいだったんだから」

「もちろん、そんなことは嘘《うそ》っぱちさ」ジェリーの威厳は形無しだった。こと子ども時代の話となると、彼は別人のようになった。「哀れな女だ。きっとみじめな人生を送ったんだろうな。頭がよくなかったからね」

「時間ですよ、少佐。時間です！」ヴィックが目覚まし時計のようにわめき立てた。スツールからずり落ちそうになりながら、ドアの上に掛けられた時計を指差している。

ジェリーは大声で笑いだし、再会したばかりの旧友と愉快そうに視線を交わした。

「ぼくが戻ってくるまで、彼を見ていてくれるかな」ジェリーは言った。「劇場でとある人物と話をしてくる。十分とかからないよ」

「わたしもモギーに会いたいもんですよ。モギーだってわたしに会いたいはずです」ヴィックは今夜ずっと目の前にぶら下がっていた餌《えさ》を前に、目の色を変えた。

「それはどうかな」幼馴染《おさななじ》み同士はふたたび目を見交わした。ジェリーが劇場に近い裏口から出ていくとき、支配人のなだめるような声が後ろに聞こえた。

「開店してからずっとシェリー酒を飲んでるんでしたら、今度は違うものを飲みませんか？　フェルネ・ブランカのカクテルはどうです？」

トレンチコートの男は劇場の楽屋口を通り過ぎ、足早に石畳を歩きつづけた。彼の口元には満足げな笑みが浮かんでいた。「開店時間前から」あまりの満足感に、声に出して言ってみた。今夜彼はその一点を強調することに努め、事は思惑通りに運んだ。途中で頓挫《とんざ》したアリバイの代わりに、まんまと新しいアリバイを手に入れたのだ。そのアリバイが必要になることはないと確信していたものの、彼はすこぶる上機嫌だった。

もし彼がこれほど用心深さに凝り固まっていなければ、同じ時間帯の二つのアリバイ——一つはリチャードの頭に、もう一つはヴィックの頭に埋め込まれた——は、アリバイがまったくないよりも危険だと、すぐに気づいたかもしれなかった。だがそのことに思い至ったのは、さらに数分経過してからだった。

ジェリーは大通りを横切り、食堂に入った。どこにでもあるような、ありふれた長方形の店だった。狭い入口の両側に短いカウンター席があり、その奥は蒸気がこもった正方形の部屋で、プラスチックのテーブルを釘《くぎ》だらけの曲《ま》げ木椅子《きいす》が取り囲んでいた。壁のペンキは剝《は》げ、電球は埃《ほこり》をかぶっていた。一人きりの給仕係は青白い顔をした平べったい胸の若い女で、コーヒーを沸かしている薄気味悪い老婆の娘であることは明らかだった。窃盗団ともスキッフル（一九五〇年代に英国で流行したポピュラー音楽）の演奏グループとも思える、みすぼらしい格好をした若者たちが、部屋の隅の大きなテーブルを囲んで話し込んでいた。ジェリーが入っていっても、彼らは目を上げさえしなかった。ほかに客の姿はなかった。

ジェリーは右手のカウンターのそばにある小さなテーブルを選んだ。ひそひそ話をしている若者たちとちょうど対角線の位置にあり、ジェリーはトレンチコートの裾《すそ》で軽い椅子を蹴《け》散《ち》らしながらテーブルを回り、若者たちに背を向けて座った。コートの下に着たよれよれのジャケットのポケットが重く垂れ下がり、ジェリーは顔をしかめながら腰かけた。ヴィックに出くわしたおかげで、すっかり調子が狂わされていた。決定的な証拠品となるものを未だに持ち歩いており、あの木箱もトランクに入れっ放しだった。

ジェリーはしかし、パニックには陥っていなかった。だが、それ以上に危険な状態にあった。彼の胸にはなんの感情もなく、自分の置かれた状況がまるで他人事のように思えた。

カウンターの上にあるラジオが小さな音でつけてあった。ビッグ・ベンの鐘の音に続いてニュースが流れてきた。ジェリーは注文したコーヒーを啜《すす》りながら、ＢＢＣのアナウンサーが取り澄ました声できょう一日の出来事を読み上げるのを聞いていた。

犯罪がらみのニュースはなく、アナウンサーはウエスト・エンドでの事件にはひと言も触れなかった。

やがてジェリーはカップを押しやり、マット・フィリプソンのポケットから抜き出した黒い財布を取り出した。膨らみがあって品のいい、なんの変哲もない財布だった。中に入った分厚い小切手帳ももはや紙屑《かみくず》同然だった。しかし別のポケットには一ポンド紙幣の束と、五ポンド紙幣が二枚入っていた。ほかにも金がないか探していると、クリップで留められた二通の手紙が見つかった。フィリプソンがポリーに約束したとおり、秘書の目に触れぬよう財布にしまってあったのだ。ジェリーはそのぞんざいな手書きの文字に見覚えがあった。熱くたぎる血が、いっきに胃から顔へ逆流した。

子どもの頃に感じた息の詰まるような不安がジェリーを押し包んだ。彼は震える指先で手紙を広げた。

そこにはっきりと綴《つづ》られた文字の書き手は、やはり思ったとおりの人物だった。

〈……お金のことはどうでもいいのだけれど、これがどんなに悪いことで危険なことかを、あなたからよく言い聞かせてやってください。でも、わたしの名前は出さないでもらいたいのです。わたしが知っているとわかれば、きっと悪い結果を招くでしょう。あの子はわたしを敬遠して離れていき、そうなるとあの子に目を光らせる者がいなくなってしまいます……〉

きめが粗く、皺《しわ》の刻まれた額は汗でびっしょりだった。ジェリーはどうにか二枚目の手紙へと読み進んだ。顔の神経は苦痛に引きつれ、心臓を流れる血は氷のように冷たかった。

〈……ありがとう、マット。本当に感謝しています。では木曜の夜には、あなたたち二人のことを考えています。あなたに釘《くぎ》を刺されたら、あの子もきっと目を覚ますでしょう。あなたのような頼もしい人がついていてくれるなら、あの子も大丈夫だと思います。すべて片

づいたらお電話ください。直接来てもらえたらなお嬉《うれ》しいです。愛を込めて、ポリー〉

トレンチコートの男は小刻みに震える便箋《びんせん》を食い入るように見つめた。知っていたのだ。彼女はきょうの面会のことを知っていたのだ。ほかのすべてのことを知るのも、もはや時間の問題だった。

そう思ったとたん、あやふやになっていたジェリーの思考が、ふたたび明瞭《めいりょう》になった。それは眠っているときと歩いているときほどの違いがある変化だった。彼はこの時初めて、自分の二つのアリバイが、その過度なまでに周到な二つのアリバイが、相矛盾するものだということに気づいた。

しばらくして、ジェリーは人の気配を感じた。顔を上げると、給仕係が彼の間近に立っていた。

彼女は両手を腰に当て、小さな体でほかのテーブルからジェリーを覆い隠そうとしていた。まだ少女のような顔つきをしており、みすぼらしい黒い服に身を包み、華奢《きゃしゃ》な首に金の十字架がついた細い鎖をさげていた。丸い瞳《ひとみ》も黒く、遠慮がちな非難めいた視線を、ジェリーの顔からテーブルへと移した。

つられて目を落としたジェリーは、すっかり財布のことを忘れていたのに気づいた。財布は彼の前で広げられたままになっており、紙幣が出しっ放しになっていた。

「おしまいになって」給仕係が小声で言った。「酔ってらっしゃるのね」

ジェリーは瞬時に自分を取り戻し、明かりが灯るように、その顔にまたいつもの魅力が戻った。

「ありがとう」と彼は言い、手早く紙幣を集めて胸ポケットに押し込んだ。「うっかりしてたよ。手紙を読んでいたものだから。ちょっと胸にこたえる内容でね……女性からの手紙なんだ」

給仕係は青白いくすんだ肌の小さな顔に、茶目っ気のある表情を浮かべた。彼女はからかうように言った。

「その方はあなたの悪さに感づいたんですね?」

ジェリーは身震いした。その顔によぎったやり切れなさそうな表情が、彼女を面白がらせた。

「どうもそうらしい」

「まあ。それでは、何か手を打たなければなりませんね」

束の間、ジェリーは恐怖をたたえた目でまともに彼女を見つめながら、その言葉の暗示するものに思いを巡らせた。

「ああ」ジェリーはゆっくりと言った。「その必要があるだろうね」

13　出迎えた人

「おまえさんが納屋のある場所を知らないなら、案内するわけにはいかないね。あの人は見知らぬ人間を使いによこすようなまねはしないし、こんな夜更けにここへ来たりしないかな。ここには値打ちのある物がわんさとあるんだ。そうは見えないかもしれんがね」

ロルフ屑鉄置場《くずてつおきば》の夜警は、リチャードから数十センチと離れていないにもかかわらず、いまだ姿なき声のみの存在だった。月光が降り注ぐ屑鉄置場は、黒と銀の二色に塗り分けられ、その中間色はなかった。夜警の姿は夜空にそそり立つ壁に溶け込んでいたが、体を震わせている艶《つや》やかな毛並みの白いテリアが、主人の足元らしき場所にうずくまっているのが見えた。

リチャードは無言でポケットから硬貨を二枚取り出し、その面を月光にきらめかせた。それに対する反応はなく、声はぶつぶつと文句を言いつづけた。

「まったく、きょうはうんざりするような一日だった。警察が押しかけてきて、あっちの隅のほうをずっとうろうろしてやがる。まだ連中にトーリィ・ストリート側の入口の鍵《かぎ》を渡したままなんだ。おまえさんは顔を合わせなかったかね?」

「見かけませんでした。どの辺りにいるんです?」

「ここから一キロくらい戻ったところだ」

「誰にも会いませんでしたが」

「じゃあ、もう帰ったんだろう。やれやれ、警察ほど詮索好《せんさくず》きな連中はいないよ。まあ、一般市民にしたってお節介で口が軽いがね。一トンか二トン分の空のドラム缶の山を荷船に積み込んでる最中にあんなもんが出てきたら、作業員たちだってそのまま仕事を続けるわけにはいかないだろう?」

「何を見つけたんです?」リチャードはポケットの中で三枚目の硬貨を探した。しかしそれを取り出してみせても、相手はやはり無反応だった。だがほかの二枚の硬貨に重ねたときにチャリンという音が響くや、すぐさま応えが返ってきた。

「旦那《だんな》にはわしが見えてますかね?」その声は格段に親しげになっていた。「ちょいと待っててください」ごそごそという音がしたかと思うと、まばゆい明かりが灯り、見張り小屋の中でキッチンチェアに座る小柄な老人を照らし出した。その小丘のような見張り小屋は、主に古い木製の車輪を寄せ集めて作られていた。老人はいちばん上に着た袖《そで》なしの革の上着を始め、何枚もの外套《がいとう》を重ね着しており、ベルト代わりにコードの切れ端を締めている。深々とかぶった帽子の庇《ひさし》の下から、分厚いレンズの眼鏡が物欲しそうにリチャードに向けられていた。

リチャードは硬貨を手渡そうとして、危うく落としかけた。勢いよく突き出された老人の手が、リチャードの手をかすめたのだ。硬貨の受け渡しには少々時間がかかった。老人は何も言わなかったものの、ほとんど目が見えないようだった。

「エンジンがちゃんと動いたからなんだよ、旦那」老人は硬貨をしまうと、友人のような口振りで、秘密めかして言った。

「エンジン?」リチャードはぽかんとして言った。

「バスのエンジンさ。そいつが動いたもんだから、みんなおったまげちまってね。三年も前からここにあるのに、一発でエンジンがかかったんだ。あのドラム缶があったから、春からこっち、いっぺんも動かしてないのは間違いない。ドラム缶は春にあそこに置かれたんだよ」

リチャードには、何がなんだかわからなかった。自分とは無縁の話のように思えた。そう口に出しはしなかったものの、彼の沈黙がそれを物語った。手応えのなさに夜警はふたたび口をひらいた。

「見つけたのは荷役人夫たちだ」老人はしゃがれ声で言った。「ドラム缶を動かしたら、その後ろから古いバスが七台も出てきたんだ。連中は点検と称して、持ち出せる物でもないか物色したんだろう。そうしたら中の一台が十分使い物になりそうだった。で、連中が昼飯に出かけてパブでそのことを話してたのを、誰かが聞きつけて通報したにちがいない。あっという間に警察が首を突っ込んできやがった。民主主義ってのはそんなもんさ。パブのおしゃべりだって、がめついポリ公は見逃さないんだ。この国はたかり屋の巣窟《そうくつ》さ」

この熱弁が含む情報には、リチャードはさっぱり興味がわかなかった。殺人事件の記事は読まないタイプで、警察がバスを捜索していることも知らなかった。彼の関心はジェリーだけに絞られていた。

「ホーカーさんはここで働いてるんですか？」リチャードは尋ねた。

「納屋にいるだけさ、個人的な用でね。ここにはあの人のものは一つもないよ」

「そうですか。作業場を借りてるだけなんですね？」

「そういったところだ。小さな作業場をね。レーシングカーやリムジンなんかを整備してるんだ」夜警は賛嘆するように言ったが、その言葉は曖昧《あいまい》だった。そういった類の話を何度も聞かされてきたリチャードは、すぐにぴんときた。それもまたジェリーの嘘《うそ》にちがいなかった。夜警は自分の目で確かめることができず、ジェリーの言うことを信用するしかなかったのだろう。

「彼はここによく来るんですか？」

「来たり来なかったりさ。時には一週間、毎晩続けて来ることもある。もっとも、わしは夜しかここにいないから、あの人が昼間何をやってるかは知らんがね。おまえさんはあの人の友だちなんだろう？」

「ええ、まあ。きょうずっと彼と一緒だったんです」

「ほう」その言葉に老人は安心したようだった。「夜遅くに来るときは、あの人はいつも前もって教えてくれるんだ。この仕事をはじめて二年になるが、わしが門を開けてやると、いつだって礼儀正しく接してくれる。実に礼儀正しくね」賞賛の言葉を強調するように、ポケットの中の硬貨が小さな音を立てた。「本当にそうなんだ。あの人は信頼できる男さ、そうだろう？　態度がころころ変わったりしないからな。いつも同じなんだ」

それ以上話が進展する気配はなかった。リチャードは首を巡らし、悪夢の中のような風景へと通じている、月明かりに照らされた道を見やった。

「そろそろ、その納屋へ行ったほうがよさそうだ。どこにあるか知ってますか？」

「もちろんだ。何度か見たことがある」ほとんど視力のない瞳《ひとみ》が、リチャードが立っているところから一メートルほど手前をにらみつけた。「だがおまえさんを案内する暇はないから、一人で行ってくれるかね。わしには仕事があるんだ」

体をよじらせて十センチほど小屋の奥へ引っ込むと、老人は明かりを消した。

「そんなに遠くはないよ」暗闇《くらやみ》から、満足げなしゃがれ声が響いた。「窪地《くぼち》にあると言ってたよ。わしが聞いた限りじゃ、近くにほかの建物はないそうだ。あの人が来たら、おまえさんのことを話しといてやろう」

感謝の言葉をぞんざいに口にすると、リチャードは月光をありがたく思いながら歩きだした。ただでさえ薄気味悪い場所であり、月明かりがなければなおさらだったろう。屑鉄置場《くずてつおきば》にあるのはゴミではなかったが、辺りには臭気が漂い、いまにも崩れ落ちてきそうな不気味な黒い山が、彼の行く手にほのかに浮かび上がっていた。

リチャードは黙々と歩いた。いったい自分は何をしているのか、こんなことをして何になるのかといった考えが頭から離れなかった。彼は苛立《いらだ》たしげにぐいと顎《あご》を引いた。少なくとも、何もしないでいるよりはましだった。次にアナベルと会うまでに、ジェレミー・ホーカーについてできるだけのことを知っておきたかった。

その納屋はふいに見つかった。道沿いに並んだ小山の間に、かつては大きな家の土台だったらしい人工的な窪地が現れた。急勾配《きゅうこうばい》の私道が窪地の底へと伸びており、そこには古い自動車の車体やタイヤ、一、二本の割れた耐酸瓶といったガラクタに取り囲まれた、廃墟《はいきょ》のような建物があった。外壁は煉瓦《れんが》で造られており、もともと建っていた家の窯かパン焼き小屋か貯蔵室だったように思われた。いまではざっと屋根をつけた小さな煉瓦造りの小部屋がいくつかと、壊れた煙突、それにトタン屋根と馬車置場のような幅広のドアがついた背の高い納屋があるきりだった。

リチャードはためらうことなく窪地へ下りていった。目当ての納屋ではないかもしれないとは一瞬も考えなかった。ひと目見て、それがジェリーの納屋だと確信した。辺りに人の気配はなく、墓地のように静まり返っていた。近くで見ると納屋は思ったより大きく、ドアには南京錠が掛けられていた。

リチャードは起伏のある地面にまばらに生えた、丈の高い雑草の間を縫って、納屋の裏手へ回った。そこにもガラクタが散乱していた。煉瓦やら古い缶やらパイプやらが雑草の間に横たわり、冴《さ》え冴《ざ》えとした月明かりに不恰好《ぶかっこう》な姿をさらしていた。

納屋の裏にある小さなドアへ近づいていったとき、リチャードはこの日一度目の戦慄《せんりつ》――このあとふたたび彼を襲うことになる――を覚えた。これまでにも恐ろしい経験をしたことはあったが、彼は臆病《おくびょう》でも神経過敏でもなかった。外国での軍役も果たし、それなりに度胸もあった。だがその裏口へ歩み寄ったとき、漠然とした恐怖にリチャードのうなじの毛は逆立った。彼に不安をもたらしたのは音ではなかった。辺りは息詰まるほどの静寂に押し包まれている。彼は訝《いぶか》しげに鼻をひくつかせた。屑鉄置場全体に悪臭が漂っていたが、ここでは何かほかの臭いも嗅《か》ぎ取れた。それは未知の臭いだったが、本能的に不快感が掻《か》き立てられた。リチャードはいらいらと肩をすくめ、さらに歩を進めた。

小さなドアにつけられていた旧式の掛け金はすぐに外れたが、内側からかんぬきか南京錠が掛けられているようだった。リチャードはとっさに、ペンキの剝《は》げたドアに肩で体当たりした。ドアは難なく開き――腐った木に取りつけられた止め金が外れるのが感じられた――力ずくでも押し入ろうと決めていたリチャードは拍子抜けした。

右上の天窓から差し込む、サーチライトのように明るい月光が当たる一画を除けば、納屋の中は闇《やみ》に沈んでいた。格子模様の四角い光の枠の中に、左手の壁際に置かれた作業台の一部と、その下に積まれた、普段は戸口からは見えないガラクタの一部が浮き上がっていた。

最初にリチャードの目に入ったのは、そうした埃《ほこり》をかぶった雑多なものだった。自動車の整備場でよく見られる塗料や油の入った缶や瓶、横倒しになったバケツ、ポンプの一部、くしゃくしゃに丸めた紙、デッキチェアの一部と思われる数本のロッド、そしてこれらのものに紛れて、白いビニール製のハンドバッグがあった。蓋《ふた》は開いており、中の内張りは破れていた。

その光景はなぜかリチャードの目に不吉に映り、見ているうちに彼は胸騒ぎを覚えた。明るい月光の中に転がっているハンドバッグは、新品のようにきれいに見えたが、無残な雰囲気をかもし出していた。

リチャードは納屋の中へ足を踏み入れた。と、何かに足を取られてよろめいた。懐中電灯は持っていなかったが、ライターの火をかざすと、それが光沢のある大理石の板――古めかしい洗面所で用いられているような――であることがわかった。そしてその横には、ジェリーがラゴンダへ運んだのと同じような、大小二つの木箱があった。その両方にかなりの数の煉瓦《れんが》が詰められていたが、リチャードはさして注意を払わなかった。

それよりもリチャードの気を引いたのは、作業台の上の月明かりが当たらない場所に置かれたランプだった。手に取ってコードをたどっていくと、コンセントとその脇《わき》にあるスイッチに行き着いた。たいした期待もせずにスイッチを押したとたん、リチャードは肝を潰《つぶ》した。ランプだけでなく天井からぶら下がる電球まで同時に点灯したのだ。それは風変わりな納屋だった。外観から受けた印象よりも古びており、天井には梁《はり》が渡されていた。床は踏み固められただけの地面で、まだらに煉瓦が敷かれ、井戸のある場所は丸い蓋で覆われていた。部屋の隅にはありとあらゆるがらくたが寄せ集められ、真ん中辺りには、車から取り外された、油でてかてかと光るガソリンエンジンが据えられている。そして正面の入口の内側には、ちょうどラゴンダが乗り入れられるほどの空間が設けられていた。

あのハンドバッグは作業台の下の雑多なものに紛れて見えなくなっていた。リチャードはしゃがんでハンドバッグを見つけると、作業台の下から引っ張り出した。かつては白かったハンドバッグもいまや埃《ほこり》で薄汚れていたが、リチャードの最初の印象はあながち的外れではないことがわかった。それは使い古されたものではなく、内張りが破かれたときにはまだ新品だったと思われた。リチャードはハンドバッグを元の場所に戻して立ち上がり、異様な雰囲気の中で息を潜めた。

リチャードは怯《おび》えていた。それに気づくと彼はさらに動揺した。納屋の中はなんともいえない嫌な臭いがした。ごみやネズミや鼻を刺す酸の悪臭などよりもひどい臭いだった。リチャードは自分の気弱さに腹を立て、その怒りで気力を奮い立たせた。彼は自分でもわからない何かを探して、納屋の中をうろつき回った。額には汗が滲《にじ》み、服も汗でじっとりと湿っていた。それでも彼は辛抱強くそこに留まり、納屋の主の真の姿を垣間見せるもの、そしてその企みを解き明かす手がかりを探しつづけた。

納屋に電気がつき、天窓の明かりが屑鉄置場《くずてつおきば》の端からでも見えることに、リチャードはまったく気づかなかった。しかしたとえ気づいたとしても、その点には心配などしなかっただろう。リチャードはジェリーを怖れてはいなかった。ジェリーは悪党だと確信しており、その証拠を手に入れたいと思っていた。だが、せいぜい窃盗のようなつまらない犯罪だろうとたかをくくっていたのだ。

ランプを手にゆっくりと歩きながら、リチャードは室内の隅々まで見て回った。壁に掛けられた何着もの古い外套《がいとう》を掻《か》き分けて調べていると、突然目の前に階段が現れ、危うくその上に倒れ込みかけた。幅が広くて段差の低い、昔ながらの煉瓦《れんが》造りの階段で、奥に部屋があるようだった。それは私道から見えた煉瓦の小部屋の一つにちがいなかった。入口にはカーテン代わりに防水シートが掛けられ、隙間風《すきまかぜ》が吹き抜けていた。奥の部屋には屋根がないか、あっても一部だけのようだった。ランプについているコードは入口までしか届かず、リチャードは防水シートを引き開けると、室内へランプを向けた。緑の縞《しま》が入った赤い壁、そして光に反射する白カビが目に入った。さらに奥へ光を向ける。その瞬間、彼は慄然《りつぜん》としてその場に立ちすくんだ。

老人が二人、身を寄せ合って座っていた。身につけているいっぷう変わった服はぼろぼろに朽ち果て、顔は奇妙なほど強張っていて茶色かった。二つの樽《たる》に渡した板に腰を下ろし、身じろぎもしない。ビーズで縁取られたボンネットをかぶった女性の、ガラス玉のようにきらめく瞳《ひとみ》だけが、リチャードの目に応えたように見えた。

リチャードはパニックに襲われた。ランプを取り落とし、やみくもに納屋の中を駆け抜けた。大理石の板や木箱に足を取られるのもかまわず、入ってきたドアから月光の下へと飛び出した。

澄んだ空気に包まれると、リチャードは足を止めた。中へ戻らねばならないとわかっていたが、足が言うことをきかない。その葛藤《かっとう》で頭がいっぱいだったため、二つの人影が近づいてくるのにも気づかなかった。ふいに肩をつかまれ、リチャードはぎょっとした。

「おとなしくするんだ」昔ながらの警官の制止の声が、悪夢の中で温かく響いた。

「中に……」リチャードは自分のものとは思えぬ声で言った。「中にいます。ランプがある場所の奥にある部屋です。老夫婦が座っています」

「本当か？　なんてこった」暗闇《くらやみ》にチャールズ・ルーク警視の大声が轟《とどろ》き、がっしりとした、凧《たこ》のような逆三角形の体軀《たいく》の人影が、納屋の中へ飛び込んでいった。

14　目隠し

「素敵な映画館ね」照明が消えて映画がはじまるのを待ちながら、アナベルは満足げに、コモ劇場の臙脂《えんじ》と金の重厚な装飾を見やった。「ベッドの中で眠りに落ちていくような雰囲気だわ。映画って夢みたいなものだと思わない？」

ポリーはすぐに返事をしなかった。フラシ天で覆われた鞄《かばん》を載せる棚がある、いちばんお気に入りの席に座り、すっかりくつろいでいた。彼女とスクリーンの間を隔てるものは何もなかった。日が暮れてから外出したため帽子はかぶっておらず、洗練されているとは言えないまでも、なかなか洒落《しゃれ》た服装をしていた。質のいい生地で仕立てられたシンプルなデザインの服に身を包み、優しげな顔には、子どものようにひたむきな忘我の表情が浮かんでいた。「夢」ポリーはだしぬけに繰り返した。「そうかもしれないわね。だから白黒だろうと、わたしは映画が大好きなの。ねえ、ところで、あのキャンピオンさんて方のことを聞いたことがあると言ったでしょう？　あの人はただの馬鹿《ばか》ではないんですって？」ポリーが唐突に話題を変え、アナベルを面白がらせた。

「そう聞いたけど。出かける前にあたしがその話をしてから、おばさんが何度同じことを聞いたか覚えてる？　これで四度目よ」

「あら、そうだった？」ポリーは手袋をはめた手を慎重にアナベルの手に重ねた。「嫌だわ、もう！　ごめんなさいね。それにしても変な人だったわ。ひどくおどおどしていて」

アナベルは咎《とが》めるようにポリーを見た。「おばさんたら、気づかない振りをしたってだめよ。あれはあの人のお芝居だとわかってるんでしょう？　男の人は二十代の頃にそういうお芝居を身につけるものでしょ。あの人が帰り際にあんなことを言ったのは、何か思惑があったからにちがいないわ」

ポリーは顔をしかめた。「いったいどういう意味だったのかしら？　わかる？」

「いいえ。あたしもずっとそれを考えていたの」アナベルは慎み深く顔を赤らめた。「あたしに関係のあることじゃないのは確かね。カページという紳士用品店で特売された手袋の話だったわ。おばさんは贈り物として買ったことがあるの？　そうなの？」

ポリーは体を強張らせた。表情を曇らせ、瞳《ひとみ》は氷のように冷ややかだった。

「買ったことがあるかもしれないわ」ポリーはそっけなく言った。「カページの店にはしょっちゅう行ってるし、特売品もよく買うわ。でも、それがほかの人になんの関係があるというの。どうだっていいことでしょう?」

不穏な空気が漂った。ポリーは怒っているというより、絶えず彼女を取り巻いている温かい雰囲気が、ふいに影を潜めてしまったようだった。

「あの人もきっと、おばさんがそう言うだろうと思ったのよ」アナベルは弁解するように言った。「だからあんなまどろっこしい言い方をしたのよ。それとなくおばさんに何かを伝えたかったんじゃないかしら」

ポリーは無言だった。何か言いかけたものの、それを押しとどめた。薄れてゆく劇場の明かりの中でアナベルが最後にもう一度ポリーを見ると、彼女は毅然《きぜん》とした冷静な表情を陰らせ、青い瞳《ひとみ》を虚ろに見ひらいていた。

アナベルは映画に没頭した。恋に目覚めた若者たちが繰り広げるひと騒動を描いたもので、凝った衣装と上品な演技が画面に華やかさを添えていた。彼女はすっかり引き込まれ、映画が終わっても夢見心地のまま、隣に無言で座っているポリーに向き直った。驚いたことに、ポリーの表情は先ほどとまったく変わっていなかった。まるでスクリーンの向こうを透かし見るように、視線をまっすぐ前に向けたままで、いくらか老け込んだようにすら見えた。

明かりが灯ったことにポリーはようやく気づいたのか、はっとしたようにアナベルに顔を向け、笑みを浮かべた。

「面白かった？」

「ええ、とても。でも、ひどくばかばかしかったわ。絵空事というか、問題に立ち向かおうとしないんですもの」

「問題に立ち向かう？」ポリーは驚いたようだった。「どうしてそんなことを言うの？」

「だって、そういうお話だったじゃない」アナベルは笑いだした。「まあ、おばさんったら眠っていたの？」

「そうじゃないけど、考えごとをしていたの」ポリーは素早く鞄《かばん》を手に取った。「さあ、もう行きましょうか。これからドミニクのところへ寄って食事をするのよ。そこにいる間に電話もかけたいし。疲れていないわね？」

「いいえ。楽しくてしかたないわ、ポリーおばさん。あたしがどんなに楽しんでるか、想像もつかないでしょうね。何もかも初めてのことばかりなの。ドミニクさんというのは誰？」

「シビル？　ああ、わたしの昔からの友だちよ。彼女とは子どもの頃からの付き合いなの」ポリーの声に温かみが戻った。「彼女とご主人は、第一次大戦が終わってすぐに、アデレード・ストリートにグロットというレストランをひらいたの。それ以来、ソーホーでも一、二を争う店でありつづけているのよ。フレディとわたしはロンドンに来るたびに立ち寄ったし、彼女も子どもたちを連れて北部のわたしの家によく遊びにきてくれたわ。きっとあなたも彼女が好きになるわよ。頑固なところがあるけど、そうならざるを得なかったのよ。でも、とても頭のいい人よ」

「ミスター・ドミニクは？」アナベルはその名に魅せられたようだった。

「エイドリアン？　彼はもう亡くなったわ、フレディと同じ年に。いまは息子さん夫婦と一緒に店を切り盛りしてるの。じきに彼らの息子も手伝うことになるでしょうね。驚くべきことに、開店以来ほとんど従業員が変わっていないのよ。料理は素晴らしいわ。きっと気に入るでしょうね」

「本当に楽しみだわ」二人はいまタクシーに乗っており、アナベルの声にはほんの少しためらいが滲《にじ》んでいた。「ポリーおばさん、あたしのためにお金を無駄遣いしてほしくないの」

「あら、そんなことはないわ」ポリーは打ち解けた調子で取りなすように言った。「わたしがシビルに会いたいのよ。あなたがいなくても一人で行くつもりだったの。木曜日はたいていそうしてるのよ」

「あたしが言いたかったのはレストランじゃなくてタクシーのことよ」アナベルは暗闇《くらやみ》の中で顔を火照らせた。「おばさんはいつもバスに乗るって、さっき言ってたから」

「わたしがそんなことを？」

「ええ。あの弁護士さんに、殺人犯が近くをうろついてたとき、雨の中でバスを待ってたと話してたわ」

「殺人犯だなんて、そんな話はよして」

「でもおばさんがそう言ったのよ。フィリプソンさんは澄まし顔で犯罪記事は読まないって言ってたわ。弁護士さんがそんなことを言うから、あたしびっくりしたの。だって、死体を運び去ったかもしれないバスの中で居眠りしていた老夫婦の謎《なぞ》に興味がないなんて、どうかしてるわ。あの事件はどうなったのかしら」アナベルは陽気に付け加えた。「ルークさんに訊《き》けばよかったわ。あの人は殺人事件の担当だもの」

タクシーの中に沈黙が流れた。

「どうして知ってるの?」ようやく口をひらいたポリーの声はかすれていた。彼女は咳払《せきばら》いしてから言葉を継いだ。「わたしにはそんなことを言わなかったわ」

「そりゃそうでしょうよ」アナベルは誇らしげに言った。「警察の人は何も教えてくれないもの。田舎にいる顔見知りの警官でさえ、そりゃ口が堅いのよ。あたしはたまたま、ジェニーがあの人の義理のお母さんと知り合いだったから知ってるの。プルーが殺人事件担当の偉い人と結婚したと聞かされたそうよ。こういう話って記憶に残るものでしょう?」

アナベルは自分の言葉をポリーがすっかり呑《の》み込むまで待った。

「あたしはあの人がおばさんに会いにきたことなんて、気にしてないわ」アナベルは遠慮がちに言った。「あの人なら信頼できそうだもの」

「わたしは何も気にしてないわ」ポリーの口調は大げさすぎるほどだった。「さあ、着いたわ。その角のところなの。あの警視さんのことは好きよ。親切そうな人だし……でも、ドミニク夫人の前で彼のことを話しちゃだめよ」

二世代にわたるロンドンの美食家たちから寵愛《ちょうあい》を受けているグロットは、あまり広くなく、見た目もそれほど洗練されてはいなかった。しかし少々古びてはいたものの決してみすぼらしくはなく、昔ながらの家庭の食堂のように、温かくこじんまりとした雰囲気だった。

細長い室内の明かりはテーブルランプだけで、天井は低く、床には分厚い絨毯《じゅうたん》が敷かれていた。客たちは壁際に配された布張りの椅子《いす》に座って食事をしており、小さなテーブルには質素な白いテーブルクロスが掛けられていた。厨房《ちゅうぼう》は部屋の奥にあるようだった。

突き当たりの壁の真ん中辺りに奥へと通じる戸口があり、その手前に背が高く格子のはめられた小さな会計机があった。シビル・ドミニクは、いつものようにそこに座って目を光らせ、店の秩序と、そして主としての威厳を保っていた。

シビルは痩《や》せた小柄な女性だった。肌は褐色で、口のまわりにうっすらとうぶ毛が生えていた。聡明そうな瞳《ひとみ》の持ち主で、漆黒の髪を短く刈り込み、前髪を額に垂らしている。ダイヤモンドの指輪をはめた小さな手は七十歳近い年齢を物語っていたものの、ポリーの服装と同じく地味だが品のいいドレスを着ていた。

二人が入っていくと、シビルは顔を上げて他人行儀に会釈し、ふたたび帳簿に目を落とした。給仕長が足早に二人へ近づいてきた。

予想に反したそっけない歓迎ぶりに、アナベルは拍子抜けした。だが徐々にこの店のしきたりが呑《の》み込めてくると、その後の応対振りに彼女は感激した。まるで優れた理容師に髪を任せるように、シェフに胃袋を任せるようなものだった。どちらも事前に入念な話し合いが厳かに行なわれ、儀式めいており、そして慣習を重んじていた。

お互いのことを知り尽くした間柄だろうと関係なかった。料理は手の込んだものではなかったが、まるで嫁入り道具を選ぶかのように慎重に決められた。そして食前酒が出されてからやっと、ポリーは悲しげな目をした背の高い給仕長に姪《めい》を紹介した。彼はシビルの息子で、子どもの頃にポリーを訪ねたことのあるピーター・ドミニクだった。

ピーターは司祭長のような厳粛な態度を脱ぎ捨て、にこやかにポリーと握手を交わした。どことなくおどおどした様子で、ポリーを思いやって、おじのフレディの話には触れまいとしているようだった。

「母さんとも話をしていってくださいね、ポリー」ピーターは熱心に言った。「孤独な人なんですよ。誰かに会っても浮かない様子で、毎日がひどく退屈そうなんです。お客さんたちはみんな子どもみたいな年齢ですからね。母さんと同じくらいの歳で、親しく付き合えるような人たちは、もう店には足を運べませんから。食後のコーヒーは、事務所で母さんと一緒に飲んだらどうです？」

「ええ、そうね、ピーター。そうするわ。でも先に電話をかけなければならないの」

「食事のあとでもいいでしょう？」ピーターが驚いた顔で不服そうに言った。友人だからこそ率直に話せるのだとアナベルは思った。「ほら、スープができあがりましたよ。電話なら、事務所で母さんと一緒にいるときにかけられますから」

ポリーはバッグの中の小さな琺瑯《ほうろう》の懐中時計を見た。

「電話の相手はマットなの。歳が歳だから、早くしないと床についてしまうのよ。この子はどうしようかしら？　一人にしていってもいい？」

「もちろんですとも」ピーターは悲しげな目をして微笑んだ。「恥ずかしがり屋なんですね？　彼女さえよければ、フロリアンを呼びましょうか？」

「まあ、あの子がここに？」束の間、ポリーは憂鬱《ゆううつ》を忘れ、本来の陽気な彼女に戻った。

「まずエクスの厨房《ちゅうぼう》で修行させることになってるんでしょう？」

「ええ、あと二、三週間もしたらね。でもいまは階下《した》にいます。ひどく怖気《おじけ》づいてるんですよ。あいつにも会ってやってください」

「もちろんよ」ポリーは笑顔でうなずき、ピーターが歩き去るとコンソメに口をつけた。

ポリーは熱いスープをいっきに平らげた。味わっている様子はまったくなかった。

「一人でここにいても平気ね？」とポリーは言った。アナベルの顔を覗《のぞ》き込む真っ青な瞳《ひとみ》は不安げだった。「シビルと話したいことがあるの。わたしの女友だちの中ではいちばん年上で、頭もいいのよ。頭をしゃんとさせておくには、仕事を持つに限るわ。わたしみたいに一人暮らしをすることになったら、ありとあらゆる些細《ささい》なことで思い悩むはめになるでしょうね——しまいには自分の影にすら驚かされる始末よ」

アナベルは訳知り顔で目を見ひらいた。「そうでしょうね。この国じゃ、そういうことがしょっちゅう起きてるもの。みんな喧嘩《けんか》しては仲直りの繰り返し。ろくにお互いのことをわかり合おうともしないでね。でも、ポリーおばさんにはそんな悩みなんてないでしょう？おばさんのまわりでは、そんなことないでしょう？」

ポリーは身震いした。「さあ、黙って海老をお食べなさい。わたしはこの通い慣れた部屋で物思いにふけるとするわ。あなたのおじさんとわたしは、いつもこのテーブルに座っていたのよ。それでいままでもここに案内してくれるの。ドミニク家の人たちはみんな親切なのよ」

「フロリアンというのはお孫さん？」

「ええ。彼と仲よくしてね。みんな彼を誇りに思ってるの。チチェスターを出たばかりなのよ、いい成績でね」

「出たって、学校を?」

「そうよ。ちょっと鼻持ちならないところはあるけど。あまりにも裕福だと、つい子どもを甘やかしすぎてしまうものだわ」

「エクスの厨房《ちゅうぼう》で働かせることが?」

「いいえ。それは彼が望んだことなの。一家の伝統でもあるし。とにかく、心配いらないわ。いつもどおりにしていれば大丈夫よ」

アナベルは無言だった。映画を見たあと彼女の気分は高揚していた。が、これまでの上々のなりゆきも一変してしまった。ポリーはもはやアナベルのことなど頭にないようだった。差し当たり、料理は素晴らしく、ピーターが取り仕切るサービスも芸術の域に達していた。アナベルにとっては何もかもが目新しく、まるで神秘の世界を覗き見るような思いだった。

ポリーはデザートを注文しないことにし、アナベルのアイスクリームが運ばれてくると立ち上がった。

「じゃあ、ちょっと行ってくるわね」とポリーは言った。「彼女に目配せしておいたの。帰る前にあなたも呼ぶわ。シビルがきっとあなたに会いたがるでしょうから。彼女はフレディのことが大好きだったの」

ポリーは足早に会計机へ向かった。アナベルはほんの少し取り残された気分で、彼女の後ろ姿を目で追った。ドミニク夫人は高い椅子《いす》からそろそろと下りようとしていた。その時、すぐそばで遠慮がちな咳払《せきばら》いが聞こえた。顔を上げると、いかにもパブリックスクールの監督生然とした若者が立っていた。

アナベルは大柄で真面目そうな若者をしげしげと見つめた。彼はいたって落ち着き払っており、アナベルは自分もまた値踏みされていることにやや不安を覚えた。二人はまるで砂漠の真ん中で出会ったかのように、まるまる一分間ほど見つめ合ってから、ほっとしたように握手を交わした。

「きみが姪《めい》ごさんだね」

「あなたがお孫さんね」

「ああ、それなら」若者は笑みを浮かべ、ぱっと顔を輝かせた。アナベルは彼に合格点をつけた。「問題はないね？　座ってもかまわないだろう？」

一方、会計机の後ろにある、トロフィーや写真が飾られた、緑色の壁のこじんまりとした事務所では、シビル・ドミニクが爪先立《つまさきだ》ちをして猫のように伸びをし、旧友の顔を両手で挟み込んだ。

「まあ、ポリー、元気だった？　会えて嬉《うれ》しいわ。ねえ、ひどい顔をしてるじゃないの。

いったいどうしたの？　何かあった？　さあ、座って何もかも話してちょうだい」

かつては鈴の音のようだったシビルの声は、年を取ってかすれてしまっていた。しかし上品で気取りのない物腰は若い頃のままだった。彼女は昔から誠実な人間で、その知性は少しも衰えていなかった。

上質な黒い衣服に身を包んだ年配の二人の女性は、壁際に配された小さな長椅子に並んで腰を下ろした。給仕係がコーヒーとカップを運んでくると、会話はいっとき中断された。

「ずっとあなたたちを見ていたのよ」シビルは言った。「きれいなお嬢さんね。でも、本当に二十四歳なの？」

「十八歳よ。妹のほうなの」

「あら、それじゃだめじゃない。ポリー、いったいどうするつもり？　十八ですって？　まだ子どもじゃないの。彼とは会わせてないんでしょうね？」

「ええ、正式にはね。とてもいい子なのよ、シビル。分別もあるし」

「だけど、若すぎるわ」シビルはきっぱりと言い、話題を転じた。「ジェリーには会った？」

「今朝、ほんの一、二分会ったわ。ロンドンを通りかかったそうよ」

「いつもどおりだった？」

「ええ、そう思うわ。どうしてそんなことを訊《き》くの？」

シビルはカップにコーヒーを注ぐと、友人の膝《ひざ》に手を置いた。

「どうしても彼を結婚させたいの？　口出しするつもりはないけど、この間あなたの話を聞いて以来、ずっとそれを考えていたの。あなたは彼のことが好きだし、フレディもそうだった。それに彼は魅力的だし、あなたたちのことを慕っているわ。でも、義理の弟の家族であるその女の子のことは、何も知らないじゃない。わたしならいちばん愛している人のために遺言書を書いて、あとのことは放っておくわ。それがわたしからの助言よ」

「そうね」ポリーの耳には入っていないようだった。コーヒーをひと息に飲み干し、音を立ててコップを置いた。

シビルが訝《いぶか》るようにポリーを見つめた。「ほかにも何かあるの？　まだわたしに話していないことがあるのね？」

「いいえ」嘘《うそ》であることは明らかだった。シビルは椅子《いす》の背にもたれ、両手を組んだ。

「もう、しようがないわね」とシビル。「何も話してくれないんじゃ、助言も何も言えやしない。いいのよ、わかったわ。ところで、この間誰に会ったと思う？　まあ、誰というほどでもないんだけど、先日、マット・フィリプソンが依頼人と一緒にここへ来たのよ」

「そうだわ」ポリーが口を挟んだ。「彼に電話しなくちゃならないの。ベッドに入ってしまう前に捕まえないと」

「まだ時間はたっぷりあるわ。最近は十一時半頃までクラブに入り浸ってるみたいよ。わたしたちと同じで早寝ができないのね。でも、彼のことは信頼してるわ。いい人だもの。あなたもわたしも彼には感謝してもし切れないわね。もう何年もわたしたちの面倒を見てくれているんだもの！　親切で、思慮深い人だわ。何か馬鹿《ばか》なことをしたくなったら、マットを怒鳴りつければいいのよ」

「シビル」ポリーは彼女に向き直った。「シビル、覚えてる？　ずいぶん前のことだけど。ジェリーとわたしと手袋のこと」

シビルはじっとポリーを見つめた。きらきら光る黒い瞳《ひとみ》に察するような表情が浮かび、口元は微笑んでいた。

「ああ、そうだったの、ポリー。彼がまた癇癪《かんしゃく》を起こしたのね？　まあ、男の人はそういうものよ。フレディは特別に心の優しい人だったし、あなたには息子がいないからわからないでしょうけど、男の人が癇癪を起こすのは珍しいことじゃないわ」

「そうよね」ポリーは安心したようだった。時にはいまも美しく見える、落ち着きのあるその顔から、不安が消えていた。「やっぱり、ジェリーはちょっと怒っていただけよね？　わたしがあげた手袋を失くしたから、いらいらしてたのよね。それだけのことでしょう？　ほかに理由なんてないわよね？」

シビル・ドミニクは、小さく呻くような笑い声を漏らした。

「原因がなんであれ、あれには参ったわね。二度とあの子の顔を見たくないと思ったほどよ。ほんと、癇癪持ちは嫌だわ！　なんでもないことに猿みたいにわめき立てたりして。わたしたちはちょっとからかっただけだったでしょう？　確かあそこのテーブルに座っていたわね。かなり遅い時間だったわ。彼があなたを映画に連れていった帰りで、客はあなたたち二人だけだった。わたしも同席させてもらったのよね」シビルは言葉を切り、目を見ひらいた。「もうずいぶん前のことのようだわ。あの翌日、花束に短い手紙が添えられて彼から送られてきたの。それで彼のことを許そうと決めたのよ。だけど本当にびっくりしたわ。あまりにも思いがけないことだったから。彼はいつも愛想がよかったのに。あなたが『ニューズ・オブ・ザ・ワールド』の切り抜きを取り出したときだったわ、彼が逆上したのは」

「覚えてないわ」ポリーは頑なに言い張った。「そうだったかしら」

「あなたのほうが若いのに、記憶力はわたしのほうが上ね」

小柄な女性は愉快そうに言って、長椅子《ながいす》の背にもたれかかった。

「あなたが突然、新聞から切り抜いたあの恐ろしい写真を取り出したのよ。手首のところに染みがついた手袋が片方だけ写ってたわ。あなたはそれを彼に見せて、『わたしがあげた手袋に似てると思わない？』と言ったわ。そしたらまるで嚙《か》みつかれでもしたかのように、彼があなたに食ってかかったのよ」シビルはポリーに腕を回し、彼女を抱き締めた。「あまり賢明とは言えないやり方だったわね」シビルは笑いながら続けた。「あれは殺人犯が落としていったものだったのよ」

「まさか、シビル。違うわ！」ポリーは無意識のうちに切実な叫び声を上げた。シビルはカップを置くと体の向きを変え、ポリーの顔を覗《のぞ》き込んだ。

「ポリー」

「何？」

「ねえ、いったいどうしたの？　何があったの？　さあ、話しておしまいなさい」

「なんでもないわ、シビル」ポリーは懸命の努力を払って、シビルの問いたげな瞳《ひとみ》を見つめた。「本当になんでもないのよ。ただ、私立探偵らしい妙な男が訪ねてきて、紳士用の手袋を贈り物として買ったことはないかって、わたしに遠回しに訊《き》いてきただけなの……」

「その人に何か話したの？」

「いいえ」

「けっこう」シビルはふたたび、冷静で機転の利く女性経営者の顔に戻った。「私立探偵ね。どうせ離婚の調査か何かでしょ。そんなことに巻き込まれる必要はないわ。もう、ジェリーはしようがない人ね！　確かに魅力的ではあるけど、女は執念深いのよ。さ、もう気にするのはよして。くよくよしたって仕方がないわ」

ポリーは長椅子《ながいす》の端に背をまっすぐに伸ばして座っていた。その姿は後ろ脚で立つプードルを思わせた。

「心配することはないわ。これでよかったのよ。あのお嬢さんは若すぎるけど、また別の人を探せばいいじゃない。それにもう一、二年経てば、彼女だっておとなになるだろうし。女は男より早く歳を取るのよ」

「離婚の調査だとは思えないわ」とポリーは言い、口を閉じた。

シビルはポリーの口元を見つめた。「もう」とだけ彼女は言い、黙り込んだ。

「ポリー」しばらくして、長々と息を吸ってから、シビルが口をひらいた。「これはただの推測にすぎないんだけど。公平に考えてのことよ。つまり、夢にも考えられないでしょうけど……」

「何を言いたいの?」

シビルはためらい、すぐには答えずに冷めたコーヒーをカップに注いだ。

「実の子でも養子でも継子でも、子どもを愛する親にはルールなんて目に入らないものよ」

シビルはもったいぶったように話しはじめた。「わたしだってよくわかってるわ。仕方のないことよ。愛情というのはそういうものなの。それが人生というものよ。でもね、知らなければならないこともあるの。親は用心深くなくちゃいけないのよ。子どものためにも、自分自身のためにもね」

「いったいどういうこと?」ポリーは青い瞳《ひとみ》に訝《いぶか》しげな表情を浮かべた。シビルは彼女の肩に手を回した。

「いいこと、わたしたちがあの子と知り合って十年以上経つけど、彼のことをよく知っていると言える? 彼が自分で話してくれたこと以外、何も知らないじゃない。いいえ、待って……」ポリーが何も言わないのに、シビルは空いているほうの手を押しとどめるように上げた。「あなたのその辛そうな顔を黙って見ていられないのよ。ねえ、わたしが彼のことを探ってみましょうか? 慎重にやるわ、誰にも気づかれないように」

「仕事仲間を通じて?」

「いいえ、もっと簡単よ。カリングフォード警視がピートに会いによく店へ来るの。とても感じのいい人よ。彼は署内に知人が大勢いるから……」

「だめよ」ポリーの顔は青ざめ、瞳は暗く陰っていた。「だめよ、シビル。約束して。絶対に話したりしないで」

シビルは小さな顔に心から気遣うような表情を浮かべてポリーを見つめた。

「わかったわ」とシビルは言った。「わかったわ、ポリー。さあ、マットに電話をかけるんだったわね。あの人は真の友人よ。彼なら信頼できるわ。電話はあそこよ。わたしは机に戻るわね」

シビルは威厳のある足取りで部屋を出ていった。ちょうど通りかかった恰幅《かっぷく》のいいソムリエが、彼女が高い椅子《いす》に座るのに手を貸してやった。

事務室に一人になると、ポリーは受話器を取り上げ、ハムステッドの番号にかけた。一、二分してから相手の声が聞こえ、ポリーの表情は和らいだ。

「もしもし、ハーパーさん。フィリプソンさんはいらっしゃいますか？　もしもし……？どうかなさったんですか……？　ハーパーさん、どうしたんです？　タッシーです……彼は……え？　どこですって？　どこに……？　今夜事務所で……撃たれた？　まあ、そんな。まさか！」

「ポリー、静かに。お客さんに聞こえるよ」ピーター・ドミニクが慌てふためいて事務室のドアを素早く閉めた。そしてポリーに駆け寄り、電話が切れる前に彼女の手から受話器を受け取った。

15　警官たち

血痕《けっこん》のついたバスの床板は、鑑識で調べるために引き剝《は》がされていた。若い私服警官はその割れ目を慎重にまたぐと、前の席に座らせた二体の人形に歩み寄り、少し位置をずらした。暗闇《くらやみ》の中、チャーリー・ルークの隣に立っていたキャンピオンは、一連の手順を眺めながら、これほど不気味な光景は目にしたことがないと考えていた。しかしながらその恐怖も、まだほんの序の口にすぎなかった。

東の空は曇っていたが、月はなおも煌々《こうこう》と輝いていた。この屑鉄置場《くずてつおきば》の外れは、あらゆる種類の車の墓場で、その手前には、ドラム缶を撤去してできた空き地があった。不気味な暗闇と月明かりが、際立ったコントラストをなしていた。

そうした情景の真ん中で、みすぼらしい小さなバスがエンジン音を立てていた。耳障りではあったが、いたって普通のエンジン音だった。車内に灯った一つきりの明かりが、黒と銀色の世界にぼんやりと黄色っぽい光を投げかけていた。

房飾りのついたカーテンの隙間《すきま》から見える二体の人形は、衣服が繕い直されており、思った以上に本物の人間らしかった。そうした人形が盛んに作られていた頃に、手間ひま惜しまずに作られたもので、いまやすっかり痛んではいたものの、本当に生きているように見えた。

私服警官がバスから降りてくると、ポケットの中で硬貨をいじっていたルークがため息を漏らした。キャンピオンには彼の鋭い顔立ちと、明るい夜空にシルエットを浮き上がらせている短く刈り込まれた巻き毛が見えた。ルークは自分の勘を裏づけるために一か八かの賭《か》けに出ており、それが彼にとってどんなに危険かは本人がいちばんよく承知していた。

もしもあの納屋がなんの変哲もない作業場にすぎず、人形もバスとは無関係だとわかれば、容易には答え難い質問が、ルークだけでなく彼の上司――ゴフス・プレイスの謎《なぞ》についてはすでに意見を表明している――にも突きつけられることになるのは目に見えていた。

「よし」痩《や》せた私服警官の姿がバスの後ろの闇《やみ》に消えると、ルークは言った。「目撃者を連れてきてくれ、巡査部長」

「わかりました。すぐに連れてきます。車の外にいますから」

左手の闇から聞こえてきた声は力強かったが、心なしか震えていた。近くのカナル・ロード署の巡査部長で、荷役人夫たちがパブで交わしていた会話をたどり、バスを発見したのは彼の同僚だった。この一件で彼の署はにわかに忙しくなった。ゴフス・プレイスの事件の捜査本部が設けられているウエスト・エンドのテーラー・ストリート署が、目撃者を連れてくることができないのではと気を揉《も》ませられたものの、結局二人の目撃者——そのうちの一人は、あの夜のことをはっきりと覚えている給仕係だった——の居場所が突き止められた。そしていままさに、すべての労力が無駄に終わるかどうかを決する実験がはじまろうとしていた。

「ダンを待つべきだったな」ルークのひそひそ声は、キャンピオンの耳には蜂《はち》の大群の羽音のように聞こえた。「彼に会ったことがあるか？　テーラー・ストリート署の警部なんだ。きっと彼のことが気に入るだろう。一見ぼんやりしたおかしな男なんだが、付き合ってみるとそれが誤解だとわかる——まあ、きみに似てなくもないな」いったん言葉を切り、「おい、気を悪くするなよ」

キャンピオンは闇の中で微笑んだ。

「本来なら、これは彼の仕事だな」

「そのとおりだ。ゴフス・プレイスは彼の管轄だからな。まあ、彼だってやるべきことはやってる。つまり、心配してるのさ」ルークは小声で——しかしながら十分憎々しげに——笑った。「彼もじきに来るだろう。だがあそこでは別の殺人事件があってね。きょうの午後、ミントン・テラスで敏腕弁護士が殺されたんだ。電話したとき、彼はその件でおおわらわだった」ルークは咳払《せきばら》いし、いくらか穏やかな調子で続けた。「だがおれは、さっさとこの実験を済ませたほうがいいと思ってね。ヨウの親父さんがここまで出向く気になる前にね」

背後の曲がりくねった小道から話し声が聞こえてくると、ルークはそちらへさっと顔を向けた。

「いよいよ目撃者のお出ましだ」とルークはつぶやいた。「静かにしてろよ」一瞬、静寂が訪れ、彼方の街の喧騒《けんそう》が聞こえた。次いで一メートルほど後ろから、ロンドン訛《なまり》の強い取り澄ました声が響いた。

「ああ、そうです」誰も何も応えず、男は繰り返した。「そうです、あの二人です。バスも間違いありません。見てすぐにわかりましたよ」男は前に進み出て足を止めた。そして、この状況では寒気を催させるような言葉を口にした。「あの老婦人は、いまは目を覚ましてますね。この前ゴフス・プレイスで見たときには、ぐっすり眠り込んでましたが」

「ちょっとお待ちください」タイミングよく、巡査部長がきびきびとした声で言った。誰かが甲高い忍び笑いを漏らし、キャンピオンにはその気持ちがよくわかった。そして笑ったのが自分でなければいいがと思った。バスのそばで小声で指示が出され、若い私服警官がふたたびバスに乗り込んだ。窓際に座っている人形の頭をほんの少しずらすと、両目が影に隠された。

それを見ていた者たちの大半は奇妙にも安堵《あんど》を覚えたが、目撃者の反応はまったく異なった、激しいものだった。男は先ほどまでの気取った口調とはかけ離れた声で、汚らしい悪態をついた。

「まったく気づかなかったよ」ややあって、男は言った。その口調は、オールド・ベイリー（ロンドンの中央刑事裁判所の通称）で証言しているかのような悔恨の響きを帯びていた。「いやあ、参った、参った。まさか人形とはね！　ちくしょう、こんなこと信じられるかね？」長い沈黙の後、男はだしぬけに言った。「いったいどういうことなんだ……？」

男の頭にどんな考えが浮かんだかは聞くまでもなかった。

「ちょっといいかね」ルークが慌てて口を挟んだ。「この実験に関して何か気づいたとしても、いまは何も言わないでもらいたい。問題は一度に一つずつ片づけていくとしよう。差し当たってわれわれが知りたいのは、あの日ゴフス・プレイスできみが見たのはこのバスかどうかということだ。巡査部長、ここはきみに任せていいかな？」

ルークはキャンピオンを誘《いざな》い、納屋へと通じる月明かりに照らされた小道へそそくさと向かった。

「あの人形をほかにどこで見たかは、じきに思い出すだろうさ」ルークはいつもの陰気な声で囁《ささや》いた。「われわれが口を出したりすれば、信憑性《しんぴょうせい》が薄れるからな。グリーン園のご婦人はあの人形は捨てたと言ってたが、明日の朝には詳しい話が聞けるだろう。おそらく清掃業者に金を払って引き取ってもらったんだろうがね」

「あれは彼女の人形だと思うかい？」

「ああ」ルークの顔を月光がかすめ、一瞬、盛り上がった眉《まゆ》が照らし出された。「そうだと思う。なんせ、あの人形は特種だからな。人目を引くし、あんな人形が二つそろってるのはそうざらにない」ちょっとためらってから、「彼女は嘘《うそ》をついてるようには見えなかっただろう？　何も知らないにちがいない」

キャンピオンは何も言わなかった。折よくカナル・ロード署の警部補が現れたためだった。キンダーという小柄で落ち着きのない男で、懐中電灯の光を弾ませながら、濃淡のある暗闇《くらやみ》の中を小走りで近づいてきた。

「最初の一人でどんぴしゃだったよ、警部補」とルークが言い、ほっとしたような唸《うな》り声が聞こえた。

「間違いないんですね？」

「ああ、目撃者はずいぶん自信たっぷりだったよ」ルークも安心したように言った。「まず間違いないだろう。もう一人の目撃者を待ってる間に、納屋を調べようと思ってね。いまから行くところだ」

「わかりました」キンダーも差し出口をするほどの青二才ではなかった。代わりに自分の用件を切り出した。「ウォーターフィールドのことですが、警視。あと一つだけ不可解な点があるほかは、事情聴取はほぼ終わりました。住所もチェックしましたし、身元の保証も問題ありません。彼はあの納屋の持ち主と一日じゅう一緒にいたそうです。まあ、親しくもない相手の家に勝手に入り込むようなタイプではありませんね。ホーカーだかチャド‐ホーダーだかいう男が現れるまで、彼を引き止めておくべきでしょうか？」

「きみはそう思わないんだな？」ルークは物憂げに笑った。「不可解な点というのはなんだね？」

「たいしたことではないんですが。彼はまだ何か隠しているような気がするんです。彼の話では、きょうの午前十一時頃、エッジ・ストリートの理髪店で初めてホーカーと会ったそうです。でも、なぜそこにいたのかがはっきりしません。彼の行きつけの店ではありませんからね。彼は単に、ホーカーに興味を引かれたとだけ言っています。ですがその理由も、仕事へ行かずにずっとホーカーと一緒にいた理由も話さないんです」ひと呼吸置き、「どんな理由があるのか、さっぱり見当がつきません」キンダーは取り澄まして付け加えた。「彼はそこそこ裕福な家庭で育った真面目な青年です。わたしの印象では、彼を帰してもよさそうですね。ホーカーは悪党で、五時半から六時までのアリバイに利用されたのだと思ったという点に、嘘《うそ》はないようです。そのアリバイは結局不首尾に終わりましたが。たぶんウォーターフィールドは探偵気取りだったんでしょう」

暗がりにルークの歯が光った。

「おれもそう思う」と彼は明るく言った。「よし。きみの思うとおりにしたまえ。彼のことは任せるよ。ただし、いつでも必要なときに引っ張ってこられるよう、見張りをつけておいてくれ。人手は足りてるか？」

「大丈夫です」

「けっこう」暗くて見えはしなかったが、ルークが肩をすくめたのは間違いなかった。「ところで、テーラー・ストリート署のダン警部を待ってるんだが、納屋へ来てくれるよう伝えてもらえるかな？」

「わかりました。わたしはこれから実験に立ち会うつもりなので、ほかの者に伝えさせましょう」キンダーはバスのほうへ歩き去り、ルークとキャンピオンは納屋へと向かった。

「あいつの言うとおりだよ、まったく」しばらくして、ルークが口をひらいた。「なんとなくそうしたほうがいいと思うからといって、読み書きのできる家庭の坊やを拘束したりすれば、下院議員に投書されちまう。とてもそんなまねはできんさ。おれにはなんの権限もないしな」ルークは唸《うな》り声を上げた。「だが言っておくが、あれほど目撃者が断言したからには、あの納屋を徹底的に調べてやる。たとえおれの首が危うくなろうとね。いま頃あそこにいる連中が、宿題に励んでるところだろう」

二人は窪地《くぼち》に足を踏み入れた。キャンピオンの目の前に、また薄気味悪い光景が広がった。廃墟《はいきょ》同然の小さな建物群はがらくたに囲まれ、トタン屋根の天窓が月光の中に黄色っぽく浮かんでいる。納屋の裏口は開け放されたままになっていた。二人が入っていくと、奥の部屋へ通じる入口の暗闇《くらやみ》から、ルークの部下であるサム・メイという眼光の鋭い若者が現れた。

「興味深いものが一、二点見つかりました、警視。まだはっきりしたことは言えませんが、非常に興味深いですね。ちょっとこちらへ来てくれますか？　足元の大理石に気をつけてください」

ルークは足を止め、大理石の石板と、そのそばにある煉瓦《れんが》の入った二つの木箱を見下ろした。

「なんだ、これは？」ルークはキャンピオンに言った。「彼女の誕生日に贈る洒落《しゃれ》たコーヒー・テーブルの作りかけ、かね？」

「どうかな」角縁眼鏡の瘦《や》せた男は、細い靴の先で石板を小突いた。「どうやら固定されているらしい。それに砂で汚れている。よくわからないが、何かの実験をしたんじゃないかな」

「こっちでも実験が行なわれていたようですよ。それが何かは突き止めてみせますがね」メイ巡査は楽しげにつぶやいた。「こちらです、警視」

二人は防水布のカーテンの奥にある、人形が発見された、ところどころ屋根のない小部屋へ導かれた。そこではカナル・ロード署の年配の巡査が彼らを待っていた。彼は台座つきの強力な懐中電灯を手にしており、磨り減った煉瓦《れんが》敷きの床にはめられた、頑丈そうな井戸の蓋《ふた》を照らしていた。ひどく憔悴《しょうすい》した様子で、目のまわりが青白かった。

「こんばんは、警視」ルークの姿を見て、彼は言った。「蓋は閉めました。あまり気持ちのいいものではないので」

ルークは井戸に近づこうとしなかった。床へ向けられた明かりの中で、痩《や》せた彼の影が不気味に大写しになっていた。

「井戸の中はどうなってる?」

「よく見えませんでした。見た目は原油のようでしたね。深さはわかりません。泥か何かのようです」

「うむ。ほかに見つかったものは?」

「決め手になるようなものはありませんが。この壁のすぐ外に硫酸の空瓶が四つ、納屋の中で亜鉛メッキされたタンクが二つ、それに作業台の下で手押しの消火ポンプの残骸《ざんがい》らしきものが見つかりました」

「きみはヘーグ(英国の殺人犯で、死体の処分に硫酸を用いた)の事件を思い出したんだろう?」

老巡査は強張った顔でルークを見つめた。「そうだとしても当然じゃありませんか? バスとその乗客が見つかったのに、あの金貸しだけが見つからないんですから……」

「もっともだ」ルークは残忍そうな笑みを浮かべた。「だがな、彼が行方不明になってから、かなり時間が経ってる。法化学者の若造どもが週末にヘーグ事件のおさらいをしたところで、証拠になるようなものは何も見つからんだろう。この納屋の持ち主と硫酸のつながりを示す代物なんて、見つけてもらいたくなかったね」

「わかりました、警視」

「もちろん、われわれは化学者ではありませんが」楽観主義者のメイが小さな声で言った。「連中に商売道具を持たせて三十分も調べさせたら、何か見つかるかもしれませんよ」

納屋へ戻ると、ルークはキャンピオンに向き直った。

「化学者に関するヨウの意見を聞いたことがあるか?」彼は顔をしかめ、「化学者は武器のようなものだと言うんだ。被告側と検察側の化学者は互いに相殺し合う。病理学者と精神科医についても同じことが言えるそうだ。ほかに収穫はあったか、サミュエル?」

「まだあまりありません」後からついてきたメイ巡査が申し訳なさそうに言う。「ざっと調べただけですから。ですが一、二点面白いものが見つかりました。あの作業台の上にある小さな棚なんですが」

メイは油染みのある木製の小さな棚を指差した。

「時計職人が使うような棚ですね。中を見てもらえますか」

メイは引き出しを次々と開けた。その様子を見ていたキャンピオンは、背筋に悪寒が走った。埃《ほこり》だらけの二十センチ四方の引き出しには、それほど目を引く物は入っていなかった。しかし一つの引き出しにだけ、ほかの引き出しに入っているようなナットやホチキスの針、座金《ワッシャー》、ねじフック、それに鳩目《はとめ》といった物とは趣の異なる品物が入っていた。淡い色の未使用の安っぽい口紅や、ひとそろいの飾りボタン、ヘアピン、爪《つめ》やすりのついたピンセット、羽のエナメルが剝《は》げた蝶《ちょう》のブローチ、ビニール製の煙草入れ、メダルのついたキーホルダー、フリーメーソンの紋章が刻まれたポケットナイフ、そのほかにこまごまとした物が十点ほどあり、どれもありふれた物ばかりだった。だがその場にいた者たちには思い当たるふしがあった。それらは死体のポケットやハンドバッグに入っているような、警官にはどれも見慣れた証拠品ばかりだった。そうした哀れを誘う品々はいつも奇妙なほど似通っていた。警察が注意を向けるまでは、持ち主以外にはなんの意味もなさないような、ささやかな品物だった。

ルークは肩を落として棚を見下ろしていた。彼は動揺し、腹を立てているようだった。顔を上げると、そこには失望が浮かんでいた。

「非常に興味深い物だな。だがこれらが何を証明するというんだ?」ルークは吐き捨てるように言った。「何も証明しやしない」

「こんな物もありましたよ」サム・メイは猟犬のように揺るぎない自信に満ちた態度で、先ほどリチャードが目に留めたビニール製のハンドバッグを金属のトングで挟み上げ、ルークの前に置いた。ルークは首を振った。

「どこででも手に入るようなハンドバッグだ。同じような物がごまんと作られ、店で売られてる。それにこいつはかなり古い代物だ。ずいぶん手荒く扱われたようだが、内側が引き裂かれたのも相当前のことだろう。われわれがいま探しているのは……」ふいにルークは言葉を切った。

ロンドンのウエスト・エンドを管轄するテーラー・ストリート署のヘンリー・ダン警部が静かに室内に入ってきた。眼鏡越しに好奇の眼差しを向けたキャンピオンは、驚きと共にルークの言っていたことを理解した。ダンは色の白いひょうひょうとした男で、若いときには実際の年齢よりも老けて、そして歳を取ってからは若く見られるタイプだった。顎《あご》と額が出っ張ったしゃくれた顔で、太くまばらな睫毛《まつげ》から覗《のぞ》く瞳《ひとみ》には、はにかんだような笑みが浮かんでいた。不屈の努力で得た華々しい功績の持ち主で、怖いもの知らずとして有名だった。ダンはこの目下の事件に関しては上役に当たるルークを見つめ、かすかに微笑んだ。

「なかなか快適な場所だな、ちょっと換気が悪いがね」冗談を言う癖を大目に見てくれというように、ダンは茶目っ気たっぷりに言った。「すでに二人の証人が同一のバスだと認めたということだが」

「二人？」ルークは声を弾ませた。「どうやら祈りが通じたようだな。まず、われわれが見つけたものを見てもらうとしよう、ヘンリー。そしてきみが同意してくれたら、ウォリスに商売道具を持たせて実験室から引っ張ってこよう。ここをしらみつぶしに調べさせるんだ。その間にわれわれは、この納屋を借りている男に集中できる。そいつの隠れ家に見張りをつけてあるんだ。きっと何も知らずに帰ってくるだろう。われわれの手が伸びてるとは夢にも思ってないだろうからな」

ダンは納屋の中を見回した。「このがらくたの持ち主とあのバスに、いったいどんなつながりがあるんだ？」

「二つの人形さ。あれはここで見つかったんだ。おっと、忘れてたよ、ヘンリー。キャンピオンとは初対面だったな？」

ルークに紹介され、二人は握手を交わした。キャンピオンは自分が伝説的人物とみなされていることを知り、いささかうろたえた。

「もし化学者が決定的証拠を見つけられなかったら、どうするんだね、チャールズ？」知り合ったばかりの男の注意をそらそうとして、キャンピオンが慌てて尋ねた。

「その時はもうひと仕事しなきゃならんだろうな」ルークはかつての活力と辛辣《しんらつ》なユーモ

アを取り戻し、若い頃の彼に戻りつつあった。「われわれが目をつけている男と、きょう一日の大半を一緒に過ごしたという若者から、実に興味深い証言を得ているんだ。その若者は、今夜の五時二十五分から六時までの間に、アリバイを作るために利用されたと考えている。もし彼の言うとおりなら、件の男はその頃、きみの管轄区域で何かやらかしているはずだ、ヘンリー」

「わたしの?」

「ああ、おそらくな。足場として使ったのはテニエル・ホテルだ。そいつはそこに着いてからいったんホテルを抜け出し、十五分かそこらで戻ってくるつもりだったらしい。夜が明ける前に、該当しそうな事件のリストをもらえるか?」

ダンは口をひらきかけて、また閉じた。

「ちょうどその時間帯に、テニエル・ホテルから歩いて四分の場所で、殺人事件があった」しばらくしてダンは言った。「見たところ、つながりはなさそうだがね。ミントン・テラスの建物の地下にある事務所に、小型トラックの配達人がやって来て、ドアを開けた老弁護士を射殺して財布を奪うと、また階段を上って入口から出ていった。守衛はその銃声を耳にしていたんだが、配達人が抱えていた箱を大理石の床に落とした音だろうと思ったんだ。そいつは入ってきたときも玄関ホールで一度箱を落としていて、守衛は銃声みたいな妙な音だと思ったそうだ。わたしの部下がいま、現場で実験をしているところだ。いったいワインの木箱に何を入れたら、大理石の床にぶつかって銃声のような音を立てるんだろう？」

誰に訊《き》くともなく発せられた質問が、静まり返った納屋に虚ろに響いた。まるで宇宙人でも見るかのようにダンを見つめていた聞き手の二人は、土に埋め込まれた大理石の板と、煉《れん》瓦《が》の入った木箱へ同時に目を向けた。

16　さらば、愛しき人

カナル・ロード署のキンダー警部補は、頑固であると同時に行動が素早かった。ルークから了承を得ていたこともあり、これ以上リチャードを引き止めておくべきではないと判断を下し、迅速に問題を片づけた。その結果、リチャードをまた連れてくるようにという指示が出されたときには、無線を装備していない予備の警察車輌《しゃりょう》がチェルシーの下宿屋で彼を降ろしてから、すでに十五分以上経過していた。キンダーにとっては不運なことに、チェルシー地区の警官がリチャードの自宅に赴くと、彼はすでに出かけたあとだった。

それは単に、こういうことだった。車を降りたリチャードは、掛け金を鍵《かぎ》で開けて中に入り、ドアを閉めた。それを見届けて車が走り去ると、玄関マットの上でその音を聞いていたリチャードは、廊下の先の電話のある一画に向かった。狭い廊下は薄暗く、女主人がいる地階は静まり返っていた。電話はもう使えそうになかった。電話機の上の壁には、力強く女性らしい文字で書かれた注意書きが貼《は》られていた。

〈居住者専用電話は、夜十時以降使用できません。朝七時三十分から使用可。この電話への外からの電話はご遠慮願います〉

経験上、例外は認められないとわかっていた。リチャードはもう五分待って警察の車が十分遠ざかってから、そろそろと外へ出ると、通りを渡って角の電話ボックスまで行った。相手は電話に出なかったが、リチャードはさほど驚かなかった。アナベルはおばと映画を見たあと食事へ行くと、はっきり言っていた。リチャードはアナベルが帰ってきて、ベッドに入る前に彼女を捕まえるつもりだった。

リチャードは街の中心部へぶらぶら歩いていきながら、電話ボックスを見つけるたびに電話をかけた。

あるコーヒー・スタンドの店主から、成功を祈って小銭を手渡されたりしながら、リチャードは電話ボックスから電話ボックスへと渡り歩いた。しかし何度かけても呼び出し音が聞こえるだけで、そのたびに硬貨は戻ってきた。ひとけのない深夜の町をかなり長い間ぶらついていたものの、リチャードはいっこうに気にしなかった。電話でアナベルを説き伏せるのはまず無理だろうと思われたが、明日の朝早くにグリーン園でもう一度会えればうまく説得できる自信があったし、出勤時間にも間に合いそうだった。

警察にグリーン園のことを話さずにいるのはひと苦労だった。どうして家からも仕事場からも遠いヴィックの店を選んだのかとしつこく訊《き》かれ、説得力に欠けると自覚しながらも、頑なに嘘《うそ》をつきとおした。そのかいあって、いまのところアナベルを巻き込まずに済んでいた。

リチャードは彼の曾祖父《そうそふ》を彷彿《ほうふつ》とさせた。暴力に支配されたこの四十年の間、影を潜めていた騎士道精神が、彼の中で息を吹き返しつつあった。警察は何も教えてくれなかったため、リチャードはまだジェリーを、窃盗よりも深刻な犯罪とは結びつけていなかった。しかしそれでも十分に不愉快であり、絶対にアナベルをかかわらせてはならないと考えていた。そして彼女の親戚の友人であるジェリーが報いを受ける前に、アナベルを無事田舎へ帰らせるつもりだった。

ハイド・パークの端までやって来たときには、月は沈み、空は雲に覆われ、辺りには雨の気配が漂っていた。リチャードの記憶にまだはっきりと残っている、あの小さな愛らしい家の中では、電話のベルが繰り返し鳴り響いていた。薄暗い静まり返った室内で、家具たちが華やかなアナベルの帰りを待っている様子が、リチャードの目に浮かんだ。そしてまた、アナベルの傍らに立つ、年配のさほど魅力的ではないおぼろげな人影が、鍵《かぎ》を開け、ベルの鳴っている電話に急いで駆け寄る姿までが想像できた。

しかしながら、その想像は現実とはならなかった。リチャードはパーク・レーンにたどり着くと、そこで最初に見つけた電話ボックスに入った。しかし、かけ慣れた番号を回しても、聞こえてきたのは呼び出し音ではなく、回線が切れていることを示す甲高い金属音だった。リチャードが驚いてもう一度かけ直すと、しばらくして交換手が電話に出た。

人間味のないその声は、礼儀正しくはあったが頑なだった。つい先ほどまで何度も電話をかけたとリチャードが説明しても、まるで聞く耳を持たなかった。交換手は淡々と言った。この番号がつながらないのは、通話中でも受話器が外されているからでもなく、リチャードが最後に電話をかけたあとになんらかの問題が生じたためであり、その番号にはもう電話が通じない、と。

その不吉な知らせはリチャードの不安を掻《か》き立てた。彼は顔をしかめて電話ボックスの外に出た。目の前を走るハイド・パーク沿いの大きな通りは、マーブル・アーチ、エッジウェア・ロード、エッジ・ストリート、そしてバロー・ロードへと続いていた。リチャードはためらうことなく、確固とした足取りで舗道を歩きはじめた。

ちょうど同じ頃、ロンドン中心部の反対側、グロットの裏手に面した路地では、ドミニク夫人と息子のピーターが、通用口の階段で、ポリーに別れを告げていた。アナベルはすでに大通りに出ており、フロリアンと共に角で待っていた。二人の楽しげな笑い声が戸口にまで響いてきた。

シビル・ドミニクはポリーの袖《そで》をつかんだ。背の高いピーターと、母親らしい雰囲気を持つポリーに挟まれて立つシビルは、いつもより小さく見えた。

「あまり思い詰めたらだめよ。眠れないようだったら、薬か何か飲んだほうがいいわ」シビルは説き聞かせるように言った。彼女は友人を慰めようと必死だった。「マットの家政婦は詳しいことを知らなかったわ。警察は彼女に教えなかったようね」

ポリーはシビルを見下ろした。灰色の明かりに浮かんだ彼女の整った顔は引きつっていた。

「自殺か事故だったら、警察も話したでしょうね」

シビル・ドミニクは長々と苦しげに息を吐いた。

「ああ、ポリー」シビルは小声で言った。「ああ、ポリー」

「おやすみなさい」

二人は顔を近づけ、柔らかな頬《ほほ》を触れ合わせた。

「わたしは何も知らないの、シビル」ポリーは絞り出すように言った。「ねえ、信じてくれるでしょう？　動揺しているのは、可哀想なマットのことを思ってなの。これ以上何も……訊《き》かないでくれる？」

「ええ、もちろん訊きはしないわ」小さなかすれ声には哀れみがこもっていた。「ジェリーには……」

「ジェリーがどうかしたの?」ポリーの口調が恐怖を帯びた。だがあくまでも小さな声だった。

シビルはポリーの腕をつかむ手に力を込めた。

「あの子にだっていいところがあるから、あなたは愛情を注いだのよ。それが自然の法則だし、わたしたちはそれをよく覚えておくべきよ。明日の朝に電話するわ、ポリー。さあ早く、あの可愛らしいお嬢さんと一緒にお帰りなさい。いまにもフロリアンが彼女に求婚しかねないわ」

シビルは張り詰めた空気を和らげようと話しつづけた。ポリーは大きなハンドバッグを持った手でシビルを抱き締めた。

「あなたはいつも優しいのね。おやすみなさい、シビル」

アナベルとポリーは、リージェント・ストリートの外れから出る十五番線の最終バスに乗った。フロリアンはバス停まで付き添い、二人を乗せた赤いバスが見えなくなるまで見送った。ポリーはほかに乗客のいない二階の前部席へアナベルを促した。アナベルは途中で足を止めてフロリアンに手を振り、彼はこの上ない喜びに包まれて引き返していった。

アナベルは目を輝かせ、有頂天になっていた。彼女にとっては素晴らしい夜だった。やっと一人前になったような気分を味わえた上に、都会育ちの好感を持てる若者とも出会うことができた。アナベルは席に腰を下ろすや、食事の時以来初めて、ポリーに注意を向けた。一刻も早く彼女に礼を言い、今夜のことを話したかった。

「ポリーおばさん」アナベルは改まった声で言った。「今夜はあたしの人生の中で、いちばん素敵な夜だったわ」

ポリーは街灯に照らされた、カーブした通りを立ったまま見下ろしていた。アナベルの話はまるで別世界の出来事のようであり、ポリーにはなんの意味もなさなかった。頬《ほほ》を紅潮させた若々しい顔に沈んだ目を向けると、その手放しの喜びようにたまらず瞼《まぶた》を閉じた。

「まあ、おばさん、どうかしたの?」アナベルは失望を滲《にじ》ませながらも、気遣うように言った。ポリーは気持ちを奮い立たせた。

「ちょっと疲れただけよ。食事は楽しかった?」ポリーは揺れる座席に腰を下ろし、広がった黒いスカートの裾《すそ》を搔《か》き寄せた。そしてハンドバッグの上で両手を組むと、アナベルがつかまれるよう、肘《ひじ》を持ち上げた。「フロリアンはおとなになったようね。昔は鼻持ちならない子どもだったのよ」

「そうなの? 全然そんなふうには見えなかったわ。彼、いい人ね。とても細やかな神経の持ち主なの。でも、歳の割には幼い感じがしたわ」アナベルはため息混じりに言った。

「その点では、リチャードのほうが歳相応と言えるかしら」

「リチャード？」ポリーは安堵《あんど》と共にその名を思い出した。「赤毛で、ちょっとばかりタフな人ね？」

「あたし、タフだなんて言ったかしら？」アナベルが訝《いぶか》しげに言う。「確かにそうだけど、乱暴なわけじゃないわ。どちらかというと、礼儀正しいほうよ。おばさんもきっとそう思うでしょうね。でも、いま話したいのはそんなことじゃないの。フロリアンが今度、動物園に連れていってくれると言ったの。飼育係全員と顔見知りだそうよ。なんでも劇作家のロビンソン・タリアットに似た赤毛の豚がいるんですって。フロリアンの話じゃ、一見の価値はあるって……」

「アナベル、話したいことがあるの」ポリーは酷い仕打ちと知りつつ続けた。「帰りをバスにしたのはそのためなの。本当に申し訳ないけど、あなたは家に帰らなくちゃならないわ」

束の間、沈黙が落ちた。やがてアナベルが言った。「ええ、わかったわ」

彼女が納得していないのは明らかだった。その愛らしい顔に当惑の表情が浮かび、丸い瞳《ひとみ》にはすでに涙が浮かんでいた。ポリーはなす術もなくアナベルを見つめた。

「ごめんなさいね」ポリーはもう一度謝った。

「いいえ、ちっともかまわないわ……きっとあたしが若すぎるからね。それとも、何か気を悪くさせるようなことをした？」

「どちらでもないわ。ただ状況が変わっただけなの」

「そう」ふたたび長い沈黙が続いた。アナベルは背を伸ばすと、ポリーの腕をつかんでいた手を離し、体を強張らせた。「とっても楽しかったわ。またとない機会だったもの」ややあってから、言葉を継ぐ。「でも、あたしのほうから望んだことじゃないし。いつかまた――会いにきてもいいでしょう？」

「だめよ」ポリーは、自分へ向けられた困惑の眼差しにたじろいだ。苛立《いらだ》たしげに腕組みをし、「いいえ、それもだめ。これからそのことを話そうと思っていたのよ。あなたは明日の朝、家に帰るの。そして、今度の旅行のことは何もかも忘れるのよ。わたしがあなたのお母さんに手紙を書いたことも、あなたがわたしに会いにきたことも。手紙を持たせるから、お姉さんに渡してちょうだい。その手紙に返事は出さなくていいし、今後わたしに会おうともしないでちょうだい。あなたは不満でしょうけど、言うとおりにしてもらいたいの。承知してくれる？」

「もう二度と会えないの？」

「ええ。そんな言い方をしないで。いい子だから、言うことをきいてちょうだい。こうするのがいちばんいいのよ。あなたにもじきにわかるわ」

「だけど、あたしが何かしたかしら？」

「そうじゃないの。あなたは何もしてないわ。わたしの都合なの。あなたとはなんの関係もないわ。さあ、この話は家に帰るまで忘れてしまいましょう。夕食は楽しかった？」

「一緒に食事したんだもの、よくわかってるでしょう？　もう、子ども扱いしないで。いったいどうしたの？　何があったの？　あたしじゃ力になれない？」

「ええ。静かにするのよ」

「でも、おばさんの手紙にはそう書いてあったじゃない。だからあたしを招いてくれたんでしょう？　気が変わったの？」

「そうよ」

「また気が変わるかもしれないでしょう？」

「それはあり得ないわ」

「本気なの？」

ポリーは黙り込んだ。アナベルの問いかけに思いを巡らせているようだった。

アナベルはポリーの表情の変化を見逃さなかった。

「ねえ、考え直したほうがいいに決まってるわ」アナベルはふいに、子どもっぽい悲嘆の叫びを上げた。「もう二度と戻ってきちゃいけないの？　本気なの、ポリーおばさん。本気でそう思ってるの？」

ポリーは顔を背けた。心が引き裂かれそうだった。

「本気よ、アナベル」どうにか落ち着きを取り戻し、ポリーは言った。「本気なの。もうこの話はおしまい。家までのドライブを楽しみましょう。ロンドンの夜景はきれいなのよ」

「きっともう二度と見たくないと思うでしょうね」

「そんなことを言わないで」ポリーはうわの空で言い、ツイードの外套《がいとう》の膝《ひざ》に置かれたアナベルの手を叩《たた》いた。

アナベルは幼子のようにだだをこねた。怒りの涙が両目から溢《あふ》れ出し、感情を爆発させた。

「あたしがいなくなっても寂しくないの？　一緒にいれば楽しいでしょう？　いつもフレデリックおじさんのことを思い出せるじゃない。それに若い娘がいれば、おばさんも若い気持ちでいられるでしょう？」

「静かに」とポリー。「静かにおし。ほら、あれはセルフリッジ百貨店よ……」

二人はバロー・ロードの角でバスを降り、家までゆっくりと歩いた。ポリーの足取りは重く、心持ち背中を丸めていたが、アナベルをなだめるのに必死になっていたおかげで、気持ちはしっかりしていた。

「家の中に入ったら」とポリーは言った。「居間へ行ってガスストーブをつけてちょうだい。それからカーテンを閉めて、わたしを待っていて」

「おばさんはどうするの？」

「先に机でジェニファーへの手紙を書いてくるわ。そのあとでミルクを温めて持っていくから、それを飲みながら、あなたにやってもらいたいことを話すわね。あしたはうんと早起きしてもらいたいの。六時に起きられるかしら？」

「もちろんよ。その時間なら列車もあるでしょうけど……」

「けどはなしよ。言われたとおりにするの。今夜のうちにジェニファーへの手紙を渡しておくわ。あしたはできるだけ早く起きて、キッチンに下りてきてちょうだい。そうすれば家政婦さんが来る前に出発できるはずよ。ああ、それから、家に着くまで新聞は買わないでね」

アナベルはさっとポリーを見たが、何も訊《き》かなかった。

「わかったわね？」とポリーは言った。

門の脇《わき》にある古めかしい街灯の光の中でさえ、ポリーの家は可愛らしく華やいで見えた。彼女は玄関の鍵《かぎ》を開け、明かりをつけた。

「さあ、急いで」

「ミルクはあたしが温めてもいい？」

「好きにしていいわ。キッチンに必要なものはそろってるから。暗闇《くらやみ》の中を独りでキッチンへ行くのは怖い？」

「いいえ。ここはそんな家じゃないもの。誰もいないときだって、人で賑わってるような感じがするわ」アナベルの若々しい声は不安そうだったが、努めて気丈に振る舞っていた。

「ミルクを温めたらすぐ居間へ行くわ」

アナベルはキッチンへ続く数段の階段を下りていき、ポリーは玄関の右手にある小部屋に入った。室内は、電話が載せられた蛇腹式の蓋《ふた》のついた机で、ほぼ占領されていた。この家がヴィクトリア朝風の屋敷だった頃は客間として使われていたが、ポリーがホテルを経営していたとき以来、事務室として使われていた。ポリーは机の蓋を開けて腰を下ろし、便箋《びんせん》を一枚引き寄せた。紙の上に見慣れた文字が綴《つづ》られた。

親愛なるジェニー

この小切手をアナベルではなくあなたに送ります。これをどう使えばアナベルにとっていちばんためになるか、あなたにならわかるでしょう。何かの習い事に使ってもいいし、貯蓄国債に回してもいいでしょう。ですが何に使うにせよ、アナベルの希望も聞いてやってください。そもそもこの小切手は彼女のものなのですから。同封した小額のほうの小切手は、わたしからあなたへの結婚のお祝いです。両方とも一度に現金に換えて、銀行の支店長以外には誰にも話さないでください。アナベルが話すでしょうし、あなたもわかってくれると思いますが、この小切手はお別れの印です。あなたたちを他人のごたごたに巻き込むわけにはいきません。あなたたちが素敵な家族であることはよくわかっています。できるなら、これからもずっと親しい付き合いを続けたいのですが、それは無理というものです。小切手のお礼はいりません。手紙やなんかをわたしの家へ送るのもやめてください。もしも新聞記者があなたたちを訪ねてきたら――あり得そうもないことですが、念のため――わたしには一度も会ったことがないと答えなさい。そしてくれぐれも、アナベルを新聞記者に会わせないように。

二人へ愛をこめて
ポリー・タッシー

追伸
アナベルのことを頼みます。本当にきれいな子ですが、美というのは時と共に褪《あ》せてゆくものです。彼女には心ばかりの遺産も残すつもりです。これから大きな出費があると思うので、ほんの少しになるでしょうが。二人の幸せを祈っています。

ポリーは手紙を読み返してから、小切手帳を鞄《かばん》から取り出した。アナベルには千ポンド、ジェニファーには百ポンドの金額を書き込むと、念入りに点検し、カレンダーで日付を確認した。そして手紙と小切手を畳んで封筒に入れ、表に〈J・タッシーへ　手渡すこと〉と書いた。

ポケットに封筒を入れ、立ち上がって机の蓋《ふた》を閉めようとしたとき、アナベルがドアの外を通りすぎ、二階へ上がっていく足音が聞こえた。その時ポリーは、壁に取りつけられた、電話線が差し込まれている小さな箱に目を留めた。手前には椅子《いす》が置いてあるため、その箱に注意を向けたのはほんの偶然だった。椅子の位置がわずかながらずれており、それがポリーの注意を引いたのだ。彼女は前屈みになって手探りし、引き抜かれて箱の中へ押し込まれていたコードの端を手に取った。束の間、ポリーはぼんやりとそれを見つめた。と、くるりと踵《きびす》を返し、年齢からは想像もつかないような俊敏さで部屋を飛び出し、階段を駆け上がった。二階へたどり着くと、アナベルの笑い声が聞こえてきた。恥ずかしげではあるが、楽しそうな、無邪気な笑い声だった。

ポリーの唇から血の気が引いた。だがドアを開け、小さな明るい部屋で彼女を待っていた男と対面したときには、彼女の顔から驚きの表情は消えていた。

ジェリーはストーブの前の敷物の上に立っていた。肝を潰《つぶ》したような顔でアナベルを見つめており、その表情を見てアナベルが笑っていた。ジェリーの顔色は悪く、興奮しているようだった。しかしポリーを怯《おび》えさせたのは、彼がジャケットもベストも着ておらず、シャツの袖《そで》を腕まくりしていることだった。

ジェリーがゆっくりとポリーに顔を向けたちょうどその時、意を決したような鋭いブザーの音が二度、階下の玄関で響いた。

17　すぐ後ろに

テーラー・ストリート署の犯罪捜査課の小さな個室で、チャーリー・ルークは机の端に腰かけ、受話器を耳に当てていた。その姿はまるで黒猫のようだった。首を片側に傾げ、目には喜びの色が浮かんでいた。

電話の向こうにいるのは直属の上司であるヨウ主任警視だった。ヨウの声は相変わらずぶっきらぼうだったが、珍しく満足げで、相手の機嫌を取っているようにさえ聞こえた。

「化学者の一行はカナル・ロードへ向かっているところだ。仮の報告ではあのバスで間違いないということだから、オーツがあとで会議をひらくことになるだろう」ヨウは副総監の名を持ち出しつつ、暗に捜査の功労を称えてもいた。「くれぐれも連絡は絶やさないように。きみの花形目撃者はまだ見つからないのかね？　そいつを家へ帰らせるなんて、キンダーもどうかしてるな」

「ウォーターフィールドのことか？　ああ、まだ見つかってない。だが問題はないよ。すぐに見つかるさ。キンダーはよくやってくれてる。彼が取った調書は申し分ないよ」

「それならわたしも、コピーしたものを持ってる。ところで、チャーリー」

「なんだ?」ルークは聞き耳を立てた。ヨウが愛称で呼ぶのはよい兆候だった。

「あのきみの地図を見ていたんだが」ヨウは言葉が足りないながらも謝意を表していた。

「考えが変わったよ。実を言うと、地図を見ているうちに、あることを思い出したんだ」

「なんだい、それは?」ルークは声に喜びが滲《にじ》まないよう懸命にこらえた。

「ああ」にやにやと笑っているヨウの顔が見えるようだった。「ケントの車のセールスマンを覚えてるか?」

「ジョセフ・パウンド。チョークの竪坑《たてあな》で見つかった男だ。彼の財布をグリーン園で子どもが拾った」

「その男だ。ウォーターフィールドの調書を読んで閃《ひらめ》くものがあってね、未亡人の供述書を当たってみた」ヨウは自分の記憶力が誇らしそうだった。確かに特筆すべき記憶力ではあった。「彼女とその旦那《だんな》が事件の前夜、フォークストンで一緒に酒を飲んだ名士たちの中に、チャド - ホーナーという男がいたんだ」

「まさか!」ルークの歓喜の叫びは、紛れもなく心からのものだった。

「本当さ」ヨウは打ち解けた調子で言った。「いまわたしの目の前にその供述書がある。きみが頑として自説を曲げなかったおかげで、なかなか面白いことになってきたな。きみが追ってる男を見つけたという報告を待ってるよ。いいか、くれぐれも肝に銘じておいてもらいたいんだが、万一きみの考えているとおり、チャーチ・ロウの事件もかかわっているとしたら、相手は逃げるためなら人を撃ち殺すことも厭《いと》わない男だ。また同じことを繰り返すかもしれん。危険なまねは避けるよう、全員に徹底させるんだ。警察はいつだって人手不足なんだからな」

「わかった」ルークはゆっくりと言った。「あの事件が本当に関係があるかどうかはわからない。キャンピオンには何か考えがあるらしいんだが……」

「キャンピオンか」ヨウは後ろめたそうに言った。「きょうの午後、彼と話をしたよ。きみにも会うことになっていたはずだが。どうしたろう?」

「ああ、ずっと一緒だった」ルークの声に非難は微塵《みじん》も含まれていなかった。「だが、もうどこかへ行ってしまった。何かぶつぶつ言ってると思ったら、気がつくといなくなっていたんだ」

「いかにもアルバートらしいな」ヨウは愉快そうに言った。「じきに戻ってくるさ。気にすることはない。きっと何か思いついて、それを調べにいったんだろう。それじゃ、幸運を祈るよ。わたしはいままでも、きみが目星をつけてる事件を、すべて関連づけて考えるのは無理があると思ってる。どの事件にしろ、決定的な証拠が見つかってないんだからな。見込みのありそうな事件だけに絞って、あとは放っておくんだ。たとえばあの、南アフリカへ行ったとか行かなかったとかいう、ラティスとレジナルド・フィッシャー夫妻なんて、調べるだけ時間の無駄というものだ」

「たぶんそのとおりだろう。だがあの二人に関して、新しい発見があったんだ。姪《めい》っ子がおばにビニール製の白いハンドバッグを贈ったと証言したのを覚えてるか？」

「特徴のある代物かね？」

「いや、どこにでも売ってるようなやつだ」

「なら話にならんな。きみはあれこれ抱え込みすぎてるよ。ダンはミントン・テラス射殺事件にかかり切りになってるんだろう？　それが賢明だろうな。彼のほうは進展があったのかな？」

「いや、取り立てて何もない。だが幸先はいいよ。ダンはいま、チャド‐ホーダーの女友だちと一緒にいる。ミジェット・クラブの経営者で、エドナ・ケイターという女性だ」

「ああ、その店なら知ってる。そっちの署の近くだろう。彼女から何か聞き出せそうだな。だが確たる証拠がなければ意味はない。さて、そろそろ電話を切るよ。ほかの偽名の有無も確かめるよう、ダンに伝えてくれ。チャド‐ホーダー及びホーカーに関連したファイルは見つからなかった。だがああいう手合いはいくつも名前を持ってるはずだし、そのうちの一つで捕まってる可能性があるからな」

ヨウが電話を切り、回線の途切れる音が聞こえると、ルークは顎《あご》を引いてにやりとした。次いで書類挟みを搔《か》き集め、ダンが巡査部長と事務官と共にエドナを尋問している隣の部屋へ向かった。

エドナは机の前に座って背筋をまっすぐ伸ばしていた。服装も髪型もきちんとしており、まるで軍服に身を包んでいるかのようにいかめしかった。ルークは彼女を一瞥《いちべつ》し、こういう女性には前にも会ったことがあると思った。それほど悪い人間ではなく、見かけほど頑固ではない。威厳を保とうと必死なのだろうとルークは思った。彼女は怯《おび》えているようだったが、感じよく振る舞おうと努めているようだった。

ダンは机から身を乗り出し、鋭い目をエドナの顔に据えたまま、厳しい口調で尋問を続けていた。

「チャド - ホーダーが話していたという、レーシングカーを隠していたドラム缶の壁のことですが」ルークが入ってきたのに気づくと、ダンは急に話題を変えた。「やつはほかにも何か言ってませんでしたか？　どんな色だったとか？」

「黒だと言っていたと思うわ」エドナは当惑したように答えた。「でも、本当の話かどうか。

ジェリーと一緒にいたリチャードという人が、そのことを警察に話したんでしょうけど、彼だってジェリーの話を信じていないみたいだったわ。ジェリーはことさら大げさに話していて、信じてもらえなくてもいいと思っていたようね」

「なるほど。彼は嘘《うそ》をついたんですね？」

「そうは言ってないわ。ジェリーは話を面白くするために、ちょっと作り変える癖があるのよ」エドナは自分の話を信じてもらおうと躍起だった。化粧を施した顔の中で、嘆願するような瞳《ひとみ》が際立っていた。「わたしが言いたいことはおわかりでしょう——魅力的で、お金持ちで、良家の出身で……」

「良家？　彼の家族を知ってるんですか？」

「いいえ。さっきもお話ししたとおり、ジェリーと知り合って五年近くになるけど、彼の家族のことは何も知らないのよ。家族がいるかどうかさえね。個人的なことは何も話してくれなくて。そういう人っているものでしょう？」

「では、どうして良家と？」

「だって見ればわかるでしょう？　親しみやすい性格だし、自信に溢《あふ》れていて、気前がよくて、それに魅力的だもの」

「彼が魅力的だと思うんですか？」

「ええ。彼のことは好きよ」

ダンは机の脇《わき》の椅子《いす》に座ったルークに顔を向けた。がっしりした体つきに抜け目なさそうな目をした浅黒い肌のルークは、みるからに男っぽい雰囲気を漂わせていた。彼はエドナと、警官らしくない、率直な男と女のやり取りを交わした。

「きょうの午後に約束をすっぽかされたというのに、まだそう思うのか?」と彼は尋ねた。

エドナは肩をすくめ、「それぐらいなんでもないわ。彼に会えただけで嬉《うれ》しかったもの。店に来たのは二ヵ月ぶりくらいだったから」

「彼がいまどういう立場に立たされていると思う?」

「困ったことになっているようね。わたしは彼の力になるつもりよ」

「警察が彼を追ってる理由がわかるかい?」

「だいたい想像はつくわ」

「ほう?」ルークは驚きの声を上げた。「話してくれないか。そのことできみが咎《とが》められるようなことはないから」

「そうなったってかまわないわ」エドナは不敵な笑みを浮かべ、「きっとレーサーのウォーレン・トレンデンが彼を告発したんでしょうね。車か、車の部品に関することで。よく知らないからなんとも言えないけど、わたしだったら、二人のうちでより信頼できる人のほうの話を聞くわね」

ルークは黙ったまま、決心がつきかねるといった様子で、問いたげな眼差しをエドナに向けた。

「うむ」ようやく彼は口をひらいた。「きみを動揺させるようなまねはしたくないんだが、ケイターさん。これに見覚えがあるかね？」

ルークは机の上にあった茶色い包みを手に取り、包み紙を引き剝《は》がした。中に入っていたのは、屑鉄置場《くずてつおきば》から持ってきた白いハンドバッグだった。エドナはぼんやりとそれを見つめた。彼女は首を振るだろうとルークは思った。だがそのビニール製のハンドバッグの何かに気を引かれたのか、彼女がふいに手を伸ばした。しかし手に取りはせず、机の上で引っくり返して、下端の小さなきずをしなやかな白い指でなぞった。

「確信はないけど」しばらくして、エドナが言った。罠《わな》にかかるのを恐れているかのように、探るように二人の警官を見る。「これはブライにある、チャド・ホーダーさんが借りていたコテージにあったものかしら？　もうかなり前のことです。二年以上前かしら」

「それはきょうの午後に、ウォーターフィールドが耳にした会話に出てきたコテージのことかな？」

「ええ」エドナは顔を曇らせた。「チャド・ホーダーさんの依頼主夫婦が、外国へ行くまでそのコテージに滞在していたんです。二人の荷物がいくつか置きっ放しになっていて、このバッグもそのうちの一つだったと思うわ。ということは、何年か振りに二人が戻ってきて、荷物が全部送られてこなかったと文句を言ってきたのね？　ほとんど他人のような相手に、そんな言いがかりをつけるなんて、どうかしてるわ」

エドナは苛立《いらだ》たしげに声を荒らげた。ルークはじっと彼女を見つめていた。

「どうしてこのバッグがコテージにあったものだとわかるんだ？」

「針穴があったからよ」エドナは白いハンドバッグへ顎《あご》を向けた。「初めてそのバッグを見たとき、金文字のイニシャルが二つ、ついていたの。貼《は》ってあるんじゃなく、縫いつけてあったわ。だけど糸がほどけて取れそうになっていたから、糸を切ってバッグの中に入れておいたの。ジェリーは荷物をみんな二人のところへ送ると言ってたわ」

「その二つのイニシャルは？」

「一つはLで、もう一つはFだったかしら」

「ずいぶん昔のことなのに、よく覚えてるな」

エドナは光彩の縁が黒ずんでいる濃い灰色の瞳《ひとみ》を、怒ったようにルークへ向けた。

「だって……あのコテージにいた別の女の名前ですもの」

ルークは机の上にあるメモ用紙に目を落とした。「なるほどね」と彼は言った。「その女性の名前は聞いたのか？」

「ジェリーは教えてくれなかったわ。だから余計にイニシャルが記憶に残ったんでしょうね」

ダンが咳払《せきばら》いした。

「きみがコテージで見たときも、バッグはこういう状態だったかね？」

「いいえ、裏地も破れてなかったし、ちゃんと使える状態だったわ。よくは見なかったけど、中にはハンカチや化粧用のコンパクト、それから——ええと——よく見かけるような物が一つか二つ入ってたと思うわ」エドナは濃いクリーム色の額に皺《しわ》を寄せた。ダンは机の上に身を乗り出した。

「何か思い出したかね？」

エドナははっとして顔を上げ、笑みを浮かべた。「どちらかというと——安っぽい物だなと思ったわ」彼女は率直に言った。

「洒落《しゃれ》た物ではないと？」

「いいえ、そうじゃなくて、単に安っぽい気がしたのよ。依頼主の奥さんの持ち物にしてはね」

沈黙が流れた。ルークはダンの手首に自分の手を置いた。ダンはうなずき、事件簿に鉛筆

を走らせた。〈彼女は何も知らない〉

エドナはその沈黙の間に、自分を取り戻した。

「彼はちょっと不注意だっただけよ。そういうことって、よくあるでしょう？　ジェリーはハンドバッグを盗むつもりなんてなかったはずだわ。彼はそんな人じゃないもの。馬鹿《ばか》げてるわ。彼に会えばはっきりするでしょうよ」

ルークは彼女を見ずに言った。「彼はどうやって生計を立ててるんだ？」

「確かなことは知りません」おおよその見当はついているような口振りだった。「さっきも言ったように、彼は自分のことを話してくれないんです。たぶん自動車の売買か、レーシングカーの整備をしてるんだと思うわ。そのほかに私的な収入もあるようね」その最後の言葉はかすかに取り澄ましたような、満足そうな響きを帯びており、彼女の洗練された印象を台無しにしていた。

二人の警官は、驚いたように彼女を見つめた。

「彼は時折、普段より金回りがよくなることがあったかね？」ダンが尋ねる。

「誰にだってそういう時はあるでしょうけど、彼の場合は極端だったわ。時々――その――馬鹿みたいに気前がよくなって、湯水のごとくお金を使うことがあるの」

「それは定期的にかね？」

「え？　いいえ、違うわ。配当金の収入なんかじゃなかったと思うわ。きっと取り引きが成立したときでしょうね」

ルークはため息をついた。彼は優しい心の持ち主だった。

「ブライのコテージにいたときも、羽振りはよかったのか？」

「そうだったと思うわ」ふいにエドナは陽気になり、いたずらっぽく言った。「長いこと姿を見せなかったと思ったら、ある日ひょっこりやって来て、こう言ったの。ちょっとごたごたしてたけど、それもあと少しで終わる、って。次に彼に会ったときには、何もかも片がついてたわ。依頼主夫婦が予定より早く出発してしまったから、ジェリーが引き続きあのコテージを借りることにしたの。彼らしいわ、さりげなく気を遣ってくれるのよ。わたしたちは素敵なひと時を過ごしたわ。お金は掃いて捨てるほどあったし」

ルークはおもむろに立ち上がり、エドナを見下ろした。彼の表情は陰鬱《いんうつ》だったが、険しくはなかった。

「どんな取引なのか、考えてみなかったのか？」ルークはゆっくりと言った。「掃いて捨てるほど、か。それほどの大金を支払うような男の妻が、安っぽいビニール製のハンドバッグを持っていて、それにイニシャルを縫いつけたりすると思うかい？」

狭い室内は静まり返り、息苦しい空気に満たされた。じっとルークを見つめるエドナの顔には、うすうす感じていた疑問を、ずばりと言い当てられたような表情が浮かんでいた。

「どういうこと？」それは純然たる問いかけで、虚勢や反発は感じられなかった。「いったい何を言いたいの？」

「彼は依頼主からいくらもらったんだ？　そんなに大金なら、彼らの有り金全部かい？」

「そんなはずないわ。船で外国へ行くことになってたんだから……」

「本当に行ったのか？　奥さんはハンドバッグを置いていったんだぞ」

二人はエドナの突然の動きに肝を潰《つぶ》した。彼女はもがくように椅子《いす》から立ち上がると、苦しげに肩をあえがせた。

「つまり……ヘーグみたいにってこと？」

「どうしてそんなことを言うんだ？」ルークは机の脇《わき》を回り、まるでエドナが倒れそうだと思っているかのように、彼女の腕をつかんだ。「どうしてヘーグの名を持ち出したりしたんだ？」

「そんなこと言ってないわ。わたし……ああ、あり得ないわ。そんな、まさか！」

ルークはそっと彼女を座らせると、煙草に火を点け、彼女に持たせてやった。

「さあ、しっかりするんだ」とルーク。「落ち着いて、頭を整理するんだ。われわれは必要がなければ、きみを巻き込むつもりはない。しかしきみには、協力する義務がある。さあ、どうしてヘーグの名を持ち出したんだ?」

エドナは片手で髪を掻《か》きむしった。きちんとセットされた髪が乱れた。

「ヘーグという人は……証拠を隠すために……硫酸を買って……」

「硫酸のことは忘れるんだ」ルークは子どもに言い聞かせるように、はっきりとした優しい声で言った。「ヘーグは人当たりがよくて愛想のいい、つまらない詐欺師だった。だが、ちょっと度が過ぎていた。大方の詐欺師はカモから一切合財巻き上げるが、命だけは取らないものだ。しかしヘーグはこう考えた、そんなことは馬鹿《ばか》げている、とね」

「やめて!」エドナが押し殺した叫びを上げ、目をぎらつかせてルークを見た。「ジェリーが同じことを言ってたわ。その同じ言葉を」

「馬鹿げていると? ヘーグのことをか?」

エドナはうなずいた。その瞳《ひとみ》は暗く陰り、口紅を塗った唇の際が青ざめていた。

「ある夜、彼とヘーグのことを話したの。きっとその人は頭がおかしかったんだわ、とわたしが言うと、彼は違うと言ったわ。ヘーグはただの馬鹿じゃない、もし怖気づいて自白なんてしなければ、いまだって頭を使って十分稼げたはずだって……ああ、わたしの言うことなんて気にしないで。わたしは何も知らないんだから」

「わたしだったら、知っていることはすべて話してしまいますよ」ダンは打ち解けた口調で忠告した。「いずれ何もかもわかることですし。どうか協力してもらえませんか。そうすれば手間が省けますからね。ですがまだ彼をかばうつもりなら、それでもけっこうです」

「かばう……」エドナは初めてその言葉を耳にしたかのように、繰り返した。「いいえ、かばったりするもんですか、もし彼が本当に……」

ふいにエドナは口をつぐみ、前方を凝視した。彼女の顔から魅力や女らしさは消え、自衛本能があらわになった。

「彼に会うなら、気をつけたほうがいいわ」と彼女は言った。「きょうの午後に会ったとき、銃を持っていたもの。キスされたときにわかったわ」

ダンはさっとルークを見やり、右手の親指を突き立てた。ふたたびエドナに顔を向けると、彼は穏やかに言った。

「調書を取らせていただけますか、ケイターさん。ですが急ぎはしませんよ。先に紅茶でもお飲みになりませんか。そのあとで巡査部長に話してください。そして彼があなたの話を繰り返して確認したら、署名なさってください」打ちひしがれるエドナに、ダンが安心させるように微笑みかけた。「ご心配いりませんよ。われわれも礼儀を尽くすよう心がけています。まっとうな人々に嫌な思いをさせるつもりはありませんから」

ルークは何も言わなかった。実際、その機会にも恵まれなかった。一人の警官が静かに部屋へ入ってくると、エドナに背を向けて口をひらいた。

「ちょっと来ていただけますか?」と彼は言った。「ラゴンダが見つかりました」

18　キャンピオンの閃き

ヴィック氏は理髪店の奥にある小さな物置に電話を設置していた。その場所を選んだのは、単に電話ボックスと同じような広さであるからにちがいなかった。そこには軟膏《なんこう》が並べられた棚や掃除道具も置かれており、快適とは言えなかった。

本部へ中間報告をしている警部補は、片足をバケツに突っ込んでいなければならなかった。その上、目の高さには増毛剤の瓶が並び、彼のように禿《は》げた男にはことのほか目障りだった。

「車の話に戻ると、ラゴンダ——特徴はさっき言ったとおりだ——は」警部補は慎重に言葉を選んで言った。「仮報告にあるとおり、店の外に停めてある。トランクには鍵《かぎ》がかかっていなくて、中は空だった。だが、煉瓦《れんが》が八つ……なんだって……？　ああ、赤くて古い、ありふれた煉瓦だ。それがタイヤの楔《くさび》として使われていた。道路が傾斜しているんだ。ここまではいいか？」

警部補は話が復唱されるのを聞き終えてから、先を続けた。

「通りにはいろいろな大きさの木箱がいくつも置かれてる。この辺りの店の主人たちは、夜のうちに歩道にゴミを出す慣わしで、その数え切れないほどのゴミの中に、木箱もいくつか混じっていた。ゴミは早朝に回収される……誰か行かせるか……？　わかった」警部補はため息をついた。「理髪師は店の上の階にある、ふた部屋からなるフラットに住んでいる。彼が正気に返り次第連れていくが、いまのところひどく酔っ払っていて、いつ家に帰ってきたのかも覚えてないようだ。以上」

電話の向こうから困惑したような質問が返ってきた。警部補は緊張を緩めた。

「すまない、ジャック。だが、わたしにもよくわからないんだ。その男から話を聞いたんだが、とても供述とは言えない代物でね。泥酔しているせいなのか、それとも普段からわけのわからない男なのか、どちらとも言えんね。とにかく彼の話では、その車は古くからの親友であるチャド‐ホーダー少佐のものだというんだ。そいつの本名は知らないが、それを知っていると思われる男がいるパブへ、わたしを連れていくことはできるそうだ。とにかく、二人で一緒にモギー・ムーアへンの舞台を見にいき、そのあとずっと、どこかで飲んでいたと言っているから、それを調べてくれ。彼らは酔っ払って帰宅し、少佐は友人をベッドに寝かしつけてから、居間に自分の寝床を用意したと思われる。だがそのあと、姿を消した。長《なが》椅子《いす》の上に毛布と枕《まくら》があったが、寝た形跡はなかった。家じゅう探してもそいつの姿はなく、玄関の鍵《かぎ》は開いていた。となると、また外に出てったんだろう、おそらく歩いてね。いいか？　よし、これで全部だ。また報告するよ。じゃあ」

警部補は電話を切った。彼の報告はテーラー・ストリート署へ送られ、ルーク警視の熟練した耳へ届いた。彼はある考えを思いついた。

「まったく」ルークはダンを振り返った。二人は犯罪捜査課の一室で、照明の当てられた街路図のそばに立っていた。「いまのを聞いたか？　やっこさんはまた別のアリバイを仕込もうとしてるぞ」

ダンは一瞬、太くまばらな睫毛《まつげ》の目を見ひらいた。

「ずいぶんまめな男じゃないか」報告の内容を吟味しながら、ダンはうわの空で言った。

「いま頃はもう、銃は処分してるだろうな」

「そうかな？　追っ手がかかってることは知らないんだ、超能力者でもない限りね」ルークが残忍そうに言う。「とにかく、やつがどこに行ったにせよ、そこへまた戻ってくるつもりなんだろう。あとはただ穴のそばに座って、猫みたいに待っていればいいのさ。慎重を期すよう、徹底させるんだ。主任警視が気を揉んでたよ、そいつの前にうかうか飛び出すな、とね。主任の言うとおり、警察は人手不足だからな」

ダンは命令を下すためにその場を離れた。ルークは独り、地図の前に残った。エッジ・ストリートの脇道にある理髪店が、赤いペンで丸く囲まれていた。グリーン園は目と鼻の先だった。

同じ管轄区内ではなかったが、その二つの場所は近接していた。ルークは立ったまま、不規則に円や四角を描く通りをたどっていった。敵の気配を感じて、彼は興奮を覚えた。ポケットの硬貨をじゃらつかせ、高まる興奮の伴奏を奏でた。

ダンが振り返ると、ルークはまだ同じ場所に立っていた。首を伸ばし、前のめりになっている。ダンはやや当惑しながら、ルークに歩み寄った。

「あの女性がいろいろ話しはじめたそうだ」とダン。「どれほど関連性があるかはわからんが、何もかも話す気になったらしい。あいつが何にかかわってるか知らないわけだから、自分の話の重要性を自覚してないんだろう。まあ、ショックのあまり口が軽くなったことは確かだな」

ルークはダンに向き直った。「復讐《ふくしゅう》だろうか？」

「いや、そうではないだろう。彼女はあいつを信じ切っていたんだ。だが突然、気づいたんだろう……」ダンは言葉を濁した。ルークは地図に目を戻した。

「あいつは信じられるようなやつじゃない」ルークは取り澄まして言った。「哀れな女だ。紅茶なんかで慰められはしまい。いったいあいつはどこへ行ったんだ、ヘンリー？　これはあいつの足取りを追った地図だ。未調査の場所も含まれている。まだ全体像の半分もつかめてないいんだ。ところで、キャンピオンはどこにいるんだろう？」

「まだわからない。変わった男だな、彼は。きっと自分の思ったとおりに行動するタイプなんだろう」

ルークは黙ったまま、顔をしかめた。

「キャンピオンは、あの風変わりな博物館で会った老婦人と女の子のことを、不審に思ったようだった」しばらくしてルークが言った。「だがおれはそう思わなかった。何か見過ごしたのかもしれんが、おれにはあの二人が、この件にかかわっているようには見えなかった。二人をベッドから引きずり出して、馬鹿《ばか》げた質問を浴びせることはできるさ。だが、あの給仕係が老夫婦をどこで見たか思い出してから、そうすべきじゃないか？」ルークは言葉を切った。「そうだ」自分で自分の問いかけに答える。「そうすべきだよ」

「きみはその二人を気に入ったんじゃないか？」ダンは人が入ってきたことに気づかず、話を続けた。「そういうことは時々あるものだよ。やあ、こちらはどなたかな？」

ルークが目をやると、端整な容姿の男が大股で歩み寄ってきた。

「やあ、カリー」とルークは言った。「ご機嫌はいかがかな、閣下？」

カリングフォード警視は、神経の図太そうなハンサムな男だった。彼とルークは古い友人で、お互いに相手の仕事のほうが面白いと思っている振りをしては楽しんでいた。

「やあ、チャールズ。取り込み中のようだな」カリングフォードはさも羨《うらや》ましそうに言った。「この階でエレベーターを下りたとたん、火事でも起きているのかと思ったよ。ずいぶん賑やかだな」カリングフォードはダンにうなずきかけると、立派な金髪の口髭《くちひげ》を撫《な》でた。

「ルークは相手の尻尾《しっぽ》が捕まえられなくても、夢中になって追いかけるんだ」

彼の友人の浅黒い肌がいっそう黒くなった。

「それは聞き捨てならないセリフだな、カリー」ルークが話しだすと、ダンが横から口を出した。

「いま追いかけてるやつは必ず捕まえるさ」と彼は言った。

「どうかな」ルークが苦々しげに言う。「いまのところ、あいつを裁判にかけられるだけの証拠がまだそろってないんじゃないかな」

「殺人事件なんだろう?」カリングフォードが礼儀正しく尋ねる。

「十人ほど殺してる」ルークは顔をしかめた。「あいつのまわりには、疑惑が吹きだまりを作ってるんだ。だが中央刑事裁判所《オールド・ベイリー》じゃ、雪はすぐに融けちまうからな。新しい法律であいつを縛り首にするには、二度とも有罪にしなくちゃならん。二つの殺人事件の裁判で、一つは無罪で、もう一方だけ有罪というわけにはいかないんだ」

「きみは新しい法律が気に入らないのかね？」

ルークはいらいらしはじめた。「好きでもないし、嫌いでもないさ」つっけんどんに言う。

「いったん容疑者を法廷に送り込んだら、おれの仕事は終わりだからな。獲物を飼い主の元へ運ぶ猟犬のようにね。獲物を料理するのはおれの仕事じゃない」

「ほう、なかなか面白い意見だな」カリングフォードは、気配りが生命線である高位高官のようなところがあった。「ちょっときみに用があって来たんだ。迷惑でなければいいんだが。なに、時間は取らせないよ。きみのオフィスに電話したら、ここにいると言われたんだ。古い事件に関することだが、きみの耳にも入れておくべきだと思ってね」

カリングフォードはわざと話を引き延ばしていた。彼の瞳《ひとみ》の奥がかすかにきらめいた。ルークは無性に疲労感を覚え、煙草の箱を取り出した。

「お一ついかがかな、閣下」とルーク。「なに、喉《のど》を痛めはしないよ。逆に調子がよくなるさ。目撃者を待ってる間に、さっさと話してくれないか、お偉いさん」

「よかろう。きみも聞いたことがあるかもしれないが」カリングフォードは煙草に火を点け、「何年か前に起きた、チャーチ・ロウ射殺事件に関することだ。上品な身なりをしたセールスマンが、手袋を片方落としていった」彼は言葉を切り、無表情でこちらを見ている二人の男を見やった。「退屈してるんじゃないかね？」

「いや、そんなことはない。その事件のことで、何を知ってるんだ？」

「何も知らんよ。ただ二十分ばかり前に、わたしの魅力的な友人――きみたちも知っているんじゃないかな、家族でグロットという店を経営している、かくしゃくとした老婦人だ――が、その事件の手袋に関する興味深い話を電話で教えてくれた。事件当時は気にも留めなかったそうだが、今夜あることが起きて、彼女はえらく動揺した。言っておくが、わたしは彼女の家族に面倒はかけないと約束してある」

「ああ、彼らがまだ巻き込まれていなければね」ルークは気乗り薄だった。「そのあることとはいったいなんだ？」

「また射殺事件が起きたんだ。今度はミントン・テラスで事務弁護士が殺された。もう知っていると思うが」

「それほど情報は入ってきていない」ルークは慎重に言った。驚きと畏怖《いふ》が入り混じった目で彼を見つめる。「その老婦人は二つの事件とかかわりがあるのか？」

「ああ。もちろん、彼女には確信がなかったがね。それでも彼女は心配になって、息子に今夜、わたしに電話をかけさせた。聞いたところによると、彼女には古い友人がいて……」

ルークは唸《うな》り声を上げた。「古い友人か」うんざりしたように言う。「せっかくきみから有力な情報が聞けると思ったんだがね。大方その友人とやらは、自分が買って誰かにプレゼントした手袋——贈った相手はそれを失くした——が、殺人事件の証拠品と目されてるんじゃないかと思ったんだろう。そしてまた別の事件が起き、その友人は……」

「わかったよ、ルーク」カリングフォードはむっとしたように言った。「この件については、きみのほうが詳しいらしい。これはわたしには関係のない事件だ。ただ、きみの役に立つだろうと思って話をしにきたんだ。なのにそういう態度を取られたんじゃ……」

「ああ、悪かったよ。おれは確証に飢えてるんだ、大目に見てくれ」ルークは反省したように言った。「座ってくれ。今度はおとなしく話を聞くから。きみの友人の名前と住んでる場所を教えてくれないか」

「シビル・ドミニク夫人。ロンドン西一区にある、レストランのグロットだ」

「ありがとう。彼女の友人の名は？」

カリングフォードが答えようとしたその時、事務官が急ぎ足でルークに近づいてきた。

「アルバート・キャンピオンさんからお電話です。直接お話ししたいそうです」

ルークは弾かれたように立ち上がり、ダンに鉛筆を突きつけた。

「ヘンリー、彼から話を聞いてくれるか？　今夜ずっと、キャンピオンからの連絡を待っていたんだ」

ダンは返事をしなかった。彼はうさんくさそうにカリングフォードを見つめていた。ルークはダンの視線を追い、即座に考えを変えた。

「わかったよ」と彼は言った。「それじゃ、きみがキャンピオンの電話に出てくれ。さて、カリー。中断させて悪かったな。きみの友人のそのまた友人の名前は？」

カリングフォードは焦らすように、読んでいた小さな手帳から、おもむろに顔を上げた。

「彼女の名前はポリー・タッシー夫人」彼はゆっくりと言った。「住所はグリーン園七番地。知っているかどうかわからんが、バロー・ロード近くの、人目につかない地区だ」

ダンが電話のある隣の小部屋から戻ってきたときもまだ、ルークはぽかんと口を開けてカリングフォードを見つめていた。

「彼は何かつかんだらしい。きみに伝言を頼まれたよ。バロー・ロード病院に入院中の警官が、今朝グリーン園で二人の若者に会ったと話していたのを思い出して、もしそのうちの一人がウォーターフィールドだったら面白いことになると思ったそうだ。そして病院へ赴き、その警官から話を聞いた。彼の勘は的中したよ。いまはエッジ・ストリートの電話ボックスにいて、そこへ誰かよこしてもらいたいと言ってる」ダンは言葉を切り、その顔にゆっくりと笑みが広がった。「彼の望みどおりにすべきだろうな。リチャード・ウォーターフィールドがつい先ほど、グリーン園七番地にある、きみがよく知っている家の玄関先へ着いたそうだ。その住所に心当たりはあるかね？　わたしは聞いたことがないんだが」

19　事故の下準備

グリーン園の家の二階にある明るい色彩の居間は、煌々《こうこう》と灯った明かりのせいで不自然なほど明るく、寒々としていた。玄関のブザーは鳴り止み、束の間、完璧な静寂が辺りを押し包んだ。ポリーは身じろぎもせずに居間のドアのすぐ内側に立ち、顎《あご》を上げて敷物の上に立つ男を凝視していた。

アナベルは花柄のカップを載せたトレイを手にして立ったままだった。明かりが髪の芯《しん》まで透かし、淡い茶色の髪が金色に輝いていた。

ジェリーは聞き耳を立てた。彼の肌は灰色にくすみ、目のまわりとこめかみの脇《わき》の窪《くぼ》みは影に覆われていた。

「あれは誰だい、ポリー？」

ジェリーが囁《ささや》くように言った。アナベルは何かがおかしいことに感づいていたが、まったく気にせず、音を立ててトレイを置いた。

「あたしが出るわ」

「待ちなさい」アナベル以外の二人が同時に声を上げた。ジェリーはポリーに目を据えたままだった。

「いったい誰だ？　心当たりは？」

ふたたびブザーが鳴った。先ほどよりも穏やかで、長いブザーが一度だけ鳴った。と、ポリーの表情が晴れやかになった。

「リッチさんだわ」とポリーは言った。「きっとそうよ。通りの先に昔から住んでるリッチさんにちがいないわ。雑誌を借りにきたんでしょうね。さっき事務室に明かりがついたのを見てやって来たんだわ」

「こんなに遅い時間にか」ジェリーの言葉は意見ではなく質問だった。ポリーは無意識のうちに、ジェリーを安心させようとなだめるように言った。

「ええ、わたしが起きているとわかれば、もっと遅くにだって来るでしょうね。年寄りは夜行性なのよ。わたしはその雑誌を水曜に買うの。そして木曜に、読み終わった頃を見計らって、彼女が借りに来るのよ」その安堵《あんど》に満ちた言葉には説得力があった。外套《がいとう》を纏《まと》って戸口に立つ老婦人の姿が現実のものと思われた。

ポリーは雑誌を探し、思ったとおりソファのクッションの下で見つけた。犬と赤ん坊をあしらった楽しげな表紙の、薄い雑誌だった。ポリーはそれを手に取り、部屋をよぎった。

「きょうの午後、彼女がキッチンの窓枠に置いていってくれたクレソンを見て、雑誌のことを思い出したの」ポリーは言った。「でもそれきり、忘れてしまったのね。可哀想に、きっと眠れないんだわ」

「中へ入れるんじゃない」ジェリーが脅すように言い、ポリーはふたたび彼に目を向けた。

「もちろん、そのつもりよ。疲れてると言うわ。このドアを閉めたら静かにしていてちょうだい。そうすれば、人がいると気づかれないでしょうから。もしお客さんがいてわたしがまだ寝ないとわかれば、きっと上がらせてくれと言い張るにちがいないもの。この雑誌を渡してすぐに戻ってくるわ」

ポリーは部屋を出ていき、彼女の背後でドアが閉まった。特許を取った隙間風《すきまかぜ》防止装置が銅の枠にぴたりと収まり、その部屋は家の奥に密やかに隔絶された。

ポリーは急いだ。玄関へ続く階段を下りただけで息切れがし、掛け金を外しながら、上擦った不安そうな声で言った。

「もうブザーを鳴らさないで、エリー。持ってきたわよ」

やっとポリーはドアを開けた。「ちょうどベッドへ入ろうと思っていたところなの……あら、どなた?」

街灯に照らされたポーチのアーチを背に、リチャードのこざっぱりとした丸い頭の輪郭が浮かび上がっていた。それを目にして、彼女の最後の言葉は囁《ささや》きに変わった。

「お邪魔して申し訳ありませんが、アナベルに会わせていただけませんか?」リチャードはためらいがちにおずおずと言った。ここまでは心配と騎士道精神に突き動かされてやって来たが、いざたどり着いたとたん、彼はばかばかしさと困惑にとらわれていた。

「どなたですか?」ポリーはなおも囁き声で言った。彼女が不安そうに背後に目をやるのにリチャードは気づいた。

「ウォーターフィールドと言います。ぼくは……」

「ああ、存じてますわ」ポリーは彼の髪の色を確かめようと、髪に光が当たるよう、玄関のドアをさらに押し開けた。

リチャードはポリーの言葉に顔を赤くし、話を続けた。

「アナベルとは子どもの頃からの知り合いなんです。こんな夜分にお邪魔したのも、突然電話がつながらなくなったからなんです。ぼくはずっと……」

「シーッ」ポリーはポーチに出てくると、少しの隙間《すきま》を残してドアを閉めた。「時間がないの」真剣な口調で言う。「説明してる暇はないけど、中に入れることはできないわ」

「彼女に会いたいんです」リチャードは早口で言った。

「わかってるわ」ポリーは彼を好ましく思いはじめた。「そうね、あなた、アナベルを列車に乗せてくれる？」

「今夜ですか？」

「できるだけ早く。朝までには家に帰り着いてほしいの。あの子を外に出すから、あとはお願いできるかしら？」

「もちろんです」

リチャードが不審そうに自分を見ているのにポリーは気づいた。しかし掛け金に置いた手の震えは止まらず、彼女は居間の物音を一つも聞き漏らすまいと必死で耳を澄ました。「あの子を寝室へ行かせることができたら、避難梯子《ひなんばしご》で外に出るように言うわ」

おかしな言葉ではあったが、その切迫した調子はリチャードにも伝わった。

「その梯子はどこにあるんです？」リチャードも囁き返した。

「そっちよ」ポリーは博物館に面した家の横を指差した。「塀を乗り越えるか、反対側の通りから回り込んでこなければならないわ。梯子の下で待っていて。できるだけ早くあの子を下りていかせるから。会えてよかったわ。あなたがいなければ、どうしていいかわからなかったもの。さあ、時間がないわ。急いで。じゃあね」

ポリーの背後で閉まりかけたドアが、ふたたびひらいた。

「くれぐれも音を立てないようにね。絶対によ」ポリーは言葉を切った。秘密を打ち明けるべきかどうか迷っているようだった。ふいに彼女は口をひらいた。「あの人たちに伝えてちょうだい。家に無理やり入らないようにって」

そして、ドアは固く閉じられた。

リチャードは不安な面持でポーチから出た。アナベルのおばとのこんな対面は予想していなかった。明らかに家の中で何かまずいことが起きているのだ。ジェリーが来ているかもしれないという推測は確信に変わった。しかしながら、リチャードが心配なのはアナベルの身の安全だけであり、ポリーも同じ気持ちだとわかって安堵《あんど》を覚えていた。彼は右手にある前庭を横切った。

いまにも雨が降りだしそうだった。突風が吹き抜け、プラタナスの木に残っていた葉をむしり取り、家の前の灌木《かんぼく》を揺すぶった。通りに人の姿はなく、向かい側の家々は暗かった。

避難梯子はすぐに見つかった。蜘蛛《くも》の巣のような形をした鉄製の梯子で、左手の家に近接する壁に吊るされていた。しかし梯子には、容易にはたどり着けなかった。博物館が建て増しされる前にあったらしい通り道の入口が、煉瓦《れんが》の塀で塞《ふさ》がれており、リチャードの行く手を阻んだ。スイカズラが蔓《つた》を這《は》わせる三メートルほどの壁は、じっとりと湿り気を帯び、泥だらけだった。リチャードはいったん通りに出て、博物館のドアの前まで行った。だが恐れていたとおり、かんぬきが掛けられていた。彼はまた塀まで引き返した。リチャードは蔓にしがみつきながら、アナベルを連れてこの塀を越えるのは骨が折れるだろうと思った。しかしそれも仕方がないと腹をくくり、どうにか塀を越えると、穴ぐらの底のような地面に静かに下り立った。

一方、階段を上りかけていたポリーは、雑誌を手にしたままであることに気づいた。慌てて事務室に駆け込み、机の引き出しに押し込む。そして間一髪、玄関に戻った。

階段の上でドアがさっとひらき、暗がりの中、光が絞首台のような形に浮かび上がった。ポリーは飛び上がった。

「ポリーおばさん?」ジェニーの外套《がいとう》を着て四角張ったアナベルのシルエットが現れ、階段の上からポリーを見下ろした。アナベルはミルクのカップを手に、おずおずと言った。「そろそろ寝ようと思うんだけど、いいかしら。すっかりくたびれちゃったわ」

アナベルは怯《おび》えていた。まるで泣き叫んでいるかのように、それは明らかだった。ポリーはのろのろと階段を上った。

「そうするといいわ」階段を上り切り、息をあえがせてポリーは言った。「ちょっと待っていて。お姉さんに宛《あ》てた手紙を渡しておくわ。明日の朝、渡し忘れるといけないから。失くさないように気をつけるのよ。わたしからだと言ってお姉さんに渡してちょうだい」自分の声がいたって普通であることに、ポリーは驚きながらも安堵《あんど》を覚えた。気さくで、落ち着いた声だった。しかしその努力のせいで、息切れがしていた。「あなたの部屋まで送っていくわ」

「あら、その必要はないわ」アナベルはきっぱりと断った。「どこにあるかわかってるもの。おばさんがきょうの午後、案内してくれたじゃない」

「だけど、送っていきたいのよ」

「いい加減にしろよ、ポリー」ジェリーが苛立《いらだ》たしげに言う。彼は明るい室内にいて、戸口からその姿は見えなかった。しかしすぐそばにいることは間違いなかった。「ぼくに飲み物を持ってきておくれ。その子は勝手に寝かせればいい」

「いま行くわ。忘れないうちに、手紙に宛名を書いておきたいの。すぐ済むわ」ポリーは話しながら外套《がいとう》のポケットから封筒を取り出し、続いて腕に掛けていたハンドバッグから鉛筆を探し出した。そして階上へ続く階段のいちばん下の段で鉛筆を走らせた。アナベルはそわそわしながら脇《わき》に立っていた。

〈避難梯子《ひなんばしご》から逃げなさい。踊り場の窓。下でリチャードが待っています。声を出さないこと〉

「さあ」ポリーはきびきびと言った。「わたしの字が読める?」

「ポリー、何をしてるんだ」居間の中で人の動く気配がした。ポリーは手紙をアナベルの手の中に押し込むと、ドアとアナベルの間に立った。ジェリーはしかし、部屋の外に出てこなかった。アナベルが走り書きを目にするや、その丸い顔に浮かんだ表情が一変した。さっとポリーを見上げ、安心したようにうなずいてみせる。そして踵《きびす》を返すと、矢のように階段を駆け上った。闇《やみ》の中に消える直前、アナベルはふと思い出したように振り向いた。

それがポリーが見た最後のアナベルの姿だった。痛々しいほど感謝を滲《にじ》ませた微笑み。ためらいがちに溢れる愛情。さようなら。

「おやすみ」ポリーは後ろから声をかけた。「ぐっすりお眠りなさい」そして振り返り、居間へ入っていった。「いったいどうしたの?」

ジェリーは即座に、わけがわからないという素振りをしてみせた。

「生意気な小娘だ」と彼は言った。「ここで何をしてるのかと訊《き》いたら、気に障ったらしい。フレディの弟の家族だと言っていたが、本当かい?」

「ええ。気になる?」ポリーは外套を脱いだ。ジェリーが反射的に歩み寄って外套を受け取り、隅の椅子《いす》へ放った。

「いや」ジェリーは穏やかに言った。「ちょっと驚いただけさ」

ポリーは自分の外套《がいとう》を見つめた。その下にジェリーのトレンチコートがあったが、ジャケットはどこにも見当たらなかった。見たところ、ジェリーは銃を身につけてはいないようだった。

「おばさんに会いにきたんだ」ジェリーは続けた。「ずいぶん遅かったね。グロットに行ったんだって？　彼女に聞いたよ。みんな元気だったかい？」

「ええ、元気よ。変わりなかったわ」

二人とも会話の内容にはうわの空だった。それぞれが異なる関心事に気を取られていた。ポリーは階上《うえ》の物音に耳を澄ましていた。その点では、ポリーは幸運に恵まれていた。ジェリーは自分以外のことには注意を向けていなかった。これまでのところ、頭の中で描いている計画を阻むものは何もなかった。危険はないし、急ぐ必要もない。時間はひと晩たっぷりあった。彼の顔の陰影は濃さを増し、緊張のせいで不機嫌そうに見えた。

「飲み物を取ってこよう」唐突にジェリーが言い、歩きだした。

「待って」ポリーはドアと彼の間に立ちはだかった。「わたしは自分のミルクを飲むわ。あなたも何か飲みたいなら、わたしがすぐに持ってきます。ところで、どうやって家に入ったの？　鍵《かぎ》を渡した覚えはないけど」

ポリーらしくない挑むような口調に、ジェリーは面食らった。一歩後ずさり、まじまじと彼女を見つめる。

「もうずっと前から持ってるよ。知ってると思っていた」

ポリーは自分の椅子《いす》に歩み寄り、どさりと腰を落とした。

「去年あなたに頼んで作り替えてもらったときに、同じものを買ったのね?」

「ああ、玄関の合鍵を買ったよ。いつか役に立つだろうと思ったんだ。こうして確かに役立ったよ。一時間以上、おばさんを待ってたんだ」いったん言葉を切り、「家の中でぶらぶらしながらね」

ポリーはうなずいた。そのあきらめたようなしぐさもまた、ジェリーには馴染《なじ》みのないものだった。彼女は窪《くぼ》みのある椅子の背に頭をもたせかけた。ジェリーは初めて目にするかのように、ポリーの顔を見つめた。安心感を与える、優しげな老いた顔。必ずしも賢そうではないが、穏やかで、落ち着きをたたえた美しい顔。ジェリーは慌てて目をそらし、二人の間に沈黙が流れた。やがてジェリーが無理やり笑顔を作り、その瞳《ひとみ》はまた卑しい猿のように見えた。彼はどういうわけか先を急ぎたくないようだった。そしてこれまで何度もそうしてきたように、ポリーをなだめはじめた。

「ごめんよ、おばさん。まさかおばさんを怒らせるとは思わなかったんだ。ねえ、そんなに怒っちゃいないでしょう? 馬鹿《ばか》なまねをしたとは思ってるけど、ぼくはおばさんやフレディのことをよく知ってるから、それぐらい許されると思ったんだ」

「そうね」ポリーはまた、先ほどと同じくあきらめ切った調子で、力なく言った。「わたしたちは、わたしたち三人は親しくしていたものね。フレディもわたしも、あなたを息子のように愛していたわ。あなたもわたしたちを愛してくれた」決然とした態度で両手を組む。「そしてそれは、いまも変わらないわ」とポリー。「それは動かし難い事実よ。それじゃあ、自分で好きな飲み物を食堂から取ってきなさい。わたしの分はいらないわ、このミルクを飲むから」

ジェリーは突っ立ったままポリーを見つめた。一瞬驚かされはしたが、彼女はくつろいだ表情をしており、何も疑ってなどいないようだった。そして炉棚に人形と共に並べられた陶磁器製の時計に目をやったときには、何か心配事が解決したかのような、ほっとした表情さえ見せた。

言葉にならない疑問を呑《の》み込むと、ジェリーは当面の問題に注意を向けた。就寝前の飲み物がすでに用意されているとは予想外だった。

「わかったよ」ジェリーは取りなすように言った。「好きにするよ。そのミルクは下に持っていって、新しいのと取り替えてこよう。すっかり冷めてしまっただろう？」

「いいえ、だめよ！」ポリーはぎょっとしたように叫んだ。「残っているミルクには手をつけないで。あの子の朝食用に取ってあるんだから」

「それじゃあ、これを温め直してくる」ジェリーは頑として言い張った。「ここで待っていて。そう意地を張るんじゃないよ」

ジェリーはトレイを手に部屋を出ていき、その背後でドアが揺れた。食堂の床が軋《きし》む聞き慣れた音が聞こえると、ポリーはそろそろと立ち上がり、外套《がいとう》が掛けてある椅子《いす》に足音を忍ばせて近づいた。彼女は不安で強張った手でポケットをまさぐった。そしてとうとう探し当てると、ずしりと重い銃を引っ張り出した。それは彼女の震える手からだらりと垂れ下がった。どこに隠せばいいのか、ポリーは途方に暮れた。思ったよりはるかに大きく、見ていることさえ耐え難かった。危険極まりない代物だった。体の隅々まで恐怖と嫌悪が広がるのをポリーは感じた。と、深い安堵《あんど》と共に、彼女はマイセンの大きな蓋《ふた》つき深皿に目を留めた。わずかな彩色と金メッキが施された皿で、窓際の食器棚の中にあった。ポリーの母親もそこに物を隠す習慣があり、子どもの頃から宝物の隠し場所として馴染《なじ》み深い場所だった。

ポリーは素早くガラスの扉を開けると、飾りのついた蓋を持ち上げ、銃を滑り込ませた。扉を閉めて向き直りかけたとき、窓のカーテンが揺れていることに気づいた。窓が開いていては、家の角を回ったところにある避難梯子《ひなんばしご》で若い二人が立てる物音が、容易に聞こえてしまう。ポリーの顔は不安に曇った。

窓に鍵《かぎ》を掛けていると、ジェリーが戻ってきてトレイをテーブルに置いた。カップの横にはスコッチのソーダ割りが入ったグラスが載せてあった。ミルクの表面に浮いていた薄い膜は取り除かれてあったが、あれほど言い張ったにもかかわらず、温め直されたようには見えなかった。何かがジェリーを慌てさせたようだった。彼の表情からそれがわかった。

「何をしてたんだ？」ジェリーが訊《き》いた。「窓を開けたのかい？」

「いいえ。閉めたのよ。寒いもの」

「ストーブを点けようか？」

「ストーブを点けるなら、ドアを閉めてはだめよ」ジェリーがマッチでストーブに火を点ける間、ポリーは彼のそばに立っていた。「この間、ガスの検針の係員が来たとき、危険だと注意されたの。この部屋に取りつけた装置が完全に隙間風《すきまかぜ》を防止するから、火が消えてしまうって」

「そのことなら、おばさんに聞いたよ」ジェリーは顔を上げなかった。その口調はいつもと変わらなかった。「さてと」と彼は言った。「これでよし。おばさんは椅子《いす》に座っていなよ、ぼくが飲み物を運ぶから。おばさん、キッチンのボイラーの火も消えやすいかい？」

「中でゴミを燃やしさえしなければ、そんなことはないわ。ゴミは燃やせないの」椅子に座ろうとしていたポリーは、ひざまずいたままのジェリーを見下ろすような格好だった。ポリーが自分の言葉の意味に思い至ったとき、二人の顔は間近にあった。彼女はゆっくりと顔を離し、そろそろと椅子に腰を下ろした。「あなたはジャケットを燃やそうとしたのね。ジャケットに血がついていたのね」

とても自分のものとは思えぬ声だった。わき起こる恐怖のために囁《ささや》き声を出すのがやっとだった。

ジェリーは上体を起こしてポリーを見つめた。その顔に異様なほど黒ずんだ紅潮が広がり、どんな表情の変化よりも多くのことを物語った。

「いったいなんの話だ?」

ジェリーの怒声を押しとどめるように、ポリーが片手を上げた。

「やめて、大声を出さないでちょうだい。今夜マットに電話をかけようとしたの。知ってるのよ」

ポリーの前でひざまずいたまま、ジェリーはじっと動かなかった。次にどうするか決めるまで、ためらうような間があった。ジェリーにとってはほんの一瞬だったが、ポリーにはまるで映画のスローモーションの一場面を見ているように感じられた。ジェリーはポリーの手を握った。

「きっと勘違いしてるんだよ、おばさん」とジェリー。「自分で何を言ってるかわからないんだ。ぼくにだってわからないもの。マットがどうかしたのかい？」

嘘《うそ》をついているのかどうか確かめようと、ポリーは身を乗り出して彼の顔を覗《のぞ》き込んだ。小さい子どもを相手にしているようなしぐさだった。ポリーの視線を受け止めたのは、まるで獣のような、光を宿していない目だった。

「あなたがそんな目をしているときは、心の中に誰も見えないわ」ポリーは言った。「でも、いつもそうではないのよ。時々はね、ジェリー、フレディやわたしが愛した快活な若者を見出すことだってあるの」

「それはそうだよ、ポリーおばさん。おばさんがぼくを愛してくれさえすれば、ぼくは元気でいられるんだ」ジェリーはふたたび、上体を起こした。くつろいだように笑っていたが、まだあの異様な黒みを帯びた紅潮が消え残っていた。「おばさんがぼくの目を見るとき」ジェリーは続けた。「そこに何を見てると思う？　おばさん自身だよ。おばさんはぼくの中で生きてるんだ」

「いいえ、違うわ」ポリーはふいに勢い込んで言った。「わたしはあなたを見てるの。すっかり居場所が狭くなってしまったようだけど、ちゃんと人間の姿をしたあなたが見えるわ、蛇ではなくね。ああ、だけど恐ろしいわ。手袋のこと、わかってるのよ、ジェリー。新聞に出ていたあの手袋は、わたしがあなたにあげた手袋だわ。チャーチ・ロウで人を撃ち殺したのはあなたね」

今度はジェリーが怯《ひる》む番だった。彼の顔がまたくすんだ赤色に染まった。しかし今度はあえて否定しなかった。

「わかってたのに、おばさんは黙認したんだ。共謀者も同然だよ」我ながらその非難がばかばかしく思え、ジェリーはさらに言い募った。「おばさんは見て見ぬ振りをしたんだ。いつもそうやって簡単に自分をだますんだ。フレディおじさんのガラクタを後生大事にしてるのだって、おじさんが集めた物なら素晴らしいに決まってると思い込んでるからさ。でも本当は、下品で悪趣味でうんざりするような代物だってわかってるはずだ。おばさんの好きな誰かがしたことなら、なんだってまかりとおる、それがおばさんの信条なんだ」

「そんなことないわ。あなたは話をはぐらかそうとしているのよ。わたしを混乱させようとしてるんだわ。ああ、ジェリー、あなたはじきに逮捕されるわ」

ジェリーは横目でポリーを見た。「そうはならないよ」自分の正体を知ったらどんな反応を見せるだろうかと想像したとおりに、ポリーは振る舞っていた。ジェリーは態度を和らげ、自信たっぷりに言った。「ぼくは用心深いのさ、熟練のレーサーみたいにね。決して危険は冒さない。どんな類似性も法則も見出せやしないよ。捕まる心配がなさすぎて、退屈なくらいさ」

ポリーはおののきながらも、一心に耳を傾けていた。まるでゴルゴン（ギリシャ神話に登場する、ヘビの頭を持つ三姉妹の怪物。目が合った者を石にする力を持つ）の頭を見てしまったかのように、彼女は石と化していた。明るい装飾の室内にも、逃げ出そうとしている若い二人にも、そして眠っては目覚めるという人間の摂理にもすべて無感覚になり、ただジェリーの話を理解することだけに努力を傾けていた。

「だけどあなたは、マットに訴えると脅されて、怖くなったんでしょう？　そしてチャーチ・ロウでだって、恐ろしくなったから撃ったんじゃないの？　みんなあなたがやったのよ、パニックに駆られてやったのよ、ジェリー」黙っていろという知性の声を無視して、ポリーは言い放った。

ジェリーはあやふやな記憶をたどっているかのように、敷物の上で顔をしかめた。

「チャーチ・ロウがはじまりだった」しばらくして、彼は口をひらいた。「あれは最初だから、数には入れないよ。ほかの時は違ったんだ」

「ほかの？　ジェリー……マットのほかにも殺した人がいるの？」

「え？　ああ、もちろんいないさ。いままで一人も殺してないよ」これまでにも、たわいないことで何度となくそうしてきたように、ジェリーはいままたポリーを笑い者にした。

「みんなおばさんの作り話さ。おばさんの頭の中だけのね」彼は頭を振り立てながら手足をばたつかせてみせた。「ヒステリーの発作だよ、おばさん。夢物語さ」ポリーの表情に気づいて、探るように言葉を切る。「何を思い出したんだい、ポリーおばさん？」

「よく聞くのよ」ポリーは懸命に呼吸を整え、「きょう警察の方が訪ねてきたわ」

「へえ。なんの用でさ？」ジェリーは陽気に言った。その取り繕った明るさが、かえって不気味だった。

「たいしたことじゃないけど、あの人はがっかりしていたようね。ある事件の目撃者が、二つの蠟人形《ろうにんぎょう》をほかの場所で見たと勘違いしたらしいの。警察はうちの博物館で見たんだろうと考えてるわ」

「ぼくが持ち出したことは話したのかい？」

「いいえ。人形がどうなったかには、それほど興味がなかったようね。本当にあったかどうかだけ知りたがってたわ。わたしの考えてるとおりなら、その目撃者の反応を見るために、今度ここへ連れてくるでしょうね」

ジェリーは座って炎を見つめていた。その瞳《ひとみ》は無表情で、口をかすかにひらいていた。

「八百万に一つの偶然だよ」ジェリーは穏やかに言った。「しつこくて馬鹿《ばか》な連中だな。そんなことをしたって無駄なのに。その騒ぎを終わらせるために、ぼくが何かすべきかもしれないけど、どうせ何もしなくたって、連中が何もつかめないことに変わりはないさ」

ポリーは無言のまま、椅子《いす》の中で体を丸めていた。疑いが無情にも確信へ変わっていくにつれて、彼女の体は縮んでいくようだった。しかし、その青い瞳だけは相変わらず輝きを放っていた。

「あの雨の夜に、タクシーをよこしてくれたのはあなたね」とうとうポリーが口をひらいた。「心のどこかではわかっていたの。そして、あの晩あなたが別の場所にいたとわたしに教えるために、わざわざ絵葉書を送ってきたとき、いっそう確信を強めたわ。だけど信じたくなかった。信じられなかったわ。あの田舎のバスに、怪しまれないよう蠟人形を乗せるなんて、さもあなたが思いつきそうなことよ、ジェリー。最初に新聞で読んだとき、真っ先にそう思ったわ。でもわたしは気づかなかった振りをしたの。ここに座って、神様に祈ったわ。わたしは頭がどうかしてるんだって、一人暮らしが長すぎてくだらない妄想に取りつかれてるんだって」

ジェリーは片手でポリーの腕をつかみ、乱暴に揺さぶった。

「ばかばかしい」ジェリーは優しく言った。「いい加減に黙っておくれよ」

ポリーは何も言わなかった。しばらくして、ジェリーはふたたび話しはじめた。まるで商売の密談をするかのように、理路整然とした、きわめて打ち解けた口調だった。

「ぼくなら大丈夫だよ、おばさん。心配する必要はないさ。いいかい、ぼくは用心深いし、いつだってうまく切り抜けてきたんだ。しっかり地に足をつけてまわりに目を光らせ、どんな可能性だって見落とさない。本当はアリバイなんて必要ないけど、いつもちゃんと用意してきた。それに、いざという時には、感傷なんかで尻込《しりご》みしたりもしない。たとえ奇跡的に警察がぼくに疑いをかけたとしても、何も証明できやしないよ。ぼくの身はきれいなもんさ」

ポリーは蜘蛛《くも》の巣を取り払おうとするかのように、両手で顔を擦った。

「だけど、人を殺したのよ」ポリーは囁いた。「殺人を犯したのよ、ジェリー」

彼は顔をしかめ、さっと立ち上がった。顔を紅潮させ、苛立《いらだ》っていた。

「それは物の言いようだよ。殺人なんてただの言葉さ。毎日誰かが殺され、それが殺人と呼ばれるときもあるし、そうでないときもある。戦争だったり、事故だったり……とにかく、ある出来事が必然的にもたらした結果にすぎないんだ。おばさんは何か抽象的で、許されざる犯罪のように仕立て上げたいらしいけど、そんなことは無意味だよ。誰かの身包《みぐる》みをはがすなら、命まで取って初めて仕事が終わったと言えるんだ。でもおばさんは、神様がそれをお許しにならないと言いたいんだろ。違うかい?」

ポリーは椅子《いす》の上でどうにか姿勢を正した。ジェリーへ向けた彼女の瞳《ひとみ》に、いつもの威厳が閃《ひらめ》いた。

「神様がどう思われているかはわかりません」とポリーは言った。「ただ、一つだけわたしにも言えることがあるわ。殺人を厭《いと》うのは人間です。神の最初の戒律は殺人には触れていないけど、殺人は人間が犯した最初の犯罪でした。魂を持たない愚かな動物と違って、魂を持つ人間は、たとえ殺人犯自身であろうと、殺人には耐えられないのよ。殺人を犯した者は、自分を裏切り、自ら正体を現すことで、一種の自殺を遂げるのです。自分では望まなくても、そうせざるを得ない――人間とはそういうものだわ。おまえは退屈だと言ったけど、それがい、い、い、はじまりなのよ」

「お願いだから、ポリーおばさん、黙っておくれ。そんなごたくはもうたくさんだ」

「いいえ、黙らないわ。殺人は隠しておけないのよ、ジェリー。わたしが言いたいのはそのことなの」

雷鳴のあとの静けさのように、しばし静寂が訪れた。その不吉な言葉にジェリーはおののき、怒りをあらわにした。彼はどうにかポリーから身を離した。こめかみの脇《わき》の筋肉はひきつり、顔から血の気が引いていた。

「これでも飲みなよ」と言いながら、ジェリーはテーブルの上に置いた飲み物に向き直った。「ぼくは平常心を失くさない術も学んできたんだ、おばさん。教訓その一、怒りにも感情にも、邪魔立てさせないこと」

ジェリーはソーサーに載っていたカップをポリーに手渡した。ミルクがこぼれているのを見て、ジェリーは顔をしかめた。

「ごめんよ、手元が覚束《おぼつか》なくてね。ぐいとお飲みよ。ウイスキーを少し入れてあるんだ」

ジェリーの顔を見つめたまま、ポリーはおとなしくカップを受け取った。ジェリーはこれまでにないほど老け込んで見えた。皺《しわ》が深くなり、筋肉がことさら際立っている。しかし彼の額に浮かぶ玉の汗を見て、ポリーは頭が混乱しつつも安堵《あんど》を覚えた。少なくともジェリーは生きており、こうして目の前にいるのだ。

ポリーはひと口ミルクを啜《すす》ると、怪訝《けげん》な顔をした。しかし薬でも飲むかのように、いっきに喉《のど》へ流し込んだ。

「ウイスキーなんて入れなければよかったのに。嫌な味だわ」ポリーはなんの気なしに言った。「あの子はきっと砂糖か塩か入れたんでしょうね。ウイスキーのせいでもっとひどい味になったわ。ねえ、ジェリー、ずっと考えていたんだけど。あなたがどう思っていようと、遅かれ早かれ弁護士に渡すお金が必要になるでしょうね。弁護士はマットのような人ばかりじゃないのよ。お金を払わなければならないの。お金はあるわ。あなたが必要なら、フレディもわたしも喜んで……」

ジェリーの顔に激しい憤りが浮かんだが、ポリーは辛抱強く続けた。

「そんな顔をしないで。ちゃんと現実に向き合わなければならないわ。こんなことを話すのも、最後まであなたの力になりたいと思ってることを、わかってもらいたいからなの。だから逃げるなんて馬鹿《ばか》なことは考えないで……それに、チャーチ・ロウの時と同じまねをしようなんて思わないでちょうだい。そういつも人を撃ち殺して逃げ延びるなんてできないわよ」

空のカップを膝《ひざ》に置いたまま、ポリーはジェリーを見つめていた。彼女は穏やかで優しさに溢《あふ》れ、その顔にはジェリーへの愛情がありありと浮かんでいた。一方、ポリーを見つめるジェリーの目には、不安と焦燥と絶望の入り混じった激しい葛藤《かっとう》が見て取れた。

「おばさんはぼくのことをしゃべったんだろ」ふいにジェリーは叫んだ。ポリーの前の敷物に膝をつき、両手を彼女の体に回して顔を覗《のぞ》き込む。「そうなんだろ。そうせずにいられなかったんだろ。おばさんもあの子もガラスみたいに透明なのさ。何も隠しておけないんだ。そうだろ？　そうなんだろう？」

ポリーはしっかりと目を閉じ、ふたたび瞼《まぶた》を開けた。子どもっぽい驚きの表情がその顔に浮かんだ。

「あなたがよく見えないわ。変ね。なんだか……ああ、ジェリー！　ミルクね。何か入れたの？　いったい何？　睡眠薬？　確か棚にあったはずだわ」

「おばさん、大丈夫だよ。落ち着いて。ほんのちょっとだけさ。少しばかり眠ってもらうだけだよ」

ジェリーは苦悩に顔を歪《ゆが》め、込み上げる嗚咽《おえつ》に息をあえがせさえした。ポリーは間近にあるジェリーの顔を食い入るように見つめた。

「わたしだけよ……おまえが愛しているのは」ポリーは体じゅうに広がる薬の影響に抗いながら、もつれる舌で言った。「もし……わたしを……殺せば、ジェリー、おまえは家族を……失くすのよ。生きるよりどころが……なくなるの。そうすれば、枝を離れた木の葉のように、干からびてしまうでしょう……」

20　裏切り

雨の中、アナベルが素早く避難梯子《ひなんばしご》を下りてきた。濡《ぬ》れた梯子段に慎重に足をかけ、物音一つ立てなかった。彼女の顔は青白く、リチャードの肩に手が触れるとほっと息をつき、差し延べられた両手の中へためらうことなく飛び込んだ。そしてリチャードの抱擁に心から応え、生涯記憶に残るであろう喜びを彼にもたらした。

「何があったんだ？」リチャードが囁《ささや》くと、アナベルは制止するようなしぐさをした。リチャードは片手でアナベルのバッグをつかみ、もう一方の腕を彼女の肩に回して、家の裏手の、一つだけ明かりの灯った窓の下に誘《いざな》った。アナベルを待つわずかな合間に調べたところ、やはり来た道を戻るのは難しそうだった。博物館の敷地内から家の裏手に面した通りへの出入口があるはずだと、リチャードは考えた。

雨脚は激しさを増した。屋根を叩《たた》き、雨樋《あまどい》を流れ落ちる水の音が、田舎育ちのアナベルの耳にひどく騒々しく聞こえた。短い通路が家と博物館をつないでおり、その手前にあるキッチンの勝手口から博物館の入口へと続く細い道が、暗がりに白っぽく浮かび上がっていた。

二人は博物館の入口まで来ると、軒下で身を寄せ合った。

「ジェリーが家の中にいるのか？」

「ええ。あたしたちが帰ってきたら、待っていたのよ。彼のことを知ってるの？」

「よくは知らない。何があったんだ？」

「わからないわ。彼、あたしを見て怒ってたみたい。あたしを殺すつもりだったんじゃないかしら」

リチャードは唸《うな》った。「そんな馬鹿《ばか》な」

「本当にそう思ったのよ」アナベルの若々しい声は震えていた。「ポリーおばさんは何かをひどく気にしていたわ。リチャード、警察に知らせるべきじゃないかしら」

「いや、それはいいだろう」リチャードは苦笑いを浮かべた。「ぼくは今夜、不法侵入の件で警察と一度話をしてる。だから、このことは黙っていよう。さあ、ここに立って、なるべく濡《ぬ》れないようにしてるんだ。ぼくは裏門がないかどうか見てくるから」

博物館の狭い戸口にアナベルを残して、リチャードは走り去った。その日の朝、蒸気船の機械を止めるためにジェリーが入ってきたのはそのドアだった。雨に濡れながらドアに寄りかかっていたアナベルは、ルークとキャンピオンが帰ってからポリーと一緒に戸締まりをしたとき、このドアには鍵《かぎ》をかけなかったことを思い出した。

用心深く取っ手を引くと滑るようにドアが開き、樟脳《しょうのう》のにおいがする生温かい空気に迎えられた。アナベルは中に入ってリチャードを待った。

しばらくしてリチャードが戻ってくると、ほっとしたようにアナベルの横にならんだ。顔は雨に濡れて光り、肩はぐっしょりと湿っていた。

「ここに入れてよかったよ」リチャードは小声で言った。「少し待たなきゃならないようだな。ここは警官に取り囲まれてるよ。その壁の向こうにもうようよしてたし、ほかの家の裏庭へ通じる路地にも、少なくとも二人はいた」

リチャードにはアナベルの姿が見えなかったが、闇《やみ》の中で彼女が体を震わせるのがわかった。

「あの人を追いかけてきたのかしら?」

「たぶんね。騒ぎが収まるまで、ここに身を隠していたほうがいいだろう。そのあとすぐに、列車に乗せてあげるよ」

「警察はどうする気かしら? 家に押し入るの?」

リチャードは答えなかった。ポリーの最後の言葉が思い出された。

「何か気がかりでもあるの?」アナベルは外套《がいとう》を脱いだ。「あなたも脱いだらどう? あたしたちは捕まったり尋問されたりする心配はないんだから、びくびくすることはないわ。ポリーおばさんは違うけど。きっとこうなるとわかっていて、あたしを巻き込みたくなかったのね」

「それがいちばん肝心なことだよ」リチャードは心を決めたようだった。「このドアを閉めてじっとしていよう。警察はあいつがここにいるのを知ってるにちがいない」

「そりゃそうよ」アナベルは中央の台座に腰を下ろした。「でなきゃ、ここには来ないでしょう？　こっちへ来て座るといいわ。その象かキリンに座ったら？」

二人が腰を落ち着けていた頃、通りの少し先に並ぶ古びた家々の一つの、居間と寝室を兼ねた一室では、キャンピオン、ルーク警視、それにこの地区を管轄するバロー・ロード署のピコット巡査部長が、ミス・リッチの話に耳を傾けていた。ポリーとは昔から付き合いのある隣人で、リチャードがブザーを鳴らしたときに、ポリーが勘違いした相手だった。

その居間兼寝室は、建物の一階の、入口のすぐ横にあった。大きな窓と舗道とは、地階まで掘り下げられた深い穴で隔てられていた。ミス・リッチは夜の間、必要な明かりを表の街灯で間に合わせる習慣だということがわかった。

「闇《やみ》の中に座ってラジオを聞きながら、窓の外を見ていたんです」自嘲《じちょう》を含んだ教養のある声が、暗がりに響いた。「カーテンをお閉めになりたいなら、明かりをつけますわ。でもこちらへ来てわたしの横に立ってみれば、わたしの言いたいことがわかると思います」

ミス・リッチはかつて学校の教師だった。口調からもそれは明らかであり、三人は言われたとおり、散らかった部屋をそろそろと横切った。窓辺に置かれた背の高い長椅子《ながいす》に、瘦《や》せた人影が座っていた。

「ほら、あそこに」彼女はいくらか誇らしげに言った。「通りのあちら側に面した家々がすべて見えるんです。それに角の郵便ポストや、エッジ・ストリートも少し見えます。あそこが七番地で、あの塀は食堂の窓のそばにあります。巡査にお話ししたとおり、その塀を男が乗り越えていったんです」

「ええ、見えますとも」ルークは彼女と同じ目の高さになるよう、長椅子の後ろで身を屈《かが》めた。暗闇の中でもめっぽう目が利くキャンピオンは、本や箱、それに間違いなく汚れた皿だと思われる物からなる、いまにも崩れそうな山をすんでのところでかわすことができた。

「みんな床に置く癖があるんです」ミス・リッチが肩越しに言った。「週に一度、掃除婦に頼んですっかりきれいにしてもらうんですよ。じゃあ、話を続けましょう。その若い男は、さっきも言ったように見覚えのない男ですが、タッシー夫人と彼女の姪《めい》らしい女の子が家に入ったすぐあとにやって来ました。もちろんここからは見えませんでしたが、ポーチに五分ほどいたかと思うと、飛び出してきて、あの塀をよじ登ったんです。電話があればかけたでしょうが、家に電話はないんです。電話をかけたいと思う相手もいないから、わざわざ取りつけることもないだろうと思って」

彼女は考え込むように言葉を切った。

「叫び声を上げればよかったのかもしれません。でもわたしは、そうしませんでした。どうせここの住人たちは力になってくれないでしょうしね。それに、タッシー夫人の家には頼りになる男の人がいるとわかっていたし、いざとなればあの女の子もいますから、しばらく様子を見ていたんです。そしたらちょうど、巡査が通りかかったんです。窓を叩《たた》くと、先ほど申し上げたように、巡査は立ち止まりました。わたしは表へ出ていき、彼に話をしたんです。ところで、警察の人はまだあの家に入っていないようですね、警視さん」

「ええ、そうです」ルークは彼女と同じくらい温和に言った。「家の中でタッシー夫人を待っていた男なんですよ、われわれが興味を持っているのは。その男は何時頃やって来たかわかりますか?」

「ジェレミー・ホーカーのこと? 彼に興味があるのね? まあ」彼女の顔は影に覆われていたが、最後の言葉を口にしたあと唇を固く引き結んだのが、ほかの三人にもはっきりとわかった。

「彼を知ってるんですね?」

「会ったことはあります」彼女は物思いにふけり、しばらくしてからキャンピオンが立っていると思われる辺りを見やった。「誤解を招くようなことは言いたくありませんが」彼女の口振りは、警察には無理だろうが、おそらくキャンピオンになら自分の言っていることがわかるだろうとほのめかしていた。「彼にはなんの恨みもありませんし、タッシー夫人は彼のことをとてもかわいがっていますからね。でも、彼があそこにいると知らなかったら、ドレッシングガウンの上に外套《がいとう》を羽織って、雨の中だろうと彼女に警告しにいったでしょう。時々、夜でも出かけていくんです、彼女が独りで寂しいんじゃないかと思って。だけど彼がいるんだったら、わざわざ邪魔しにいくこともないですから」

キャンピオンには確かに彼女の言いたいことがわかった。

「あなたの友人の時間も関心も、彼が一人占めしてしまってるんですね？」キャンピオンは思い切って言ってみた。

「彼女はまるで自分のことのように、彼を気遣っているんです」その嬉《うれ》しそうな声は三人を驚かせた。「でもわたしが知る限り、彼は滅多に姿を見せなくて、彼女を心配させてばかりいるんです。彼は確かに魅力的だし、彼女が思ってる以上に世慣れているわ。ほんとに馬鹿《ばか》な人……彼女は善人すぎるんです。どんな人だろうと受け入れてしまうんですよ。あまり賢いとは言えないけど、あんまり心配しすぎたら……」ミス・リッチは言葉を途切らせた。

「とにかく」とだしぬけに言う。「わたしに我慢して付き合ってくれたのは彼女だけなんです！　彼女はわたしによくしてくれます。あの退屈な雑誌を、毎週せっせと買ってはわたしに貸してくれるんです。彼女を喜ばせるために、いつも読む振りをしてるんですよ」

ルークは咳払いした。「ホーカーが七番地にやって来たのは何時頃ですか？　覚えていませんか？」

「覚えてるわ。クラシックのコンサートを聴いていたんです。十時半頃だったかしら。彼は珍しく通りを歩いてきました。いつもは嫌な臭いのする大きな車に乗ってきて、よその家の前に停めておくんです。彼はまっすぐポーチへ入っていき、それきり出てきませんでした。きっと鍵《かぎ》を持ってるんでしょう。そうじゃないかと思っていたんです。そして、あの二人が帰ってくるまで、家の中をうろついていました」

「なぜわかるんです……？　ああ、明かりがついたり消えたりするのを見たんですね」

「もちろんそうです。彼は予備の寝室以外、ありとあらゆる場所へ行きました。事務室にかなり長くいたわね。そこには電話があるんです。それからキッチンにも少しの間いました。キッチンは家の裏手にあって……」

ルークが話を遮った。「家の裏手？」鋭く繰り返す。

ミス・リッチは楽しそうに笑い声を上げた。「もう一度屈《かが》んで見てごらんなさい。後ろを向いたガチョウのような形をした木が、空を背に立っているのが見える？　彼女のご主人の不気味な収集品を展示している建物の、向こう側にある木よ。見えました？　七番地でキッチンに明かりがつくと、その光に木が照らされるんです。冬より夏のほうがはっきり照らされるんですけど、まあ、いつもわかります。見間違えることはまずありません。あなたたちが来るちょっと前にも、三、四分ついていました。きっと寝る前に飲む物を温めてたんでしょうね。まだ湯たんぽを入れるほど寒くありませんし。ほかにもお知りになりたいことがあって？」

「ああ……いいえ、ありません」ルークの声はうやうやしくもあり、また冷ややかでもあった。「いまのところは、これでけっこうです。もしまた必要があれば、こちらに伺ってもよろしいですか？」

「ええ、もちろんです。まだ起きているつもりですから。あまり眠れないんです」彼女は自分を哀れみつつも、そんな感情を蔑《さげず》んでいるかのようだった。「窓の外で手招きしてくれたら、戸口に出ますから。ベルは鳴らさないでください。ほかの住人を起こしてしまって迷惑でしょうからね。わたしはここに座って、あなたたちがどうするか見ています。それでは、さようなら」そしてふたたびキャンピオンを見やり、「もしもタッシー夫人が、姪《めい》でも養子同然の男でも強盗でも警察でもない誰かを必要としたら、わたしに知らせてくださいな。たぶん駆けつけることができると思います。なんの役にも立ちはしないでしょうけど」

「まったく我慢ならないタイプだ」とルークは言った。彼らは雨の中を、三十メートルほど先にある空き家の、漆喰《しっくい》の剝《は》げたポーチへと歩いていた。「彼女に言いくるめられる自分が目に見えるようだよ。『あなた自身のことは忘れて、わたしのことだけ考えて』と、昼となく夜となく、そう唱えられてね」

「ただの変人だよ」ピコット巡査部長が初めて口をひらいた。「準備は万端だ。とりあえず彼女から必要な情報は聞き出せただろう？　あそこに容疑者がいるんだ。いまにも荷物をまとめてねぐらへ帰るところだろう。玄関から堂々と入っていくか？　あいつを逃がすわけにはいかない。この一帯は完全に包囲しているよ」

「すまないが、ジョージ。危険を冒すわけにはいかないんだ。これは命令でね」ルークは体を揺すって外套《がいとう》の雨水を振り落とし、屋根のついた四角いポーチの手すりに腰かけた。「あいつが出てくるまで待って、上品で秩序正しい方法で捕まえるんだ。やっこさんの不意をつくよう、計算され尽くしたやり方でね」

ピコットは鼻を鳴らし、うなずいた。「チャーチ・ロウ射殺事件の犯人でもあると目されているからだな？　ここでも犯行を重ねるとは考えられないか？」

ルークは落ち着かなげに身じろぎした。「おれの考えでは、あいつはここなら安全だと思ってるはずだ。となると、一緒にいると思われるあの二人に危害を加えるとは考えられない」

ピコットは静まり返った家を眺め、ふたたびルークに顔を向けた。

「あいつはここへ来る前にも、アリバイを用意してきたそうじゃないか」とピコット。「何か企んでいるのでなければ、どうしてアリバイが必要なんだ？　なんだか嫌な予感がする。あいつはいったい何をやってるんだろう？」

ルークはドアの支柱にもたれかかり、顔が闇《やみ》に紛れ込んだ。

「何か手元に置いときたくない物を隠してるんだろう。たとえば、銃だとかね。いかにもあいつのやりそうなことだ。ここは安全な隠れ家《が》だと思ってるんだ。ここではたぶん、自分のいい面しか見せてないんだろう」

「あの老婦人は？　あいつと一緒に家の中にいるんだろうか？」

「もちろん、そうだろう」ルークは疲れたように言った。「彼女はまだ何も知らないはずだ。ああいうタイプには何度も会ったことがある。今後、彼女の身に何が起きるか手に取るようにわかるよ。あいつの犯した数々の罪が、彼女の苦悩で贖《あがな》われることになるのは間違いない」

ピコットはしばし無言だった。ややあって、短く笑い声を上げた。

「他人の罪まで贖おうとするなんて、おかしな話だ」ピコットは言った。「その罪の重さを正確に計算することができたとして、果たしてそれをちゃらにすることができるんだろうか？　とにかく、老婦人というのはうまく嘘《うそ》をつけないものだろう？　うっかり口を滑らせたりして、どんどん相手を追い込んでしまう。余計なお世話というものさ」ふたたび不安そうな面持で、「証拠品を隠すのではなくて、隠滅するためにここへ来たとは考えられないか？」

ルークは伸びをした。「さあな。おれはそう思わない。そうでないことを願ってるよ。今夜これ以上殺人が起きちゃかなわんからな。おれが心配なのはあのウォーターフィールドという若造だ。あいつが首を突っ込んでこなけりゃ、気楽でいられたのにな。ミス・リッチの話じゃ、ポーチに五分もいたらしい。いったい何をやってたんだろう？」

キャンピオンが咳払《せきばら》いした。「恥ずかしながら、いても立ってもいられなくてね」彼は率直に言った。「さっき病院へ行って、今朝若い女性と一緒にいた男を見た巡査から、話を聞いてきたんだ。その男はウォーターフィールドに間違いなかった。それを教えにきみのところへ戻ろうとした矢先に、エッジ・ストリートを歩いてくる彼を見つけてね。後を追いかけると、彼は七番地の家へ入っていった。まさかホーカーがそこにいるとは思わなかったし、いつまでウォーターフィールドがそこにいる気なのかもわからなかった。それに、ぼくにはなんの権限もないから、近くの電話ボックスへ引き返し、テーラー・ストリート署へ電話したんだ」

「うむ」とルーク。「ドアをノックしても返事がなかったのか、それとも誰かが出てきて追い払われたのか。ミス・リッチにはそこまでわからなかった。だがなんらかの理由で、あいつは塀をよじ登ることにしたんだ」

「目で見て確かめないことには、何が起きているか、わかるはずがない」ピコットは言った。「この家の裏の通りから庭に入り込んで、ちょっと様子を見てきてもかまわないだろう？　家の中に明かりがついていれば、窓から何か見えるかもしれない」

「いいだろう」ルークはしぶしぶ同意した。「あの若造を見つけたら連れてきてくれ。くれぐれも物音を立てないようにな。ホーカーに気づかれたらおしまいだ」

「気づかれるもんか！」丈が短めの外套《がいとう》の裾《すそ》を尻《しり》の辺りにぐいと引き下げると、ピコットは襟を立てた。「この雨じゃ、怒鳴らないと話もできないんだからな」

彼は土砂降りの中へ飛び出し、エッジ・ストリートの方角へ消えた。しばらくの間、ルークは無言だった。通りに人の気配はなく、家々の灯は消え、警官たちは身を潜めていた。やがて彼はため息をつくと、影に覆われたキャンピオンへ笑いかけた。

「気楽にしててくれ、大将。どうやらひと晩じゅうかかりそうだ」

瘦《や》せた男は背中を丸めた。「これは驚くほど猛獣狩に似てると思わないか。ただ今度の場合は、動物に対する密かな罪悪感は微塵《みじん》も感じずに済むわけだがね」キャンピオンは続けた。「きみの獲物はどこか爬虫類《はちゅうるい》を思わせるよ、チャールズ。くねくねしていて、抜け目がなくて、地面を這《は》いずりまわってる。いつものぼくらしからぬことだが、そいつは吊《つ》るし首になればいいと思ってるんだ」

ルークは唸《うな》り声を上げた。「吊るし首！　誰も彼もがそういうが」彼はいきり立った。「いったいあいつをどうやって有罪にすればいいんだ？　おれはそのことでずっと頭を悩ませてるんだ」

キャンピオンは黙ったまま、雨に濡《ぬ》れそぼる向かいの家々を見つめた。

「そいつは厄介だな」ややあって、キャンピオンは言った。「うっかりしてたよ。まだ容疑は何もかたまっていないんだな？」

「そのとおり」ルークが呻くように言う。「手がかりはどれも糸のように細くてね。何百という糸があるんだが、とてもロープにはなりそうにない。あいつは用心深くて几帳面《きちょうめん》なんだ、おれが今朝言ったようにね」

「どうするつもりだ？　彼を連行して尋問し、あとは天に祈るだけかい？」

「おれにできるのはそれだけさ」ルークは踵《かかと》で床を蹴《け》った。「いつ状況が好転するかはわからんよ。化学者たちが幸運に恵まれるかもしれないし、飲み屋の女が足のつく宝石を持ってくるかもしれない。あるいは弁護士の体に撃ち込まれた弾丸がチャーチ・ロウ射殺事件のものと一致するかもしれないし、五人の目撃者からバスに乗っていたのはあの蠟人形《ろうにんぎょう》だという確かな証言が得られるかもしれない。だがいまのところ、すべての手がかりは別々の事件に属していて、われわれのやってることはみんな無駄骨に終わるかもしれない。それにあいつには強力な後ろ盾がついてる」

「なんだね、それは？　新聞かい？」

「あの老婦人だ」

「なんとね」気持ちがくじけたときにそう言うのがキャンピオンの癖だった。「それじゃあ、彼にまんまと逃げられてしまう」

「死体の山を踏み越えてね」ルークが冷ややかに言う。「もう一つ、ちょっとした手がかりを入手したよ。いまダンがテーラー・ストリート署で調べてるところだ。あの弁護士の事務所があった建物の守衛が、若い頃にル・ムーランにあるカジノで見張りをしてたことがわかってね。どの賭博場《とばくじょう》でもそういう連中を雇ってるものだ。どんな変装をしていても人相を見分けられるよう訓練を受けていて、揉《も》め事を起こさずにお尋ね者の賭博師を放り出すのにひと役買ってるんだ。もしその守衛が配達夫の顔を見ていたら、面通しで確認できるだろう。そうすればあいつを有罪にできるかもしれない。まあ、ほかの証拠と似たり寄ったりだがな。それでもまだマシなほうだ」

「銃を手に入れられると思うかね？」

「そうなればしめたものだ。そのためにこうして、おとなしく待ってるんだ。われわれが追っていることをホーカーが気づかなければ、ずっと持ち歩きつづけるかもしれない。だがもし気取られたら、真っ先に処分するだろう。仮定の話ばかりしてもしようがないがな」

キャンピオンは考え込んだ。「こういった犯罪者はよく裏切りに遭うものだろう？」

「誰にそんなまねができるかね」その点についても、ルークはすでに考えていたようだった。「あいつはどんな人間も信用しなければ、誰にも心を許さない数少ない連中の一人だ。誰かを信用しなければ裏切られることもないさ」

「彼を疎んじてる敵だったら？」

ルークは腰を上げた。「その可能性はある。だがそれも、あいつが疑いもしないような相手に限られる。そしてあいつは、誰だろうと疑ってかかるタイプだ。おや、誰か来たようだ」

ルークが一歩前へ踏み出すと、雨の中からダンがポーチへ滑り込んできた。二人に彼の顔は見えなかった。

「収穫はあったか？」ルークの声はしゃがれていた。

「守衛か？　ああ、配達夫を見分けられるだろうと言ってたよ」意外なほどくだけた口調だった。「だがよぼよぼの爺《じい》さんでね。裁判がはじまる前にくたばっちまうだろう。今度のことがひどくこたえたんだ。娘さんに家まで送らせたよ。寝かしつけるよう彼女に言っておいた。だが心配はいらん、ホーカーはもう終わりだ。やつを捕まえさえすればこっちのものさ」

「そいつは心強いな」ルークが訝《いぶか》しげに言う。「何かあったのか？」

「ああ」ダンは長々と息をついた。「信じられないようなことがね。ちょうど爺《じい》さんの話を聞き終えて暗澹《あんたん》とした思いでいたところへ、シドン・ストリートにある分署から報告が届いた。ロイヤル・アルバート・ホールの向かいにある小さなレストランの店主が、あの弁護士の財布を届け出たというんだ。ある客がテーブルの上に置いたまま、店を出ていったそうだ。金と手紙を二通取り出したあとでね。ほかは手つかずだった」

「フィリプソンの財布だって？　まさか、信じられない」

「わたしもだ。まったく信じられんよ」ダンの普段の気取りは見る影もなく、いかにも警官然としていた。興奮のあまり彼の話はやや支離滅裂だった。「その弁護士の名前と住所が至るところに書かれていてね。それでこんなに早く手に入れることができたんだ」

「店の誰かがその客を覚えてるだろうか？」

「ああ、ホーカーに間違いないよ。女給仕とコーヒー担当のその母親が、彼だとはっきり証言した。あいつがちょっとした芝居を演じてみせたんで、よく覚えていたんだ。手紙を読んでひどく驚いていたと言ってる。それにあいつが出ていったあとで、後ろに座っていた若い労働者の男が二人、あいつのことを話題にしてたそうだ。その二人は常連客で、そいつらからも証言を得られるだろう。あいつもとんでもないボロを出したもんだ。よほど動転してたんだろうな」

ルークは湿っぽい闇《やみ》の中で静かに笑いだした。

「ということだ、キャンピオン。いったい誰が裏切ったんだろう？　友人か、あるいは敵か？」

「とにかく、彼が唯一疑っていなかった人物さ」とキャンピオンは言った。

21 どん詰《テザーズ・エンド》まり

居心地のよさそうな居間の椅子《いす》でポリーがぐっすりと眠り込んでいる間、ジェリーは準備を進めていた。彼はこれまでに経験したことのない精神状態にあった。朝のうちは抑圧された興奮が知性を研ぎ澄まし、冷静でいられた。しかしいま、新たな変化が現れていた。彼はすっかり不器用になっていた。まるで悪夢の中にいるかのように、体は重く、言うことをきかなかった。

時間はいくらでもあるとわかっていたものの、ジェリーは急ごうと努めた。だがそれには大変な労力を要した。肌の下に透けて見える黒ずみはさらに濃さを増していた。服は強張った筋肉から垂れ下がり、額にはびっしょりと汗をかいていた。彼は決してポリーを見ようとしなかった。そばを通るたびに、すねている子どものように顔を背けた。

それでも準備は着々と進んでいた。ドアと窓が両方とも閉まっているため、その小さな部屋の空気はすでに薄くなっており、ストーブの炎は青く小さくなっていた。あと一時間もしないうちに、炎は消え、死をもたらすガスが室内へ流れ出すはずだった。

ジェリーはしばしストーブを見下ろしてからドアへ歩み寄ると、振り返って室内を見回した。状況の変化に応じてもともとの計画に加えた修正は申し分なかった。ストーブを挟んでポリーの向かい側に置いた椅子は、前からそこにあったように見えた。そしてその椅子の傍らに、カップを載せるための予備のテーブルを配置した。万事抜かりはないとジェリーは確信していた。この悲劇はまず間違いなく、本物の事故とみなされるはずだ。いつの間にかドアがぴたりと閉じていることにも気づかず、ストーブを囲んでおしゃべりに夢中になっていた老婦人と、何も知らない訪問客。ガス会社の人間から例の警告について話を聞けば、検屍《けんし》陪審員《ばいしんいん》は偶発事故であるとの評決を下すだろう。そして不十分な換気について注意を促す副申書を提示し、この事故は半日ほどの間、世間を騒がせることになるのだ。

ジェリーはドアを開け、階上に続く階段のいちばん下に立って耳を澄ました。雨音の檻《おり》に囲まれ、家の中はしんと静まり返っていた。彼は束の間、その場に佇《たたず》んだ。どうするかはすでに決めてあった。選んでおいた柔らかいクッションが置いてあるテーブルへ、肩越しに目をやる。あの娘は階上《うえ》ですやすやと眠っているはずだった。

彼はいったん歩きはじめたものの、また足を止め、自分の両手を見下ろした。どうやら気が変わったようだった。思いがけないアナベルの出現により考え出された計画だったが、容易ではない上に気が進まなかった。彼は計画の実行を後回しにすることに決めた。

ジェリーは居間に戻ると、階下へ持っていくために、自分の空のグラスとポリーのカップをトレイに載せた。そしてトレンチコートを羽織って、いつもそうしているように、腰の高い位置でベルトをきつく締めた。

トレイを持ち上げる前にジェリーはポケットを探り、銃がないことに気づいた。その瞳《ひとみ》に現れた驚愕《きょうがく》の色は、ポリーに目を向けたとたん消え失せた。彼の顔に、苛立《いらだ》ちながらも面白がっているような笑みが浮かんだ。それは通りに立っていたポリーをタクシーで追っ払ったあの雨の夜に、彼女を見つめていたときと同じ表情だった。

銃はすぐに見つかった。隠し場所は難なく見当がついた。ジェリーは食器棚のガラス戸を開けて深皿の蓋《ふた》を持ち上げ、下に入っていたもろもろの書類と共に銃を取り出した。ポリーはいわば習慣の奴隷であり、いつも決まって、失くしたくはないが持っていると恥ずかしいものを、そこへ隠すのだった。ジェリーはこれまでに幾度となく、彼女がそうやってつまらないものを隠すところを目にしていた。

皿の中には思ったより多くのものが入っていた。訪問販売で買ったらしい労働者組合のためのラッフル券（慈善事業などの資金集めのために売られる富くじ）の束、ビタミンで活力を取り戻すための処方が書かれた医薬品の包み紙、それに毎年更新されている運転免許証――ポリーは車を持っていなかったし、南部へ引っ越してから一度も運転をしていなかった。

ジェリーはそういったものを皿の中に戻した。と、唇がわなわなと震えだした。ポリーとの思い出が彼の心に鮮明に残っていた。やがてジェリーは、銃をポケットに突っ込むと、トレイを持ち上げてキッチンへ駆け下りた。

キッチンは暖かく、かすかに食べ物とアイロンのにおいがした。ジェリーは時間をかけてグラスを洗い、布巾でつかんで食器棚にしまった。次いでカップを念入りに洗ってから、水切り台の上にある鍋《なべ》に残っていたミルクをまた注ぎ入れた。そしてそれを二階に持っていくためにトレイに載せるときにも、布巾《ふきん》を使った。

次の問題はボイラーだった。コークスを燃やすクリーム色の琺瑯《ほうろう》製の四角い箱と、その隣にあるコンロが、かつてヴィクトリア朝風の調理用レンジがあった狭苦しい場所に置かれていた。ジェリーがボイラーの扉を開けると、恐れていたとおり、炎は消えていた。ポリーが帰ってくる前に上から押し込んだジャケットのせいで、空気が入り込まなくなっていたのだ。

ジェリーは悪態をつきながら立ち上がり、シンクの下の食器棚に歩み寄った。ポリーが昔から使っている旧式のライターの、使いかけの包みが見つかった。淡い茶色の滑らかな板状の蠟《ろう》で、見かけはチョコレートのようであり、テレピン油のにおいがした。小さく砕いて、固形燃料の下に置いてじかに火を点けるものだった。

ジャケットを引っ張り出すと、コンロのそばにある亜鉛でメッキされた細長い石炭入れからコークスを取り出し、ボイラーの中へ入れた。そして数分後にやっと、三つ目のライターでふたたび火を点けることができた。ジェリーは立ち上がって両手を払い、コンロの黒光りする天板の上でくすぶっているジャケットに目を向けた。

本当に燃えているのか、もともとの炎の煙が纏《まと》いついているだけなのかはわからなかった。ジェリーは恐る恐るジャケットを突いた。暖かかったが決して熱くはなかった。それに肩の詰め物は、到底燃えそうになかった。

ジェリーはどこかに火が消え残っていないかと、ジャケットを引っくり返してみた。と、片手が胸の内ポケットの膨らみに触れた。心臓をひと突きされたような衝撃がジェリーを襲った。その顔がみるみる紅潮していく。彼はポケットから札束とマット・フィリプソンに宛《あ》てたポリーの手紙を取り出した。両方とも、カフェにいる間に、あの死んだ男の財布から抜き取ったものだった。女給仕に注意され、すぐにポケットにしまい込んだのをジェリーは覚えていた。そしてそれきり、忘れていたのだ。あの瞬間に、まるでスポンジで皿を拭ったように、頭の中からきれいさっぱり消え失せていたのだ。

怒濤《どとう》のようによみがえった記憶に、ジェリーは息を潜めて立ち尽くした。

財布はいったいどこにある？

恐ろしいことに、その答えはジェリー自身がいちばんよくわかっていた。彼はあの財布をテーブルの上に置いたまま、後ろも見ずにカフェを出てきたのだ。そんなつもりはないのに、まるでわざとそうしたかのようだった。彼を覆っていたごく薄い不注意のヴェールが、その自殺的行為へ至らせたのだ。

その事実から目を背け、ジェリーは怒りに体を震わせながら、ジャケットや着ている服のポケットというポケットを探し回った。挙句の果てにふたたびボイラーの戸を開け、無駄だと知りつつも、コークスの中へ素手を突っ込んだ。

とうとう彼は静かになった。まるで体が縮んだ老人のように、背中を丸め、動作も小さくなった。ジャケットとライターを空になった石炭入れに押し込み、コンロから向き直る。彼の視線はゆっくりと部屋をよぎり、雨滴が光る暗い窓に留まった。とその時、彼の目は、こちらを覗《のぞ》き込んでいるもうひと組の目と合った。

キッチンに明かりがついて以来、庭から中を窺《うかが》っていたピコット巡査部長は、とっさに後ずさりした。見られていない自信はあった。

ジェリーは気づいた素振りを見せなかったが、札束と手紙を石炭入れに滑り込ませると、音も立てずにドアへ歩み寄り、電気を消した。次いで銃を取り出して右手に持ち、くすぶりつづけるジャケットが入った石炭入れを左手に抱えたまま、窓に忍び寄った。

窓から差し込む町の空の明かりが、足元を照らしていた。が、高い塀に囲まれた庭は闇《やみ》に閉ざされて何も見えなかった。

しばらくしてジェリーは窓辺から離れ、キッチンのドアの外へ素早く移動した。玄関へ続く短い階段が目の前にあった。彼は階段のいちばん下に立っており、目線はちょうど床と同じ高さだった。ドアと磨り減った床の間にできた細い隙間《すきま》から、外の灰色っぽい光が滲《にじ》み出ていた。立ったまま見ていると、その光の線を影がよぎっていき、そしてまた戻ってきた。誰かがポーチで待ち伏せしているのだ。

ジェリーは静かに階段を上って玄関へ行き、あの小さな事務室に入った。そして窓の脇《わき》の壁にぴたりと背中をつけ、肩越しに外を覗《のぞ》き見た。門の外をうろついている人影はなかったが、通りの反対側の舗道を足早に歩いていく男が見えた。がっしりとした体格のその男は、見間違えようのない、ある独特の雰囲気をたたえていた。

ジェリーは窓辺を離れた。足音を忍ばせて玄関へ戻り、博物館に続いている通路へ向かう。家と展示室をつなぐその通路のドアは、夜の間鍵《かぎ》が掛けられていたものの、鍵はいつも鍵穴に差し込んだままになっていた。ジェリーは音を立てずに鍵を開けた。そしてマットが敷かれ、ニスのにおいが漂う、板で作られたトンネルをそろそろと進んで、スイングドアを押し開けた。

風通しの悪い、空気のこもった室内に足を踏み入れると、暗い天井に黄色っぽい灰色の四角い天窓が見えた。その下の暗闇《くらやみ》の中では、不気味な影がかろうじて見て取れた。一瞬、ジェリーは躊躇《ちゅうちょ》し、銃をきつく握り直した。闇のどこかで物音が聞こえたように思ったのだ。まるで誰かが息を呑《の》んだような音だった。耳を澄ましたが、何も聞こえてこない。少ししてから、ジェリーは台座の脇《わき》の通路をゆっくりと進みはじめた。

自分による裏切り行為の発覚に呆然《ぼうぜん》としていたため、ジェリーはほとんど機械的に行動していた。猟で撃たれた動物が、息絶える瞬間までしばらくの間走りつづけるように、ジェリーは自分の計画を推し進めようとした。

彼は寒い時季にこの部屋で焚《た》かれている鉄製のストーブへ向かった。ポリーのミルクを温め直しに階下へ行き、ボイラーの火が消えているのを見つけたとき、この博物館のストーブでジャケットを燃やそうと決めたのだ。彼はそのジャケットをなんとしても処分したかった。ミントン・テラスの建物へ木箱を持って入っていったときに身につけていた服の中では、そのジャケットがいちばん人目を引きそうな代物だった。あそこで誰かが彼に目を留めていたとしても、おそらくジャケットしか覚えていないはずだった。

通路は真っ暗だった。ストーブがある場所はわかっていたが、ジェリーは歩きながら所狭しと置かれた展示品に体をぶつけた。展示品から遠ざかろうと、彼は寄せ木張りの床を横切って台座のほうへ近づいた。

一メートルと離れていないところに、人影が身じろぎもせずに座っていた。それは見ているうちに、少しずつその姿を現してくるようだった。ジェリーは立ち止まり、銃をきつく握り締めた。人影は形を変え、ぼんやりとした白い顔が彼を見上げた。

「まあ」アナベルの甲高い声が暗闇に響いた。「まあ、あなた銃を持ってるのね！」

一瞬、ジェリーの頭は真っ白になった。殺すつもりでいた、部屋で眠っているはずの娘がここにいるという驚くべき事実を、反応の鈍った頭がゆっくりと理解している間に、暗闇から二つ目の人影が飛び出し、ジェリーの手から銃を叩《たた》き落とした。間髪を入れず、拳《こぶし》が頬《ほほ》の下辺りに叩き込まれた。

石炭入れがジェリーの手から落ち、闇の中を転がった。彼は猛然と殴り返そうとしたが、拳は空を切った。リチャードがジェリーに飛びかかった。彼は小柄な男が時折見せるような、いかなるハンデも相殺する、向こう見ずな闘争心に溢《あふ》れていた。巨漢に力負けしたことは何度もあり、腕もさほど長くなかったが、彼はタフでスタミナがあった。それにいまは不意をついた分、彼のほうが優位に立っていた。

きょう一日、リチャードの怒りは募るいっぽうだった。再会したばかりの美しいアナベルが、何に巻き込まれようとしているのか見当もつかず、これまでにわかったのはどれもくだらないことばかりだった。そしていま、闇に響いたアナベルの言葉が、彼の怒りを爆発させた。生まれて初めて、リチャードは怒りで我を忘れていた。

ジェリー——彼であるとリチャードは信じて疑わなかった——に体当たりを食らわすと、リチャードは一、二分ほど激しく殴りつづけた。かなりの手応えがあり、相手は彼の右前方に倒れ込んだようだった。すかさずその上に馬乗りになると、ジェリーのネクタイを手首に巻きつけ、締め上げた。

「よくも彼女に銃を向けたな」リチャードは気性の荒い馬に乗っているかのように、脇腹《わきばら》に膝《ひざ》を打ちつけた。「銃とはね！　そんなものを持ち出すなんて、いまいましいやつめ！」

予想外の攻撃の果てに、声の主が誰であるかわかると、わずかながら残っていたジェリーのまやかしの希望も、無残に打ち砕かれた。

「おまえは……テニエルからぼくを尾けてきたのか？」息苦しそうな声が闇に響いた。

「今朝、ここから理髪店へ尾けていったのさ」リチャードは話さずにいられなかった。「アナベルをここへ連れてきたのはぼくだ。彼女はまだ子どもだから、これからどんな生活が彼女を待ってるのか、ぼくも知っておきたいと思ったんだ。おかげでよくわかったよ。ぼくはロルフ屑鉄置場《くずてつおきば》へも行ってきた。あそこには警察も来ていたよ。連中はいま、この家のまわりを取り囲んでいて、おまえが出てくるのを待ってるところさ。おまえが捕まろうとどうなろうとぼくの知ったこっちゃないが、アナベルをくだらないごたごたに巻き込ませはしないぞ。おい、わかったか？」

ジェリーは動かなかった。リチャードが自分のことを、銃を振り回して女を脅すようなけちなチンピラだと思っているという事実が、意外な影響を彼に与えていた。それはささやかな慈悲を施すかのように、耐え難いまでに膨らんでいたジェリーの剥《む》き出しの恐怖を、束の間、覆い隠してくれた。

ジェリーは体の力を抜いた。「わかった」それは単に不機嫌そうな声だった。

リチャードはジェリーを放して立ち上がると、後ずさりした。重みのある物に踵《かかと》がぶつかり、屈《かが》んでそれを拾い上げる。銃だった。リチャードはその銃を手に構えた。

「立てよ、ジェリー。ここから出ていくんだ。家に入ろうと、どこへ行こうと、好きにするがいい。だがおまえと一緒にいるところを見られたくないんだ」

その若々しい声は力強く、威厳に満ちていた。離れて立っていたアナベルが、それに呼応するように庭へ出るドアを開け、真夜中の空気がどっと流れ込んできた。

と、彼らの背後で、息を吸い込むような奇妙な音がした。続いてゴム風船が割れるような鈍い音がしたとたん、台座の端で橙色《だいだいいろ》の火の手が上がり、炎が燃え広がりはじめた。

ジェリーがふらつきながら立ち上がる間に、博物館の奥は瞬く間に炎に呑《の》み込まれた。まるで焼夷弾《しょういだん》を投下されたかのように、なんの前触れもなく、一瞬の出来事だった。

理由は簡単だった。殴り合いがはじまったとき、ジェリーの落とした石炭入れが転がって、中に入っていたジャケットが外にはみ出した。その丸めたジャケットの間にはライターが紛れ込んでいた。ライターの蠟《ろう》は熱で溶けており、庭から突風が吹き込んできたとき、くすぶっていたジャケットの火が燃え移ったのだ。まるで祝い事のために用意された焚《た》き火のように、博物館は燃やすにはうってつけだった。長年防虫用のナフタレンが吹きつけられていた動物の剝製《はくせい》でさえ、年月を経て埃《ほこり》をかぶり、からからに乾いていた。

絹の笠《かさ》がついたランプを支えているダチョウが、身を賭《と》して松明と化し、天井へ火の粉を吹き上げた。落ちた火の粉がまた新たな火種となり、建物全体が炎に包まれるまでに、三分とかかりそうになかった。

「おばさんを、ポリーおばさんを助けなきゃ！」衣擦れのような炎の音に混じって、戸口からアナベルのむせぶような叫び声が聞こえた。リチャードは彼女に駆け寄った。

「早くここから出るんだ！」リチャードは喘《あえ》ぎながら言い、アナベルを庭へ押しやった。

「タッシーさんなら大丈夫だ。家とこの建物は分かれてる。彼女は自力で逃げ出せるだろう？」

その最後の問いかけは、ふらふらと後ろについてきたジェリーへ向けられていた。

「ドアを閉めよう。中に空気が入ると余計に燃えるからな」

雨の降る外の暗闇《くらやみ》は、にわかに騒がしくなっていた。庭の縁にある塀の向こうで誰かが叫んでおり、家の裏道をこちらへ走ってくる足音も聞こえた。博物館の炎が木々を照らし、通りで見張っていた者たちが異変に気づいたのだ。

リチャードはアナベルの肩に腕を回した。

「こんなところにいてもしようがない。警官を探さないと」リチャードはアナベルに言った。「さあ、こっちだ。警官のところへ行くんだ」

リチャードは振り返り、傍らの人影を見た。「きみはキッチンから入って、彼女に声をかけたほうがいいんじゃないか、ジェリー？　それとも、この騒ぎに乗じて逃げ出すつもりか？」

その若者らしい嫌悪感や軽蔑《けいべつ》も効果はなかった。傍らに無言で立つジェリーの表情は、なんの変化も見せなかった。そもそもそこには表情自体、浮かんでいなかった。目の前で震えているのは人間以下の何者かで、リチャードがたまたま作り出した、みっともないまがい物の仮面でその本性を覆い隠そうとしていた。しかしリチャードにはそうしたことなど思いも及ばなかった。

「とにかく」リチャードは怒ったように言った。「ここから消え失せろ。二度とぼくらの前に現れるな。それから、こいつを持ってる理由を説明したくないから、きみが持っていけよ」

リチャードの言葉を強調するように、十メートルと離れていないところにある木の門が、激しく揺すぶられて音を立てた。ジェリーはずしりと重い冷たい物が、手の中に押し込まれるのを感じた。彼は銃を握り締めながら、ぼんやりと炎を振り返った。

たちの悪い冗談のような、純真で陳腐なくだらない品々を集めた風変わりな博物館は、炎に呑《の》み込まれつつあった。しかしいまのところ、火の海と化しているのは台座の周辺と建物の奥だけであり、銃を手にのろのろと進むジェリーは、寄せ木張りの床を数メートル横切って、あの通路へ続くスイングドアへたどり着くことができた。二つ目のドアを開けて家の中へ飛び込むと、すぐに後ろでぴたりと閉めた。その小さな家の冷んやりとした廊下は、先ほどと変わらず暗く、静まり返っていた。

ジェリーはキッチンへ続く短い階段を下りると、振り返って玄関ドアの下から差し込む灰色の光の筋を見た。目の高さがいちばん上の段と平行になるよう、ゆっくりと階段に体を横たえ、しばらくの間じっと目を凝らしていた。しかし、灰色の筋をよぎる影はなかった。炎に注意を引かれたのか、見張りはいなくなっていた。

まるでこの世の終わりであるかのように、家の中はしんとしていた。叫び声や虚ろな半鐘の音、警笛、それに足音は、もはや彼とは無関係であるかのように、はるか彼方で聞こえた。

銃を手に小さな穴ぐらのような場所で寝そべっているジェリーは、そうした物音になんの注意も払わなかった。

彼は何物でもなかった。そして彼には何も残されていなかった。

しばらくして、ジェリーは銃口を口に差し入れ、引《ひ》き鉄《がね》に指をかけた。しかし、引き鉄を絞りはしなかった。

時間はのろのろと過ぎていった。辺りは寒く、闇《やみ》に包まれていた。

とうとう彼は苦しげに身じろぎした。銃が手から滑り落ち、絨毯《じゅうたん》の上に落ちた。ジェリーはゆっくりと、なんの力も残っていないかのように、一段ずつ手をついて階段を上った。そして玄関を横切ると、まるで山頂を目指すかのように、階上《うえ》へと階段を上りはじめた。

夜明けの一時間後、ピコット巡査部長は、ルークが座って書き物をしている机に、香りのよい紅茶のカップを置いた。それはルークがバロー・ロード署にいた頃に使っていた机だった。

「なんだか昔に戻ったようだな、警部」ピコットは懐かしさに駆られて、昔の階級名を口にした。「とにかく、これで終わったな。大変けっこうだ」仕事ぶりを称えるかのように、角張った頭を大きくうなずかせる。「あいつは抜け目ないやつだよ。然るべき裁きを受けるといいんだ。あの老婦人を外に連れ出したのだって、心証をよくするために決まってるさ。

あいつがわたしになんと言ったか、聞いたかね？」

署内はその話で持ちきりになっており、ルークもすでに聞き知っていた。しかしこんな早朝でも、彼は変わらず心の優しい人間だった。彼は興味を示してみせると、ありがたそうに紅茶に手を伸ばした。

机の上に身を屈《かが》めたピコットのがっしりとした顔には、子どものように純然たる驚きが浮かんでいた。

「あいつに手錠をかけながら訊《き》いたんだ、『どうして彼女を助けに戻ったんだ？』とね。するとあいつはわたしの顔をまともに見て、祈りでも唱えるように、ひと息にこう言った。『ぼくには彼女が必要なんだ』一字一句このとおりにね。彼女が病院から戻ってきて、博物館の惨状を目の当たりにし、あいつがいままで何をしでかしてきたか知ったら、あいつは彼女に見捨てられるだろうな。いい気味だよ」

「彼女は見捨てないさ」ルークは確信したように言った。

「彼女だって馬鹿《ばか》じゃないだろう」とピコット。「あいつは正真正銘の、血も涙もない怪物なんだ。新聞だってあいつをそう書き立てるだろうさ。何もかも明るみに出たとしても、彼女は本当にあいつを見捨てないと思うのか？」

ルークはため息をつき、報告書に目を戻した。その潑剌《はつらつ》とした顔には疲労が刻まれていた。

「おれにはわかるんだ」とルークは言った。「彼女は何も言わずにあいつを許すだろう。あいつが彼女に何をしようと、われわれがいくら高くあいつを吊《つ》るそうとね。そしてあいつにも、それがわかってるんだ。彼女を責めるのはお門違いだよ。本人にだってどうしようもないんだ。彼女はいわば、単なる乗り物だからね。無償の愛というやつで、原子力並みの威力がある。そしてそれは、無限なんだ」

ピコットは不機嫌そうに肩をすくめた。

「あいつはカフェのテーブルに財布を忘れたし、階段に銃を置きっ放しにしていた。これで死刑は決まったようなものさ」ピコットは満足げに言った。「きっとこれ以上、自分自身に耐えられなかったんだろうな。つまりはそういうことだろう?」

「さあ、どうかな」ルークはタイプライターに新しい紙を差し入れた。「おれの知る限りじゃ、その手の不注意というのは、たいてい感情の爆発によって引き起こされるものだ。思いがけない考えや事態に直面して、自分の中にあるとは思いもしなかった感情が火花を散らしたか、突然なんらかの力に外皮を貫かれ、一時的に正気を失くしてしまったかしたんだろう。だが本当のところは誰にもわからん。裁判に提出されるような証拠じゃないからな」

ピコットは何も言わずに別の机に腰を下ろし、眼鏡をかけた。やるべきことは山のようにあった。

訳者あとがき

本書はマージェリー・アリンガムの *Hide My Eyes*（英題。翻訳には米国版の *Tether's End*、一九五八年発行のバンタム版ペーパーバックを使用。米別題 *Ten Were Missing*）の全訳です。一九五八年にＣＷＡ（英国推理作家協会）のシルヴァー・ダガー賞（その年に二番目に評価された長編）を受賞しており、日本でも過去に抄訳が出版されていますので、記憶にある方もいらっしゃるかもしれません。追い詰められてゆく殺人鬼を描き、著者の傑作『霧の中の虎』を彷彿とさせる一級のサスペンスとなっています。

アルバート・キャンピオンはある日、友人であるスコットランド・ヤードのルーク警視から、捜査の行き詰まった事件に関して助言を請われます。射殺事件、老夫婦の失踪、死体のない殺人事件、そして車のセールスマンの死。これらの、なんのつながりもないように見える四つの未解決事件を、ルークは動物的直感で同一犯の仕業と睨み、殺人鬼の隠れ家と思しき「グリーン園」を手がかりに捜査を進めます。物語は主にその殺人鬼の行動に沿って描かれています。新たな殺人を犯してアリバイ工作に迷走した挙句、母親同然である老婦人まで手にかけようとしますが――。追い詰められた殺人鬼の意外な末路は、読後に深い余韻をもたらしてくれます。

アリンガムの長編二十四作品（マックス・ウェルマーチ名義の三作を含む）中、十九作にアルバート・キャンピオンが登場し、本書はその十六番目の作品となります。キャンピオン・シリーズと銘打たれてはいますが、どの作品も単独で楽しめる内容となっており、また、必ずしもキャンピオンが主役というわけではなく、本書のように一脇役として登場する場合も多々あります。このシリーズは発表された年代が物語の背景となっており、従ってキャンピオンも作品ごとに年齢を重ね、彼を取り巻く環境も少しずつ変化していきます。その変遷を追いかけていくのも、シリーズものならではの楽しみといえるでしょう。

重厚なプロットが持ち味のアリンガムですが、本作品は人間関係も入り組んでおらず、ストーリーもきわめてシンプルです。しかしながら抑えた筆致と独特のユーモアでアリンガムらしい作品世界を十分に楽しむことができます。アリンガムは「難しい」というのが定説ですが、とっつきにくいと思われている方たちにも、ぜひ本書を手にとっていただければと思います。

Hide My Eyes

(1958)

by Margery Allingham

〔訳者〕
佐々木愛（ささき・あい）
1973年生まれ。北星学園女子短期大学英文学科卒。

殺人者《さつじんしゃ》の街角《まちかど》
——論創海外ミステリ 20

2005年6月 5日 初版第1刷印刷
2005年6月15日 初版第1刷発行

著 者 マージェリー・アリンガム
訳 者 佐々木愛
装 幀 栗原裕孝
発行人 森下紀夫
発行所 論 創 社
〒101-0051 東京都千代田区神田神保町2-23 北井ビル
電話 03-3264-5254 振替口座 00160-1-155266

印刷・製本 中央精版印刷

ISBN4-8460-0529-1

論創海外ミステリ

順次刊行予定（★は既刊）

★13　裁かれる花園　（本体 2000 円＋税）
　　ジョセフィン・テイ
★14　断崖は見ていた　（本体 2000 円＋税）
　　ジョセフィン・ベル
★15　贖罪の終止符　（本体 1800 円＋税）
　　サイモン・トロイ
★16　ジェニー・ブライス事件　（本体 1600 円＋税）
　　M・R・ラインハート
★17　謀殺の火　（本体 1800 円＋税）
　　S・H・コーティア
★18　アレン警部登場　（本体 1800 円＋税）
　　ナイオ・マーシュ
★19　歌う砂—グラント警部最後の事件
　　ジョセフィン・テイ　（本体 1800 円＋税）
★20　殺人者の街角　（本体 1800 円＋税）
　　マージェリー・アリンガム
★21　ブレイディング・コレクション
　　パトリシア・ウェントワース　（本体 2000 円＋税）
　22　醜聞の館—ゴア大佐第三の事件
　　リン・ブロック
　23　歪められた男
　　ビル・バリンジャー
　24　ドアは招く
　　メイベル・シーリー

【毎月続々刊行！】

論創海外ミステリ

10　最後に二人で泥棒を—ラッフルズとバニーⅢ

Ｅ・Ｗ・ホーナング／藤松忠夫 訳

卓越したセンスと類い希なる強運に恵まれた、泥棒紳士ラッフルズと相棒バニー。数々の修羅場をくぐり抜け、英国中にその名を轟かせた二人の事件簿に、いま終止符が打たれる……大好評「泥棒紳士」傑作シリーズの最終巻、満を持して登場！　全10話＋ラッフルズの世界が分かる特別解説付き。　本体 1800 円

11　死の会計

エマ・レイサン／西山百々子 訳

コンピュータの販売会社ナショナル・キャルキュレイティング社に査察が入った！　指揮するのは、株主抗議委員会から委託されたベテラン会計士フォーティンブラス。凄腕の会計士とうろたえるナショナル社の幹部達との間に軋轢が生ずる。だが、これは次へと続く悲劇の始まりに過ぎなかった……。スローン銀行の副頭取ジョン・パトナム・サッチャーが探偵役となる、本格的金融ミステリの傑作。　本体 2000 円

12　忌まわしき絆

Ｌ・Ｐ・デイビス／板垣節子 訳

小学校で起こった謎の死亡事故。謎を握る少年ロドニーは姿を消す。その常識を遥かに超えた能力に翻弄されながらも、教師達は真相に迫るべく行動する。少年の生い立ちに隠された衝撃の秘密とは？　異色故、ミステリ史に埋もれていた戦慄のホラー・サスペンス、闇から蘇る。　本体 1800 円